Léo Malet

Ermittlungen des Nestor Burma

Léo Malet

Wenn Tote schwarze Füße tragen

(Nestor Burma revient au bercail)

Aus dem Französischen
von Hans-Joachim Hartstein

Elster Verlag
Moos & Baden-Baden

Die Deutsche Bibliothek – CIP-Einheitsaufnahme
Malet, Léo:
Wenn Tote schwarze Füße tragen / Léo Malet.
Aus dem Französischen von Hans-Joachim Hartstein.
Moos; Baden-Baden: Elster-Verlag, 1993
ISBN 3-89151-169-8

Lektorat: Anima Kröger
Einbandgestaltung: Christoph Brudi
Satz: Fotosatz Amann, Aichstetten
Druck: Clausen & Bosse, Leck
ISBN 3-89151-169-8

Da es sich hier um einen Roman handelt, können die Personen, die, bis zu den Zähnen bewaffnet – im wahrsten Sinne des Wortes! –, der Phantasie des Autors entsprungen sind, mit niemandem, weder mit Lebenden noch mit Toten, in Verbindung gebracht werden.

L. M.

I

Der zum Tode Verurteilte

Es schlägt Mitternacht, als ich zusammen mit einer Handvoll Leute den Bahnhof von Montpellier verlasse. Besagte Handvoll ist soeben mit mir im Zug aus Nîmes, wo ich mit einem Flugzeug der *Air-Inter* gelandet war, in Montpellier eingetroffen. Mir ist ganz seltsam zumute. Eine Auswahl gemischter Gefühle läßt mich im Eingang der Bahnhofshalle stehenbleiben, die Pfeife im Mund und meinen Koffer in der Hand. Mein Blick wandert über den Vorplatz, während meine Reisegefährten eilig im Dunkel der Nachbarstraßen verschwinden. Zu meiner Zeit war der Vorplatz die Spitze eines V, das von zwei Boulevards gebildet wurde. Daran hat sich nichts geändert. Die Bäume, die den Platz schmücken, heben sich von dem Sternenhimmel ab und rauschen sanft in dem angenehmen Maiwind. Die Luft ist mit sämtlichen Düften Südfrankreichs geschwängert. Ein hübscher Kontrast zu dem Nieselregen, der mich vor ein paar Stunden noch in Paris geärgert hat. Vor mir erstreckt sich die Rue Maguelonne bis hin zur Place de la Comédie, deren Lichter ich von hier aus sehen kann.

Mit ihren modernen, grell beleuchteten Bistros und den noch immer vollbesetzten Terrassen, mit ihrer Neonreklame und der langen Reihe am Straßenrand geparkter Autos, macht meine Geburtsstadt einen viel belebteren Eindruck auf mich als beim letzten Mal. Damals stand ich an genau derselben Stelle und verabschiedete mich von ihr ... Das ist nun schon verdammt lange her! So lange, daß ich das Gefühl habe, in einer unbekannten Welt gelandet zu sein.

Zur Begrüßung des verlorenen Sohnes summt eine Stechmücke, die sich zu benehmen weiß, an meinem Ohr, um sich dann für den traditionellen Begrüßungskuß auf meiner Wange niederzulassen. Mit einer gut gezielten Backpfeife zerquetsche ich das Tierchen. Dem Blut an meinen Fingern nach zu urteilen, muß es wohl den lieben langen Tag über fleißig gesaugt haben.

Ich wische mir mit dem Taschentuch Hand und Wange ab, schüttle das Gewicht aufkommender Wehmut von meinen Schultern und halte nach dem Wagen des *Littoral-Palace* Ausschau. Schließlich entdecke ich ihn zwischen den Autos, die direkt vor der Bahnhofstreppe parken. Der Name des Hotels steht in eleganter gelber Schrift auf der Wagentür. Der Chauffeur, ein älterer Mann mit betreßter Schirmmütze, hält neben der Motorhaube Wache. Er spielt schon mit dem Gedanken, die Warterei aufzugeben, da sich weit und breit kein potentieller Hotelgast zu zeigen scheint. Ich winke ihm zu, gehe die Treppe hinunter und reiche ihm meinen Koffer.

„Guten Abend“, sage ich. „Hier gibt's immer noch so viele Mücken, was?“

„Sagen Sie so was nicht“, lacht er und nimmt mir mein Gepäck ab. „Seit man sie mit Hubschraubern jagt, sind es schon weniger geworden. Die Piloten schaffen 'ne halbe Million pro Tag. Allerdings gibt es noch 'n paar Milliarden, aber die sind nicht blutrünstig.“

„Ach! Und warum nicht?“

„Anscheinend stechen nur die Weibchen.“

„Und die Hubschrauber haben sich auf sie spezialisiert?“

„Genau!“

„Wahrscheinlich erkennt man sie an ihren schönen blauen Augen, oder?“

Er lacht.

„Nein. An ihren blonden Zöpfen.“

„Aha, wir sind also ganz besonders gewitzte Schlauberger, was?“

„Tja“, seufzt er, „Schlauberger gibt es hier mehr als genug, seit dem Krieg.“

Während wir noch so daherreden, setze ich mich in den Wagen, der gewitzte Chauffeur klemmt sich hinters Steuer und fährt los.

Der Nachtportier an der Rezeption in der Hotelhalle scheint nur noch auf mich gewartet zu haben, um sich sofort danach in die Falle zu hauen. Als ich die Halle betrete, reißt er gerade seinen Mund weit auf, bedeckt ihn aber schnell mit der Hand, um das gähnende Loch zu verbergen. Die fortgeschrittene Stunde zeigt Wirkungen. Über der Mahagonitheke hängt eine Lampe mit schwacher Birne.

„Guten Abend, Monsieur", sagt der Portier, nachdem er seine Kinnladen wieder in Sprechposition gebracht und aus seinem persönlichen Repertoire ein Lächeln herausgesucht hat, das ihm schon häufig sehr nützlich gewesen ist und sich noch rund zehn Minuten auf seinem Gesicht halten wird.

„Guten Abend", erwidere ich seinen Gruß. „Mein Name ist Nestor Burma. Ich habe heute nachmittag aus Paris angerufen und ein Zimmer reservieren lassen."

„Sehr wohl, Monsieur."

Er wirft mir einen halbwegs interessierten Blick zu, bringt dann die müden Flügel seiner Fliege auf Vordermann und sieht in seinem Buch mit den Zimmerreservierungen nach.

„Monsieur Burma ... ja ... Nestor Burma ..."

Er wiederholt meinen Namen, so als wolle er sich ihn für immer ins Gedächtnis eingraben.

„... Da steht's. Zimmer 83."

Mit der linken Hand nimmt er einen Schlüssel vom Brett und knallt ihn heftig auf die Theke, so als wolle er ihn plattklopfen. Mit der Rechten drückt er elegant auf eine Klingel, die einen kristallklaren Ton von sich gibt. Beide Handlungen erfolgen so gut wie gleichzeitig. Wenn er noch ein wenig übt, wird er mit dieser Nummer beim nächsten Jahresbankett der Hotelportiers einen Riesenerfolg landen. Noch so ein Schlauberger, dieser Nachtportier!

Der kristallklare Ton läßt einen jungen Pagen aus dem Schatten einer Grünpflanze herbeistürzen.

„Gérard wird sie hinaufbegleiten, Monsieur. Den Anmeldezettel ... können Sie morgen früh ausfüllen."

Irgend etwas sagt mir, daß es ihm lieber wäre, wenn ich das

jetzt gleich erledigen würde. Das trifft sich gut. Ich teile seine Meinung. Morgen und in den darauffolgenden Tagen werde ich möglicherweise keine freie Minute haben, und ich lege stets großen Wert darauf, die polizeilichen Vorschriften einzuhalten. Ich kenne keinen einzigen Flic hier in der Stadt und möchte nicht den Eindruck erwecken, als wolle ich mit den Behörden Versteck spielen. Ich habe die Absicht, von Anfang an offen und ehrlich zu sein. Oder zumindest so zu tun.

„Besser, wir erledigen das sofort", sage ich deshalb.

Eilig reicht er mir das Anmeldeformular, das ich gewissenhaft ausfülle. Auch die blödesten Angaben sind mir nicht zu blöd. Als alles ausgefüllt ist, nimmt der Portier den Zettel in die Hand und legt ihn zu den anderen, nicht ohne scheinbar gedankenlos einen Blick darauf zu werfen. Irgendeine Angabe veranlaßt ihn, die Augenbrauen hochzuziehen. Wahrscheinlich mein Beruf. „Privatermittler", so etwas regt die Phantasie an. Jedenfalls mustert er mich zum ersten Mal mit Augen, aus denen jede Schläfrigkeit gewichen ist, und ein richtiges, echtes Lächeln hellt sein Gesicht auf.

„Entschuldigen Sie, aber ..." beginnt er zu stottern. „Ich glaube, ich gehe recht in der Annahme, daß ... Auf Ihrem Zettel habe ich soeben gelesen, daß Sie hier geboren sind ... wie ich, und auch noch im selben Jahr ... Und ich frag mich ... äh ... Haben Sie vielleicht eine Zeitlang die *Ecole supérieure Michelet* besucht?"

„Allerdings."

„Sie haben eine Zeitung gegründet, glaube ich ... *L'Echo du Chahut*."

„Stimmt genau."

Er stößt einen gewaltigen Seufzer aus und wirft den Besenstiel weg, den er verschluckt zu haben schien.

„Scheiße auch!" ruft er und streckt mir seine Pranke über die Theke hinweg entgegen. „Erkennst du mich nicht? Bruyèras. Wir sind wegen eben diesem verdammten Käseblatt von der Schule geflogen!"

Bruyèras? Ich krame ein wenig in meinem Gedächtnis. Ja,

ich erinnere mich vage an einen Burschen dieses Namens. Sehr vage. Aber warum ihn enttäuschen? Ich tue so, als wäre er all die Jahre hindurch in meinem Kopf umhergegeistert, und drücke die ausgestreckte Hand.

„Bruyèras, altes Haus!“ rufe ich nun meinerseits. „Aber ja, natürlich! Ach, Scheiße nochmal!“

Wo zwei sind, läßt der dritte nicht lange auf sich warten. Gérard, der Hotelpage, meint auch seinen Senf – nennen wir's mal so – dazugeben zu müssen.

„Alte Klassenkameraden, was? Scheiße nochmal!“

„Mach dich lieber nützlich, anstatt hier unanständige Wörter zu benutzen!“ schnauzt ihn Bruyèras an. „Hol uns was aus dem Bistro zu trinken! Du trinkst doch einen Whisky mit mir, oder, Nes? Drei *William Lawson's*, Gérard. Einer ist für dich.“

„Oh, vielen Dank, M'sieur Gustave!“ ruft der Page und eilt davon.

Bruyèras, Gustave für die Damen, schielt zur Eingangstür hin.

„Um diese Zeit wird's wohl keinen Ärger mehr geben“, sagt er, „aber wir gehen doch besser ins Hinterzimmer.“

Wir wechseln ins Hinterzimmer, eine Art Garderobe fürs Hotelpersonal. Hier gibt es alles, um sich gemütlich hinzusetzen oder eine Runde zu schlafen. Kurz darauf kommt Gérard mit drei *William Lawson's* herein. Wir machen es uns bequem, stoßen an und trinken.

„Tja“, sagt Bruyèras, „kaum zu glauben, was? Wenn ich geahnt hätte, daß du heute nacht an meiner Rezeption auftauchst! Als ich deinen Namen auf der Liste der Reservierungen gelesen hab, hat's schon irgendwie bei mir geklingelt. Burma! Der Name kam mir bekannt vor. Aber sicher war ich mir nicht, es konnte ja auch ein Namensvetter von dir sein. Aber dann, eben ... Also wirklich! Hab zwar mal was von einem Privatdetektiv Burma gehört, aber daß du das bist, darauf wär ich nicht gekommen!“

„Na, da siehst du mal!“

Gérard dreht sein Glas in den Fingern und reißt die Augen weit auf. Dann faßt er sich ein Herz und fragt:

„Sie sind Privatdetektiv, M'sieur?"

Ihm bleibt die Spucke weg. Ich amüsiere mich köstlich.

„Entschuldigt mal, Freunde", sage ich lachend, „aber ihr scheint hier ja wirklich hinterm Mond zu leben, ihr zwei. Starrt mich an, als wär ich 'ne Jahrmarktsattraktion! Ich bin Privatflic. Na und? Habt ihr etwa keinen hier in eurem Laden?"

„Nein", antwortet Bruyèras.

„Im *Princess* hätten sie gut einen brauchen können", sagt Gérard grinsend.

„Red keinen Quatsch, Kleiner", fährt ihn mein ehemaliger Mitschüler an. „Wenn die im *Princess* einen Privatflic gehabt hätten, was hätte der denn machen können?"

„Nichts, natürlich", gibt der Page kleinlaut zu.

„Na, also!"

Um mein Glas nicht schweigend leeren zu müssen, frage ich:

„Was ist denn im *Princess* passiert? Ich nehme an, es handelt sich um ein Hotel, oder?"

„Ja, in der Rue Refreger, gleich am Marché de la Croix-de-Fer."

Ich weiß nicht, mit wievielen Sternen sich das Etablissement in den Hotelführern brüstet; aber Bruyèras erkennt sie ihm mit seinem verächtlichen Ton allesamt ab. Er arbeitet schließlich im *Littoral*. Bitte keine Verwechslungen!

Allmählich nimmt er immer deutlichere Konturen in meiner Erinnerung an, dieser Bruyèras. Ein Blödmann ganz besonderen Kalibers!

„Vor ein paar Tagen", fährt er fort, „genauer gesagt, letzten Mittwoch, ist einer der Gäste abgehauen, ohne zu bezahlen."

„Das ist doch nichts Besonderes, oder? Ich nehme an, daß das auch hier ..."

„Klar, davor ist man nie sicher. Zur Begleichung der Rechnung lassen sie dir wunderschöne Koffer da, die mit Kieselsteinen vollgestopft sind. Trinkgeld inbegriffen! Was kann ein Hausdetektiv da schon machen? Aber dieser Figaro oder Figari ... So ähnlich hieß nämlich der Kerl ...“

„Sigari“, korrigiert der junge Page. Schon wieder so ein Schlauberger, der sich anscheinend bestens auskennt!

„Von mir aus ... Also, dieser Sigari war ein ganz besonderer Fall. Der Koffer, den er zurückgelassen hat, enthielt weder Kieselsteine noch Telefonbücher, sondern was ganz Spezielles. Überzeug dich selbst ...“

Seine Augen wandern von mir zu den jungenhaften Pausbacken des Pagen und nehmen einen gestrengen Ausdruck an.

„Hast du den Schmöker, Kleiner? Irgend etwas sagt mir, daß du ihn ständig mit dir herumschleppst. Bestimmt hast du eben noch hinter deiner Grünpflanze darin geblättert. Los, her damit! Und dann holst du uns noch mal drei Whisky.“

Er streckt die Hand aus. Der Page springt auf.

„Ich schlepp ihn nicht mit mir rum“, widerspricht er. „Aber er ist da, in meiner Tasche.“

Er geht zu dem Wandschrank, öffnet ihn und holt eine brave Schultasche heraus, aus der er ein Buch hervorzieht. Er gibt es seinem Vorgesetzten, und der gibt es mir. Dann erinnert sich Gérard an den erhaltenen Befehl und eilt wieder in das Bistro nebenan.

Ich schlage das Buch auf. Es stellt sich als hübscher kleiner Porno mit Fotos der unteren Kategorie heraus.

„Ganz schön, was?“ raunt mir Bruyèras komplizenhaft zu. „Ich wette, was Besseres findet man selbst in Paris nicht!“

„Schon möglich. Und der Koffer von diesem Sigari war voll von dem Zeug?“

„Bis zum Rand.“

Ich gebe ihm das Buch zurück und bemerke:

„Solche Literatur ist ihr Geld wert. Worüber beklagen sich die Leute vom *Princess*? Brauchen das Zeug doch nur zu verbimmeln, dann ist Sigaris Rechnung beglichen!“

„Oh, nein!“ widerspricht Bruyèras, jetzt wieder ganz der förmliche Hotelangestellte. „Das ist nicht möglich. Kein

Hotelbesitzer, auch nicht der vom *Princess*, kann es sich erlauben, so etwas ... Ach, da ist ja Gérard wieder."

Der Page ist mit drei neuen Drinks zurückgekommen. Jeder nimmt seinen in Empfang, hoch die Tassen, zum Wohl usw. Bruyèras trinkt in olympischer Rekordzeit sein Glas halbleer, ohne Atem zu holen.

„Und außerdem", fährt er fort, „könnte er es auch nicht. Ich spreche von dem Besitzer des *Princess* und dem Verkauf der Bücher. Ach, mein Lieber, ich kenne die jungen Leute in Paris nicht, aber unsere hier ..."

Er zeigt auf Gérard.

„Auch wenn sie in der Provinz leben, hinterm Mond, wie du sagst, so sind sie dennoch gewitzte Schlauberger."

Er trinkt sein Glas leer. Seine Augen leuchten so hell wie Scheinwerfer bei nächtlichen Abbrucharbeiten.

„Sein Freund Fernand, der im *Princess* arbeitet, auch so ein kleiner Gauner wie der hier, hat sich die gesamte Kollektion unter den Nagel gerissen. Anscheinend waren sogar Filme dabei, stell dir das vor! Ja, Montpellier ist Großstadt geworden. Wachsende Bevölkerung, jede Menge Autos, Nachtclubs. Ja, mein Lieber! Nachtclubs ... mit Striptease ... Verkauf von Pornos ... und Rocker!"

Er redet wie der Leiter des Fremdenverkehrsamtes. Ich habe das Gefühl, daß er keinen Alkohol verträgt.

„Eine Großstadt!" jammert er.

Es scheint so, als bedaure er die Veränderungen in Montpellier. Ich stimme ihm zu:

„Eine Großstadt, erwachsen, geimpft und voll von gewitzten Schlaubergern."

„Du sagst es! Zu unserer Zeit ..."

In diesem Augenblick dringt Stimmengewirr aus der Eingangshalle zu uns ins Hinterzimmer und beendet sein Gejammer. Eine ungeduldige Hand bedient mehrmals hintereinander die Klingel auf der Rezeptionstheke.

„Sieh nach, was das soll, Gérard", brummt Bruyèras. „Ich hab keine Lust mehr ..."

Der Page springt auf und sieht nach, was das soll, so wie sein Vorgesetzter es ihm befohlen hat. Auch der Junge scheint ziemlich blau zu sein, sonst würde er nicht mit dem Glas in der Hand zu den ungeduldigen Gästen hinausgehen. Bei denen kommt so was nämlich meistens nicht sehr gut an. Als Bruyèras die Gefahr erkennt, ist es schon zu spät. Gérard plaudert bereits draußen mit den Gästen. Bleibt nur zu hoffen, daß seine Gesprächspartner an seinem zwanglosen Benehmen keinen Anstoß nehmen. Resigniert stößt Bruyèras einen Seufzer aus.

Nach einer Weile kommt Gérard wieder zurück. Ohne Glas. Hat's wohl auf der Theke stehenlassen.

„Die Leute von 75 sind nach Hause gekommen", erklärt er. „Die, die morgen mittag abreisen."

„Ach so", sagt Bruyèras erleichtert.

„Ich soll denen drei Flaschen Whisky aufs Zimmer bringen. Die von 78 sind auch dabei. Lustige Vögel sind das! Wollen sich bestimmt feuchtfröhlich voneinander verabschieden ..."

„Du wirst nicht bezahlt, um dir über die Absichten der Gäste den Kopf zu zerbrechen", knurrt Bruyèras, der sich wieder gefangen hat. „Du sollst nur ihren Wünschen nachkommen ... zum Nachttarif."

Gérard geht wieder hinaus, um seinen Pflichten nachzukommen. Ich trinke mein Glas leer.

„Ich bin immer noch ganz baff", sagt mein ehemaliger Mitschüler und jetziger Nachtportier kopfschüttelnd. „Und da rede ich und rede und hab dich noch gar nicht gefragt, wie's dir so geht, die Geschäfte und so, na ja, all das!"

„Geht so."

„Ja, klar! Wie blöd von mir! Wenn du hier absteigst, muß es dir wohl gut gehen. Apropos, was führt dich eigentlich her? Dein Beruf? Eine Ermittlung?"

„Nein. Nur der Tourismus. Urlaub, mit anderen Worten. Außerdem familiäre Verpflichtungen. Hab noch einen Onkel und mehrere Cousins hier wohnen."

„Stell dir vor, einen Moment lang hab ich gedacht, du wärst

wegen dieser Geschichte hier. Du weißt schon, wegen dem … äh … zurückgelassenen Koffer."

„Ganz und gar nicht."

„So, das hätten wir!" ruft Gérard lachend, als er wieder zurück ist. „Hab ich doch gesagt: Die schlafen noch lange nicht, die beiden Paare da oben."

Ich stehe auf.

„Na schön. Also, Freunde, ich weiß nicht, ob ich bald schlafen werde oder nicht, aber mir wär's jedenfalls lieb, wenn mir jemand mein Zimmer zeigen würde."

Bruyèras und ich tauschen noch ein letztes Mal unsere Bazillen per Händedruck aus. Gérard schnappt sich meinen Koffer, und ich folge dem Jungen durchs Treppenhaus und über Flure, die in heimeliges, ein wenig geheimnisvolles Dämmerlicht getaucht sind und in denen noch der Duft weiblicher Parfüms wahrzunehmen ist. Wie zwei Schatten gleiten wir lautlos über den dicken Teppichboden auf das Zimmer Nr. 83 zu. Im Hotel herrscht beinahe vollkommene Stille. Wenn irgendwo auf dieser oder einer anderen Etage ein paar lustige Vögel dabei sind, sich zu besaufen, dann tun sie's sehr unauffällig.

Der Page wahrt nun wieder den Abstand, den er zu einem Gast zu wahren hat. Er schließt mein Zimmer auf, läßt mich zuerst eintreten und zählt die verschiedenen Extras auf. Der behagliche, beinahe luxuriöse Raum präsentiert seine verlokkenden Vorzüge: Bad, Radio auf dem Kaminsims und Telefon am Bett.

„Das wär's dann, M'sieur", sagt der Page. „Gute Nacht, M'sieur!"

Allein im Zimmer, blicke ich auf meine Armbanduhr. In meinem Leben bin ich schon später ins Bett gekommen. Ich bin noch nicht müde. Vielleicht gilt das auch für andere. Und hat mir Dorville nicht gesagt, daß wir schon viel zuviel Zeit verloren hätten? Man muß wissen, was man will. Außerdem möchte ich es ihm ersparen, sich morgen früh um 7 Uhr 30 am Bahnhof vergeblich die Beine in den Bauch zu stehen. Wenn ich mich jetzt nämlich ins Bett lege, werde ich um diese unchristliche Zeit noch selig schnarchen.

Ich setze mich also aufs Bett und nehme mein Adreßbuch zur Hand. Auf der Seite „Verschiedene“ habe ich die Telefonnummern der beiden Einwohner dieser Stadt notiert, die mich heute nachmittag in meinem Pariser Büro angerufen haben: L. L. (= Laura Lambert), 72-55-55, und J. D. (= Jean Dorville), 72-97-18. Ich greife zum Telefon und bin kurz darauf mit der 72-97-18 verbunden.

„Hallo!“ meldet sich eine Stimme, die nicht zu jemandem gehört, den man soeben aus dem Schlaf gerissen hat. Eher ist es die überraschte Stimme von jemandem, der sich fragt, wer ihn wohl um diese Zeit anruft.

„Hallo, Dorville“, sage ich. „Hier Nestor Burma, seinem Zeitplan etwas voraus.“

„Oh!“

Es folgt ein ausdrucksstarker algerienfranzösischer Fluch, den ich leider hier nicht wiedergeben kann, darauf die Feststellung:

„Das heißt, Sie sind bereits hier in Montpellier?“

„Genau das. Im *Littoral-Palace, Zimmer* 83.“

„So was! Wir haben Sie erst morgen früh erwartet, mit dem ersten Zug aus Paris.“

„Stimmt, so hatten wir's ausgemacht. Aber ich hab mich plötzlich entschieden, das Flugzeug zu nehmen. Von Orly nach Nîmes mit dem Flugzeug und dann mit dem Zug nach Montpellier, Ankunft um Mitternacht. Ich bin kein bißchen müde. Und Sie machen ebenfalls einen ausgeschlafenen Eindruck. Heute nachmittag haben Sie der verlorenen Zeit hinterhergeweint ... Kurz und gut, ich dachte, es wäre nicht verkehrt, wenn wir jetzt gleich über den Fall reden würden.“

„Einverstanden. Im *Littoral*, sagten Sie?“

„Ja. Das ist in der ...“

„Ich weiß. Hab auch schon mal für ein paar Tage dort gewohnt. Ich komme. Vorher ruf ich noch Dacosta an, und wir können zusammen zu ihm marschieren. Wir werden ihn nicht stören. Er schläft praktisch überhaupt nicht mehr. Bis gleich."

Eine Viertelstunde später stehen wir uns in der Hotelhalle gegenüber. Dorville ist ein dunkler Typ, was seinen Teint und seine Haarfarbe angeht. Normalerweise hat er einen offenen Gesichtsausdruck. Heute allerdings drückt sein Gesicht riesengroßen Ärger aus.

Ich habe mitten im Algerienkrieg seine Bekanntschaft gemacht. Er wurde mir von einer meiner ehemaligen Klientinnen, Bereich Scheidungen, vorgestellt: Laura Lambert, eine Algerierin mit roten Haaren und leicht aggressivem Auftreten, das ihren verführerischen Reizen keinerlei Abbruch tat. Damals schlief Dorville wohl mit der Dame. Er betraute mich damit, die wirklichen Täter eines Raubüberfalls in Paris zu entlarven. Wohlmeinende Menschen hatten den Überfall anderen angehängt. Diese anderen, Freunde von Dorville und Laura Lambert, waren zwar keine reinen Unschuldslämmer, hatten aber mit dem Überfall nichts zu tun. Nachdem ich den Auftrag zur allgemeinen Zufriedenheit erledigt hatte, verlor ich Dorville und Lambert aus den Augen. Vom Winde verweht, sagte ich mir und fand mich damit ab, daß ich sie nie mehr wiedersehen würde.

Heute nachmittag dann haben sie mich in meinem Pariser Büro angerufen und mir von einer gewissen Agnès Dacosta erzählt. Auf diese Weise habe ich erfahren, daß die beiden noch leben und sich darüber hinaus ein neues Leben in meiner Geburtsstadt aufgebaut haben, der Anlaufstelle vieler Algerienfranzosen, *pieds-noirs*, die aus Algerien flüchten mußten. Ein Glück für die beiden. Wenn sie sich irgendwo anders niedergelassen hätten, dann wäre ich ihrem Ruf wahrscheinlich nicht gefolgt.

Ich gebe Dorville die Hand.

„Freut mich, Sie gesund und munter wiederzusehen", sage ich. „Wie geht es Madame Lambert?"

„Ausgezeichnet ..."

Er sagt das mit dem gezwungenen Lächeln eines Mannes,

den man wie einen alten Lappen nach Gebrauch weggeworfen hat.

„Übrigens, ich habe sie nicht von Ihrer Ankunft benachrichtigt, um sie nicht zu wecken. Sie geht morgen sehr früh auf Tournee."

„Auf Tournee? Ist sie jetzt Schauspielerin?"

„Nein, sie ist Pharmavertreterin und besucht die Ärzte in der Umgebung. Immer auf Achse!"

Die ganze Zeit über klammert sich Bruyèras an seine Theke wie an eine Reling und begafft uns neugierig. Einmal so richtig in Schwung, hat er sich wohl inzwischen noch zwei oder drei weitere Gläschen genehmigt. Betrunken oder nicht, auf alle Fälle hält er mich für einen seltsamen Gast.

Dorville und ich verlassen das Hotel. Er hat seinen Wagen, eine cremefarbene Dauphine, hinter dem Theater geparkt. Wir steigen ein, und ab geht's!

„Ich habe Dacosta unseren Besuch angekündigt", sagt Dorville, nachdem er die ovale Grünfläche der Place de la Comédie umkurvt hat und wir die Esplanade entlangfahren. „Er erwartet uns. Sein Haus liegt etwas außerhalb, an der Straße nach Montferrier ... Er wird Ihnen auch nicht mehr erzählen können als ich, aber Sie müssen mit ihm sprechen ... Übrigens, was Ihr Honorar betrifft, das bezahle ich, ja? Nicht nötig also, die Frage in seiner Anwesenheit zu erörtern."

„Ist er pleite?"

„Ja. Sein kleines Sägewerk hat nie kostendeckend gearbeitet. Er ist praktisch bankrott. Der Holzhändler, mit dem er bisher zusammengearbeitet hat, läßt ihn im Stich. Seit letzten Samstag schneidet er die wenigen Bretter, die er noch in Arbeit hat, selbst zu. Er mußte seine Arbeiter entlassen."

„Ich dachte, die *pieds-noirs* hätten Geschäftssinn und ihnen würde alles gelingen."

„Das sind Menschen wie andere auch. Wenn sie ein seelisches Tief haben, vernachlässigen sie ihre Geschäfte, und die leiden natürlich darunter."

„Was für ein seelisches Tief?"

„Das werd ich Ihnen später erklären, wenn Sie mit Justinien gesprochen haben. Ich meine mit Dacosta ... Aber regeln wir erst einmal die Honorarfrage. Auf dem Rückweg fahren wir dann bei mir zu Hause vorbei, und ich gebe Ihnen das Nötige für Ihre ersten Auslagen ... Ach, richtig, Sie sind ja ohne Ihren Wagen hier. Brauchen Sie einen?"

„Einen Wagen kann man immer brauchen."

„Ich würde Ihnen diesen hier leihen ..."

Er schlug auf das Lenkrad.

„Aber ich brauche ihn selbst."

„Ich werd mir einen leihen."

„Ah, ja. Sehr gut."

Durchs Seitenfenster betrachte ich die Bilder der schlafenden Stadt, die an mir vorüberziehen. Ich erkenne die hohen Mauern des ehemaligen Frauengefängnisses. Mir fallen die Namen einiger seiner berühmten Insassinnen ein. Vor dem Städtischen Krankenhaus kommt uns ein Ambulanzwagen entgegen. Er ist das einzige Lebenszeichen ... oder Todeszeichen! Ruhet in Frieden, meine lieben Landsleute! Nestor Burma ist zurück, den Kopf voll fröhlicher Gedanken ...

Wir überqueren die Brücke des Flusses, der immer ausgetrocknet ist – außer wenn er bei Hochwasser über die Ufer tritt – und der aller – oder fast aller – Welt unter dem leicht anrüchigen Namen *Merdanson* bekannt ist. Wir fahren durch einen Vorort mit engen, blinden und stummen Gassen, die mir irgendwie bekannt vorkommen.

Dorville erinnert mich daran, daß ich nicht ausschließlich als sentimentaler Tourist hierhergekommen bin.

„Meinen Sie nicht", sagt er, „daß ich Ihnen noch ein paar weitere Informationen geben sollte, bevor wir zu Justinien gehen?"

Ich pflichte ihm bei. Doch, weitere Informationen wären wirklich kein Luxus. Ich weiß lediglich, daß es um Dacostas Tochter geht, daß sie Agnès heißt, achtzehn Jahre alt ist und noch alle Zähne hat. Und daß sie verschwunden ist. Ach ja, seit wann übrigens?

„Seit letzten Dienstag", berichtet Dorville. „Das ist jetzt eine Woche her."

Er macht eine Pause, da er von mir irgendeine Bemerkung erwartet. Ich tue ihm den Gefallen nicht. Er fährt fort:

„Agnès ist Halbwaise. Ihre Mutter ist 1959 bei einem Attentat der Nationalen Befreiungsfront FLN in Algier ums Leben gekommen. Agnès war damals elf. Dacosta hatte sie bis dahin wie seinen Augapfel gehütet, doch genau in jenem ungünstigen Augenblick sah er sich gezwungen, die Zügel ein wenig zu lockern. Man kann nicht alles auf einmal machen. Andere Aufgaben nahmen ihn in Anspruch. Er war politisch aktiv, müssen Sie wissen, und zwar sehr aktiv. Der Kampf, das Leben im Untergrund, kurz, all das war einer normalen Erziehung des jungen Mädchens nicht förderlich. Hier in Montpellier dann war es nicht anders. Die Sorgen um den Neubeginn, den Aufbau seines Unternehmens, das nicht besonders gut lief, und dazu das seelische Tief, auf das ich eben schon angespielt habe, nichts davon trug dazu bei, die Situation zu verbessern. Agnès blieb sich selbst überlassen. Sie ist", er lacht, „ja, auch sie ist unabhängig geworden. Ein, zweimal pro Woche schlief sie in letzter Zeit außer Haus. Immer unter demselben Vorwand: Sie sei mit Freunden und Freundinnen im Kino gewesen, und da keiner ihrer Freunde, die ein Auto besitzen – falls es unter ihnen einen Autobesitzer gibt! –, ihr angeboten habe, sie nach Hause zu fahren, und da zu der späten Stunde natürlich kein Bus mehr fahre, habe sie bei einer Freundin übernachtet. Diese Freundin ist ein kleines Luder von vierundzwanzig, fünfundzwanzig Jahren, Christine Crouzait ..."

„Moment", unterbrach ich ihn, „kleine Luder interessieren mich. Ich möchte ihren Namen in meine Sammlung aufnehmen."

„Sparen Sie sich die Mühe. Ich habe mir schon gedacht, daß Sie sich mit den Bekannten von Agnès unterhalten wollen. Mit denen zumindest, die wir kennen. Viele sind es nicht, aber ich habe eine Liste zusammengestellt. Ich geb sie Ihnen später."

„Gut … Ich merke gerade, daß ich mein Notizbuch im Hotel gelassen habe. Liegt wahrscheinlich neben dem Telefon … Aber fahren Sie fort."

„Diese Christine, Friseuse von Beruf, habe ich letzten Freitag persönlich aufgesucht. Sie lebt alleine, frei wie die Vögel des Himmels, in einer Altbauwohnung, in der sie auch geboren ist. Sie hat mir etwas verlegen gestanden, daß Agnès sie tatsächlich gebeten habe zu sagen, daß sie manchmal bei ihr übernachte, obwohl es nicht stimme."

„Das beweist, daß die süße kleine Agnès etwas weniger unschuldig ist als ihre Namenspatronin! Sie verbrachte also hin und wieder die Nacht in den Armen eines Mannes. So was soll vorkommen. Davon bekommt man keinen Typhus."

„Nicht zu Hause schlafen und nicht wieder nach Hause zu kommen, das sind zwei verschiedene Dinge. Und da ist noch etwas anderes."

„Was denn?"

„Später", vertröstet mich Dorville und macht eine unbestimmte Geste mit der rechten Hand. „Das hängt mit besagtem seelischen Tief zusammen. Als Agnès zum ersten Mal nicht zu Hause geschlafen hat, bekam Dacosta einen Tobsuchtsanfall. Mehr brauche ich wohl nicht zu sagen. Ebenso beim zweiten Mal. Doch da bot Agnès ihm die Stirn und … Es war wirklich nicht schön anzusehen. Ich hab die Auseinandersetzung mitgekriegt. Agnès warf ihrem Vater Dinge an den Kopf, die absolut nichts mit der Sache zu tun hatten. Er sei nicht in der Lage, seinen Lebensunterhalt zu verdienen, sie laufe rum wie ein Clochard usw. Und in was für einem verächtlichen Ton! Nach dem Motto: Angriff ist die beste Verteidigung. Sie ging in die Offensive, um keine Erklärungen abgeben zu müssen. Damals habe ich auch geglaubt, daß sie einen Freund hätte. Schließlich ganz normal in ihrem Alter …"

Wir haben gut zwei Kilometer mit Schlaglöchern überstanden. Jetzt biegen wir in eine ordentlich asphaltierte Straße ein, die beidseitig von Platanen gesäumt wird. Die oberen Äste stoßen über uns zusammen und bilden so etwas wie einen grünen Tunnel. Die Nacht und die Straße gehören uns! Das einzige Fahrzeug, das uns begegnet, ist ein schwerer Lastwagen, der behäbig durch die Kurven schaukelt.

„Vom dritten Mal an hat Dacosta nichts mehr zu den nächtlichen Ausflügen seiner Tochter gesagt", fährt Dorville fort. „Er fraß alles in sich hinein und wurde immer finsterer. War fest davon überzeugt – wie er mir gestand –, daß man auch in Schicksalsschlägen den Fingerzeig Gottes sehen müsse und man sich nicht dagegen auflehnen dürfe."

„Den Fingerzeig Gottes?"

„Ja. Klar, Sie als überzeugter Atheist können darüber nur lachen."

„Im Gegenteil, ich muß eher weinen. Was soll dieser ganze Masochismus?"

„Das besagte seelische Tief."

„Bei diesem verdammten seelischen Tief kommt mir so langsam die Galle hoch! Klären Sie mich nun endlich darüber auf oder nicht?"

„Wenn Sie mit Dacosta gesprochen haben, wie gesagt. Kommen wir wieder auf Agnès und den letzten Dienstag zurück, den 3. Mai. Wie jeden Morgen nahm sie den Bus – die Haltestelle befindet sich ganz in der Nähe ihres Hauses –, um zur Schule zu fahren. Eine Privatschule in der Avenue d'Assas, *Institution Sévigné*. Abends nach der Schule kam sie nicht nach Hause. Aber Dacosta war ebenfalls nicht da. War in eine Nachbarstadt gefahren, um einen potentiellen Geschäftspartner aufzusuchen. Mittwoch abend dann kam er zurück in sein Haus *Petit Chêne*. Gewisse Dinge deuteten darauf hin, daß Agnès in der vorangegangenen Nacht nicht nach Hause gekommen war. Auch Mittwochabend keine Agnès. Donnerstagmorgen immer noch keine Agnès, dafür aber ein Brief im Kasten. Die Direktorin der Schule benachrichtigte Dacosta, daß seine Tochter am Mittwoch nicht zum Unterricht erschienen sei. Den ganzen Tag über lief er bedrückt herum. Schließlich rief er mich an und erzählte mir alles. ‚Mein Leben ist wirklich verflucht', jammerte er. Ich habe versucht, ihn wieder aufzurichten. Seine Tochter werde bestimmt bald etwas von sich hören lassen usw. Kurz gesagt, wir saßen da wie zwei Idioten und wußten nicht, was wir tun sollten, außer zu warten. Immerhin habe ich hier und da ein paar Nachforschungen angestellt, zum Beispiel bei dieser Christine, der Friseuse ... Wir haben also gewartet. Nichts. Gestern, Montag, kam etwas Seltsames mit der Post, aber davon später. Agnès jedoch blieb verschwunden, und ihr Vater ließ sich immer mehr hängen. Heute schließlich haben Laura Lambert und ich ... Laura war wieder mal unterwegs gewesen, und als sie zurückkam, erzählten wir ihr, was vorgefallen war ... Also, Laura und ich haben beschlossen, etwas zu unternehmen. Wir haben an Sie gedacht und Sie angerufen."

„Wenn ich recht verstehe, haben Sie die Flics bisher nicht informiert, oder?"

„Nein."

„Warum nicht?"

Nach kurzem Zögern antwortet er:

„Dacosta wollte das nicht."

„Ja, ist denn nun der Hund des Nachbarn entlaufen oder seine Tochter?"

Dorville zuckt die Achseln.

„Er mag die französischen Flics nicht. Hat kein Vertrauen zu ihnen. Er meint, daß sie die *pieds-noirs* hassen. Sie würden keinen Finger rühren, um seine Tochter wiederzufinden, und sich mit seiner Vermißtenanzeige den Hintern abwischen."

Die Dauphine biegt von der Platanenallee in einen holprigen Feldweg ein. Das Scheinwerferlicht fällt auf ein Schild. „Sägewerk Dacosta", entziffere ich. Hinter einem verfallenen Schuppen und Stapeln von Holz leuchtet uns ein Licht entgegen. Dorville hupt zaghaft. Als Antwort darauf wird eine Tür geöffnet. Im Türrahmen zeichnet sich scherenschnittartig die untersetzte Gestalt eines Mannes ab.

Dorville hält vor einem niedrigen Gittertor und stellt den Motor ab.

„Da ist noch etwas“, raunt er mir vertraulich zu. „Er sieht die Flics am liebsten nur von weitem. Unter seinem Decknamen als Chef des Kommandos ‚Omega‘ wurde er vom Sondergericht der Staatssicherheit in Abwesenheit zum Tode verurteilt.“

2

Der Verrat von Algier

Ich steige aus und setze meinen Fuß auf einen Kiesweg. Um uns herum herrscht friedliche Stille. Die tausend nächtlichen Geräusche – das Zirpen der Grillen oder der klagende Schrei einer Eule – verstärken diesen Eindruck nur noch. In der Luft hängt Thymiangeruch, den der Wind aus der Strauchheide zu uns herüberweht. Derselbe Wind bewegt die Blätter der Eiche, der das Haus seinen Namen verdankt.

Dorville stößt das Törchen auf, und wir gehen über einen Weg, der von Schwertlilien gesäumt wird. Der untersetzte Mann kommt uns entgegen. Unter seinen schweren Schritten knirscht der Kies.

„Das ist Nestor Burma, Justinien", sagt Dorville so ungezwungen wie möglich. „Du siehst, er verliert keine Zeit."

„Sehr erfreut", murmelt Dacosta nicht besonders begeistert.

Er streckt mir seine Hand entgegen. Ich drücke sie. Sie hat nichts Besonderes an sich. Eine Hand, wie es unzählige gibt. Dacosta dreht sich um, und wir gehen ins Haus. Dort trifft mich das grelle Licht direkt zwischen die Augen.

„Setzen Sie sich", sagt unser Gastgeber. „Möchten Sie etwas trinken? Ich habe Kaffee gekocht, aber es ist auch Absinth im Haus."

Ich entscheide mich für den Absinth, der sich als eine ziemlich ekelhafte Hausmischung entpuppt, so daß ich keine Lust auf ein zweites Glas verspüre. Wir sitzen uns im Dreieck gegenüber, jeder mit einem Getränk in der Hand.

Im allgemeinen habe ich nichts gegen Leute, die zum Tode verurteilt sind. Im Gegenteil, wenn ich das mal so sagen darf. Da ich aufgrund meiner Weltanschauung nie auf der Seite des Stärkeren stehe, habe ich eher ein Herz für sie. Aber keine Regel ohne Ausnahme!

In Unterhemd und Cordhose sitzt der stämmige Kerl vor mir. Er ist eher klein, aber sehr breit, und sein Gesicht mit dem krankhaft matten Teint vereint die Züge von Joseph Ortiz und Lino Ventura. Nur daß letzterer, der bekannte Schauspieler, mir sympathisch ist. Im Gegensatz zu Justinien Dacosta, dem doppelten Doppelgänger, dessen flinke Äuglein mir gar nicht gefallen. Ich weiß nicht, ob es die eines gehetzten Mannes sind oder die eines Halunken, der irgendein krummes Ding vorhat. Sicher, die Erfahrung hat mich gelehrt, daß der Schein trügt. Aber trotzdem ... Wenn Dorville mich nicht im letzten Augenblick über die strafrechtliche Situation des Mannes aufgeklärt hätte, würde ich ihn wie eine heiße Kartoffel fallenlassen. Aber ich möchte nicht den Eindruck erwecken, daß ich Ängste habe, mich mit jemandem einzulassen, der in Abwesenheit zum Tode verurteilt wurde.

Zum ersten Mal, seit wir uns kennen, sieht mir Dacosta offen ins Gesicht.

„Vielen Dank, daß Sie sich herbemüht haben", stößt er hervor, so als müßte er sich dazu zwingen. „Ich hoffe, Sie finden Agnès wieder ..."

Er spricht mit schleppender, monotoner Stimme. So ausdrucksvoll wie ein Nilpferd, und vielleicht auch mit derselben Vorsicht zu genießen. Entweder ist er müde und abgestumpft, unempfindlich gegen jeden Schmerz; oder aber das Schicksal seiner Tochter läßt ihn vollkommen kalt.

„... Sie erwarten bestimmt, daß ich Ihnen erzähle ..."

„Ich habe unseren Freund bereits informiert", unterbricht ihn Dorville. „Wir sind nur hergekommen, weil ich der Meinung war, er sollte dich kennenlernen. Reine Formsache. Aber natürlich, wenn ..."

Dorville sieht mich an.

„... wenn Sie eventuell Fragen haben ..."

„Im Augenblick nicht", sage ich. „Ich würde nur gerne wissen, was die Vermißte am letzten Dienstag anhatte. Schlecht wäre es auch nicht, wenn Sie mir ein Foto von ihr geben könnten. Und dann würde ich mir gerne ihr Zimmer ansehen. Auch das ist nur reine Formsache. Und vergessen Sie bitte nicht die Liste, Dorville, von der Sie gesprochen haben."

„Ihr Zimmer?" fragte Dacosta abweisend. „Was glauben Sie dort zu finden?"

„Nichts, wahrscheinlich. Ich nehme an, daß Sie bereits einen Blick hineingeworfen und nichts Besonderes entdeckt haben. Sonst würden Sie es mir bestimmt sagen. Aber ich möchte es mir trotzdem ansehen."

„Stimmt, wir haben einen Blick hineingeworfen. Ich, Dorville und Laura. Ich kann Ihnen versichern, daß die Kleine nichts zurückgelassen hat, was uns auch nur den kleinsten Hinweis auf ihren Aufenthaltsort geben könnte."

„Entschuldigen Sie, aber das zu beurteilen, überlassen Sie bitte mir. Wir sehen mit verschiedenen Augen, Sie und ich."

„Ja, ja."

Er wirft mir einen schrägen Blick zu. Ich weiß, was er denkt. Er hält mich für einen dieser Lüstlinge, die gerne mit ihren Pfoten in noch warmen Nylonsachen wühlen. Soll der Teufel ihn holen! Von mir aus kann er sich vorstellen, was er will. Wenn's ihm Spaß macht! Dadurch werde ich mich nicht aus der Fassung bringen lassen, genausowenig wie durch seine bloße Anwesenheit. Er hat Glück, daß er ein Freund von Laura Lambert und Jean Dorville ist!

„Hier", sagte letzterer, „das ist die Namensliste."

Er reicht mir ein Blatt Papier. Eben im Wagen hat er mir gesagt, daß der bekannte Bekanntenkreis von Agnès nicht besonders groß sei. In der Tat! Auf dem Blatt stehen die Namen und Adressen von nur vier Personen. Ich lese sie laut vor:

„Christine Crouzait, Rue Bras-de-Fer … Ist das die Friseuse, bei der Agnès angeblich hin und wieder übernachtet hat?"

„Ja", sagt Dorville.

„Rue Bras-de-Fer, ist das ihre Wohnung oder ihr Arbeitsplatz?"

„Ihre Wohnung. Arbeiten tut sie in einem Friseursalon, aber wir wissen nicht, in welchem."

„Ist auch nicht so wichtig im Augenblick. Ich habe nicht die Absicht, ihr meine Fragen zwischen Trockenhauben zu stellen."

Ich sehe wieder auf die Liste.

„Solange Bacan, Cité de la Source, Faubourg Celleneuve ... In dem Block mit Sozialwohnungen also ..."

„Eine ihrer Mitschülerinnen", meldet sich Dacosta zu Wort. „Die beiden sind Freundinnen von klein auf. Die Bacans sind auch aus Algier."

„Und der nächste, der in demselben Block wohnt, Serge Estarache?"

„Ebenfalls repatriiert", sagt Dacosta. „Man kann die Familie zwar nicht als enge Freunde bezeichnen, aber wir kennen uns."

„Roger Mourgues, Mas des Merles, Chemin Lapoujade ..."

„Ein Nachbar von uns. Der Chemin Lapoujade liegt auf der anderen Seite der Straße."

Dacostas Geste weist nach draußen, durch die Zimmerwand hindurch.

„Sein Vater ist Winzer. Franzose. Roger studiert. Medizin, glaub ich. Agnès und er kennen sich aus dem Bus. Sie fahren jeden Morgen um dieselbe Zeit in die Stadt."

Ich wende mich an Dorville.

„Sie haben die Friseuse besucht, sagten Sie. Haben Sie auch mit den anderen Personen auf dieser Liste Kontakt aufgenommen?"

„Ja. Mit eher enttäuschendem Ergebnis. Mademoiselle Bacan hat Agnès Dienstag bei Schulschluß zum letzten Mal gesehen. Sie haben sich voneinander verabschiedet, und damit hatte es sich, Estarache trifft Agnès gelegentlich im Park der Esplanade, wo die Jugend so ab 18 Uhr umherschlendert. Aber er ist krank und hat seit drei Wochen das Haus nicht mehr verlassen. Also Fehlanzeige ... Und auch Roger Mourgues, der Sohn des Nachbarn, hat Agnès seit einiger Zeit nicht mehr gesehen. Seit zwei Monaten fährt er nicht mehr mit dem Bus. Sein Vater hat ihm ein Auto gekauft ... Ich fürchte, Burma, die Liste führt Sie nicht sehr weit."

„Abwarten … Was anderes: die *Institution Sévigné*. Womit haben Sie das längere Fehlen Ihrer Tochter entschuldigt?"

„Ich habe sie krankgemeldet", antwortet Dacosta.

„Ich werde mich nämlich dort ein wenig umhören, müssen Sie wissen", erkläre ich meine Frage.

Das scheint ihm nicht sonderlich zu gefallen, dem Herrn Papa. Er macht eine resignierte Handbewegung. Ich entlocke ihm den Namen der Direktorin und setze die Dame auf die Liste: Mademoiselle Bouzignes.

„Kündigen Sie bitte morgen früh – besser gesagt: heute früh – meinen Besuch an, ja?"

„In Ordnung."

Ich stecke die Liste mit den fünf Namen ein und stehe auf. Der Hausherr steht bereits. Er brennt förmlich darauf, mir das Zimmer seiner Tochter zu zeigen.

„Oben gibt es jede Menge Fotos von ihr", sagt er. „Vor allem eins, auf dem sie in dem grauen Kostüm abgebildet ist, das sie letzten Dienstag anhatte."

Wir gehen hinauf.

Sauber ist das Zimmer, aber es macht einen unbewohnten Eindruck. Doch nicht nur, weil seine Bewohnerin zur Zeit irgendwo in der Weltgeschichte herumläuft. Der Eindruck wäre derselbe, auch wenn Agnès auf ihrem Bett liegen würde. Das Zimmer ist kalt und unpersönlich, frei von den kleinen Dingen, mit denen junge Mädchen ihre Umgebung liebevoll zu schmücken pflegen. Ein Zimmer, in dem sich die Bewohnerin nie wohlgefühlt, sondern offensichtlich furchtbar gelangweilt hat. Nicht mal ein Foto an der Wand, eins von diesen singenden Schwachköpfen zum Beispiel, die so sehr in Mode sind und bei der jungen Generation solche Begeisterungsstürme hervorrufen. Die triste Blümchentapete muß wohl noch von den früheren Bewohnern stammen.

Dacosta zieht die Schublade einer Kommode auf und holt einen Stapel Fotos heraus, zum großen Teil Schnappschüsse von Amateurfotografen. Sogleich fischt er dasjenige heraus, auf dem seine Tochter in einem Kostüm zu sehen ist, und reicht es mir. Das Kostüm ist gut getroffen: hellgrau, von der Stange, „mit feinen blauen Längsstreifen“, präzisiert Dacosta. Um jedoch eine Vorstellung von ihrem Gesicht zu bekommen, muß ich noch ein wenig suchen. Glücklicherweise enthält der Stapel wahre Schätze. Zwei Paßfotos unter anderem, unretuschiert. Agnès sieht hübsch aus, hat große, neugierig leuchtende Augen und einen sinnlichen Mund. Diese billigen Abzüge ohne trickreiche Künstlichkeit strahlen einen unbestreitbaren Lebenshunger aus.

„Hier ist noch eins“, brummt Dacosta und zieht beinahe angewidert ein großformatiges Foto aus einem festen Umschlag. „Als ich's gesehen habe, hätte ich's am liebsten zerrissen.“

Das wäre ein Fehler gewesen! Es ist ein Glanzfoto, unzweifelhaft die Arbeit eines Profis oder zumindest die eines Bildreporters, allerdings unsigniert. Ausgeklügelte Perspektive, geschickte Einbeziehung von Licht und Schatten, all jene technischen Raffinessen wurden angewandt, um Agnès' Schönheit zur Geltung zu bringen. Im Halbprofil, das braune Haar über die nackte Schulter fallend, den Daumennagel frech an die Unterlippe gelegt, wirkt das Mädchen verführerisch und sehr sexy. Der Ansatz ihrer Brüste, den das Dekolleté des Abendkleides enthüllt, ist vielversprechend … und hält es sicherlich auch.

„Wie eine Hure!“ schimpft der Vater. „Dieses gottverfluchte, verdorbene Land! Was wollte Agnès mit so einem Foto?“

„Vielleicht an eins dieser Magazine schicken, die auf der Jagd nach Filmsternchen sind“, vermute ich. „Oder sie hat sich zu ihrem eigenen Vergnügen so fotografieren lassen, aus verständlicher Eitelkeit. Denken wir doch an das Naheliegende! Frankreich hat nichts damit zu tun. Seien Sie froh, daß Ihre Tochter so hübsch anzusehen ist und ihre Vorzüge nicht versteckt! Heutzutage ist beides nicht so selbstverständlich. Überall nur Häßliches, Geschmackloses und Unerotisches.“

Dacosta gibt keine Antwort. Tröstende Worte dieser Art finden nicht seinen Beifall. Er schüttelt den Kopf, so als wolle er in seinen Gedanken, die durcheinandergeraten sind, wieder Ordnung schaffen.

„Ich nehme das Foto mit", entscheide ich. „Ebenso die beiden Paßfotos und das mit dem Kostüm."

Er erhebt keinerlei Widerspruch.

Danach beginne ich nun meinerseits, die vollgestopfte Kommode zu untersuchen. Welch ein Durcheinander! Bücher, alte Lippenstifte, Flakons, Pullover, billige Wäsche, zum Umfallen keusch. Nichts für mich dabei. Um sicher zu gehen, ziehe ich die untere Schublade ganz heraus. Es kommt nämlich sehr häufig vor, daß irgend etwas zwischen Schublade und Schrankboden rutscht. Das ist auch hier der Fall, aber es handelt sich um nichts Erhellendes: ein teures Paar Strümpfe, das noch in der Zellophanverpackung steckt. Ein eleganter Klebezettel verrät, woher die Luxusstrümpfe stammen: *Mireille, Damenwäsche und Strümpfe, Rue Daranaud*. Das hilft mir nicht weiter, antworte ich Dorville, der sich für meinen Fund offenbar interessiert und mich gefragt hat, ob mir das weiterhelfen würde.

Dacosta steht stumm dabei.

Ich werfe die Strümpfe in die Schublade und wende mich einem Kleiderschrank zu. Er enthält – wie erwartet – Kleidungsstücke, zwei recht schäbige Kostüme, Größe 38, aber – ebenfalls wie erwartet – nicht das Abendkleid, das Agnès auf dem Foto anhat.

Mit einer Geste bedeute ich dem geschätzten Publikum, daß der große Detektiv seine Nummer beendet hat. Wir gehen wieder nach unten.

Ich zünde mir meine Pfeife an und sehe auf meine Armbanduhr. Ich habe keinen Grund, ewig hier zu bleiben.

„Zeit für mich, zurück ins Hotel zu fahren", stelle ich fest.

„Einen Moment noch", bittet Dorville. „Gib mir doch mal den Umschlag, Justinien."

Immer noch stumm, geht Dacosta zu einem kleinen Schreibtisch und zieht einen festen Umschlag unter der Schreibunterlage hervor. Er gibt ihn Dorville, Dorville gibt ihn mir.

In einer männlichen Handschrift stehen Dacostas Name und Adresse auf dem Umschlag. Der gut lesbare Poststempel gibt an, daß der Brief in Saint-Jean-de-Jacou eingeworfen wurde, und zwar am 7. Mai um 13 Uhr. Am letzten Samstag also.

„Das ist ein Kaff am anderen Ende der Stadt", erklärt Dorville. „Der Brief ist Montag mit der Rohrpost gekommen. Ich bin kein Experte, aber ich glaube, wenn Sie den Absender ausfindig machen könnten, wären wir ein gutes Stück weiter."

Goldene Worte!

Der Umschlag, Marke *Fix*, patentrechtlich geschützt, ist leer.

„Was war drin?" erkundige ich mich.

Dacosta faßt in seine Gesäßtasche und fördert eine abgegriffene Brieftasche zutage. Er entnimmt ihr eine Banknote und faltet sie auseinander.

„Das war drin, in dem Umschlag", kommentiert Dorville.

Es ist ein 10000-Francs-Schein mit dem Bildnis Napoleon Bonapartes, kaum in Umlauf gewesen und so gut wie neu, nur an den Rändern etwas fleckig. Mit Lippenstift und unsicherer Hand aufgemalt, leuchtet das Kürzel O A S zwischen dem Triumphbogen und dem asketischen Gesicht des Korsen mit den angeklatschten Haaren. Ebenfalls mit Lippenstift ist unten auf dem Schein das Ausgabedatum unter- oder durchgestrichen: 2-6-62.

„Hm!" brumme ich nachdenklich. „Sollte die Organisation wieder auferstehen?"

„Darum geht's nicht", sagt Dorville.

„Und worum geht es dann?"

„Keine Ahnung", kommt es wie aus der Pistole geschossen. Etwas zu prompt für meinen Geschmack. „Jedenfalls könnte es Agnès' Schrift sein. Nicht auf dem Umschlag, nur die Buchstaben O A S."

„Was heißt hier ‚könnte'? Es ist ihre Schrift, das steht fest", behauptet Dacosta entschieden.

Er hat plötzlich seine Sprache wiedergefunden und wagt sich sogar an Schlußfolgerungen heran:

„Ich weiß nicht, woher sie den Schein hat. Der größte, den ich ihr jemals gegeben habe, war ein Fünftausender. Aber geschrieben hat sie das, kein Zweifel. Das O ist ein bißchen mißglückt, nicht richtig geschlossen, aber vielleicht hat sie es eilig hingekritzelt, im Stehen zum Beispiel, oder auf den Knien. Außerdem ist es derselbe Farbton, den auch ihre Lippenstifte haben. Und es ist ihre Art, die drei Buchstaben aneinanderzureihen. Mein Gott, das hat sie *dort* auf jeder Häuserwand gesehen!"

Ich untersuche die Banknote. Nach dem S ist der Lippenstift nach oben abgerutscht, wahrscheinlich wegen der unbequemen Haltung der Schreiberin, so wie es Dacosta vermutet. Unter den aufmerksamen Blicken der beiden Männer drehe und wende ich den Zehntausender nach allen Seiten. Ich schnuppere sogar daran, kann aber keinen besonderen Geruch feststellen. Ich weiß nicht warum, aber ich möchte den Schein behalten. Vielleicht um ihn meiner Sammlung beizufügen (bei mir zu Hause in einer Schublade liegen schon ein paar Münzen, auf die das berühmte Kürzel gestanzt ist). Vielleicht auch nur, weil mir irgend etwas sagt, daß ich ihn mir zu Hause genauer ansehen sollte, alleine, in aller Ruhe. Obwohl ich, offen gesagt, nicht weiß, ob mir das mehr Aufschluß über seine Herkunft geben wird. Dennoch bitte ich Dacosta, mir den Geldschein zu überlassen. Wieder stumm geworden, erklärt er sich nach kurzem Zögern durch ein Kopfnicken einverstanden. Halb im Spaß, halb im Ernst sagt Dorville:

„Haben Sie etwa ein tragbares Labor mitgebracht, mit dessen Hilfe Sie den Schein nach Fingerabdrücken absuchen wollen?"

„Tja, wer weiß?" antworte ich ausweichend. „Das wäre vielleicht auch nicht schwieriger, als den Absender herauszufinden. Denn, wissen Sie, nur weil der Brief in Saint-Jean-de-Jacou abgestempelt ist, muß der anonyme Absender nicht unbedingt in dem Kaff wohnen. Man könnte sogar sagen: im Gegenteil! Ich werde mich aber trotzdem dort umsehen ... So, und jetzt verdrücke ich mich. Vorher noch eins, Monsieur

Dacosta, damit zwischen uns Klarheit herrscht: Wunder vollbringe ich nicht. Ich kann Ihnen nichts garantieren. Immerhin ist es jetzt eine Woche her, daß Ihre Tochter verschwunden ist, vergessen Sie das nicht! Verdammt nochmal, hätten Sie nicht früher etwas unternehmen können? Na ja, was geschehen ist, ist geschehen … Noch etwas anderes: Montpellier scheint ja inzwischen eine große Stadt geworden zu sein. Für mich bleibt sie jedoch weiterhin ein Provinznest, das heißt, jeder kennt jeden. Wenn ich also hier überall herumschnüffle, besteht die Gefahr, daß ich auf mich aufmerksam mache. Und zwar eher, als mir lieb ist! Sie haben die Flics aus dem Spiel gelassen. Ich werde alles tun, damit sie dort bleiben. Vielleicht läßt es sich aber nicht verhindern, daß sie uns irgendwann in die Quere kommen. Wollen Sie das Risiko eingehen?"

„Finden Sie Agnès", sagt er mit seiner tonlosen Stimme. „Und was die Flics angeht …"

Er zuckt die Achseln und fügt nur hinzu:

„Inschallah!"

„O. k.!"

Nach diesem arabisch-amerikanischem Wortwechsel lege ich die subversive Banknote zu meinen eigenen Geldscheinen und stecke auch den Umschlag ein. Wir geben uns die Hand wie nach einer Beerdigung, und dann gehen Dorville und ich zum Wagen zurück.

Die Nacht verhält sich weiterhin still und friedlich, vibriert von tausend Geräuschen nächtlichen Landlebens. Dacosta hat die Haustür geschlossen, und das Haus wirkt wie ein lebloser Kasten. Nicht lebloser allerdings als das Zimmer des jungen Mädchens, diese Schlafschachtel, in der Langeweile und Überdruß herrschen und an die ich mich nur mit Unbehagen erinnere.

„Was halten Sie von Dacosta?" fragt mich Dorville, als wir unter den Platanen entlangfahren.

„Ich will offen zu Ihnen sein, mein Lieber. Wenn er nicht Ihr Freund und der von Laura Lambert sowie der Vater eines so süßen Mädchens wäre, würde ich ihn mit seinen Sorgen alleinlassen. Und ich will Ihnen noch etwas sagen: Sollte ich das Mädchen finden und feststellen, daß sie glücklich ist, dort, wo sie ist, dann können Sie sich auf den Kopf stellen, alle miteinander, aber ihre Adresse werden Sie von mir nicht erfahren! Damit Sie's wissen! Haben Sie das Zimmer gesehen? Trostlosigkeit, wohin man blickt. Ich wette, das Kopfkissen war noch ganz feucht von Tränen."

„Reden Sie keinen Quatsch, Burma! Vielleicht ändern Sie Ihre Meinung im Laufe der Nachforschungen."

„Möglich. Aber in Bezug auf Dacosta werde ich meine Meinung bestimmt nicht ändern. Er ist mir zutiefst umsympathisch."

„Sie werden Ihre Voreingenommenheit ganz sicher ablegen, wenn Sie gewisse Dinge erfahren. Justinien ist am Ende, ein unglücklicher, gebrochener Mann, der sich grämt und seine Sorgen in sich hineinfrißt ... zermürbt von seinem seelischen Tief."

„Die alte Platte: seelisches Tief! Könnten Sie sich vielleicht endlich dazu entschließen, mir zu verraten, was es damit auf sich hat?"

„Ich hab's Ihnen doch versprochen ... Also, dann ... Wir müssen bis 1962 zurückgehen, mitten in die Wirren des algerischen Krieges. Nach der Verhaftung der Generäle dachte ganz Frankreich, daß damit alles überstanden sei. Und das war es auch tatsächlich. Aber nur, weil das sogenannte ‚Schwarze Triumvirat' – das heißt, die drei Köpfe des Kommandos ‚Omega' ... des letzten Kommandos nämlich, deswegen wurde es mit dem letzten Buchstaben des griechischen Alphabets bezeichnet –, also, nur weil dieses Schwarze Triumvirat zerschlagen wurde, bevor es zuschlagen konnte. Die drei Männer, bekannt unter den Decknamen ‚Jasmin', ‚Flugzeug' und ‚Weizen', waren bis dahin von den Generälen im Zaum gehalten worden. Nach der Verhaftung ihrer Chefs dann hatten sie völlig freie Hand. Es waren gefährliche Revolutionäre, und den Behörden war es sehr wohl bekannt, daß sie eine furchtbare Bedrohung darstellten. Kurz vor der Verkündung der Unabhängigkeit, im Juni 1962 genau, fand in Algier ein wichtiges Treffen statt. Dort sollten die drei Männer sowie die Köpfe und Mitglieder verschiedener Aktionsgruppen die Führer einer moslemischen, der F. L. N. feindlich gesonnenen Partei treffen, um einen Bündnispakt zu schließen. Damit sollte zum letzten Kampf geblasen werden. Das Treffen fand statt, endete jedoch in einem Desaster. Jemand hatte die Verschwörer verraten. Ordnungskräfte und Geheimpolizei umstellten das ‚konspirative' Gebäude und verhafteten die ganze Gesellschaft. ‚Weizen' wurde dabei getötet, weil er sich mit der Waffe in der Hand seiner Festnahme widersetzt hatte. ‚Jasmin' und ‚Flugzeug' begingen später im Gefängnis Selbstmord. Die anderen essen noch auf Staatskosten Wasserlinsen in allen sechs Ecken Frankreichs. Das ist alles."

„Und was hat Dacosta damit zu tun? Denn ich nehme doch an, daß es einen Zusammenhang zu ihm gibt, oder?"

„Ja, es gibt einen. Dacosta hatte Glück. Er sollte ebenfalls an dem Treffen teilnehmen, ist aber mit seinem Wagen unterwegs auf Straßensperren und Abriegelungen durch die Polizei gestoßen, mußte Umwege fahren und gelangte nicht mal an den Versammlungsort. Noch auf dem Weg erfuhr er von der Verhaftung der ganzen Bagage. Er reagierte wie alle andern. Alles war aus und zu Ende, es gab keine Hoffnung mehr. Dacosta hielt sich verborgen. Später gelangte er, zusammen mit anderen bedauernswerten Flüchtlingen, nach Frankreich ... Außer ein paar Eingeweihten weiß niemand, daß der spurlos verschwundene X ... Verzeihen Sie, Burma, aber ich sehe keinen Grund, Ihnen seinen Decknamen zu nennen ... daß dieser X und Justinien Dacosta ein und dieselbe Person ist. Und außerdem", fügt er lachend hinzu, „ist Dacosta seit dem Verrat in Algier auch nicht mehr derselbe."

„Keine billigen Scherze, bitte", sage ich. „Reden wir lieber nicht um den heißen Brei herum. War er es, der seine Freunde verraten hat?"

Dorville antwortet nicht sofort. Er räuspert sich geräuschvoll, so als hätte er einen Kloß im Hals. Dann ruft er aus:

„Um Himmels willen! Was fällt Ihnen ein?"

„Mir? Nichts. Ich habe nur eine Frage gestellt."

„Herrgott nochmal! Meinen Sie, ich würde ihm dann noch die Hand geben?"

„Ja, ja, schon gut! Schließlich kennen Sie ihn besser als ich. Ich finde nur, daß er durchaus danach aussieht."

„Früher sah er nicht ‚danach' aus. Das ist erst später gekommen. Einige unserer Landsleute haben ihn geschnitten. Diese Geschichte mit den Straßensperren und Umwegen hört sich ja wirklich ein wenig seltsam an ... Dacosta hat unter den unausgesprochenen Verdächtigungen sehr gelitten ... Er grübelte und grübelte ... und fragte sich schließlich, ob ihn nicht tatsächlich eine gewisse Schuld traf. Er ist davon überzeugt, daß er die Katastrophe hätte verhindern können, wenn er rechtzeitig zu dem Treffen gekommen wäre."

„Und man hat nie herausgekriegt, wer der Verräter war?"

„Nein, nie. Die Leute, die sich in Algier getroffen haben, kannten sich nicht alle untereinander ... Um auf Agnès zurückzukommen: Ihr verächtliches, unverschämtes Benehmen ihrem Vater gegenüber läßt darauf schließen, daß sie Zweifel an seiner Unschuld hat. Anders kann ich es mir nicht erklären."

„Könnte das auch der Grund für ihre Flucht aus dem Vaterhaus sein? Aus Scham darüber, was Dacosta ihrer Meinung nach getan haben könnte?"

„Das wäre eine These. Es muß aber noch andere Gründe geben. Sehen Sie, die Banknote zum Beispiel ..."

„Ja, sprechen wir von der Banknote! Welche Rolle könnte der Schein bei dem Ganzen spielen?"

„Meiner Meinung nach muß man darin ein Symbol sehen, nämlich das der dreißig Silberlinge des Judas. Der Geldschein soll den Empfänger an seine Schandtat erinnern. Wie die schwarze Hand der Piraten. Warum nehmen wir nicht an, daß Leute, die Dacosta für einen Verräter halten, Agnès gekidnappt und sie dazu gezwungen haben, den Schein mit dem berühmten Kürzel zu zeichnen und ..."

Er verstummt.

„Und?“
„Tja, weiter reicht meine Phantasie nicht.“
„Gar nicht schlecht für den Anfang. Aber sagen Sie, ich habe Sie noch gar nicht gefragt, auf welchem Gebiet Sie hier tätig geworden sind. Sie schreiben nicht zufällig Drehbücher für Fernsehserien?“
„Nein. Aber ich bin tatsächlich so eine Art Schriftsteller.“
„Hab ich's mir doch gedacht! Kriminalromane?“
„Nein ...“
Trotz seiner gegenwärtigen Sorgen bricht er in Gelächter aus.
„Stellen Sie sich vor, in den drei Jahren Knast, die ich wegen meiner Tätigkeit als Widerstandskämpfer absitzen mußte, habe ich alles gelesen, was über den Angelsport geschrieben worden ist. Ich selbst bin nämlich leidenschaftlicher Angler, müssen Sie wissen. Irgendwann habe ich dann ein Buch übers Angeln geschrieben, ein Fachverlag hat's rausgebracht, und jetzt kassiere ich – als schamloser Verwerter fremder Quellen, um nicht zu sagen, als Plagiator – genügend Tantiemen, um davon leben zu können. Ich hatte immer gehört, daß es für solche Werke eine interessierte Leserschaft gibt. Und jetzt stelle ich erfreut fest, daß es stimmt.“
„Herrlich!“ rufe ich lachend. „Vom bewaffneten Widerstand zum Angelsport!“
Meine Stichelei scheint ihn zu ärgern, denn von nun an macht er den Mund nicht mehr auf. Schweigend fahren wir durch Stadtviertel, die ich nicht wiedererkenne. Dann erblicke ich plötzlich in der Dunkelheit das imposante, vertraute Aquädukt von Arceaux. Wir fahren unter den Bögen hindurch, und Dorville hält an. Er wohnt in der Rue Saint-Louis, in einem baufälligen Pavillon, einer Art Künstleratelier, mit einem schmalen Vorgärtchen, mehr einem Grünstreifen, wenn man es genau betrachtet. Der Pavillon wird von zwei Mietshäusern eingerahmt.
Ich folge Dorville in sein Häuschen. Er schlägt vor, noch ein letztes Gläschen zu trinken, was ich gerne annehme. Viel-

leicht wird das den scheußlichen Absinthgeschmack vertreiben.

Nachdem Dorville mir einen Umschlag mit dem versprochenen „Geld für den Anfang" gegeben hat, frage ich beiläufig:

„Dieser Verräter von Algier ... Hat er aus Ehrgefühl gehandelt, wenn man das so nennen kann, oder ging es ihm ums Geld?"

„Er hat wohl Geld erhalten. Gerüchte gingen um ... Es war von fünfzig Millionen alten Francs die Rede ... Latrinengeschwätz, wissen Sie ..."

„Und wann war das nun genau, die Zerschlagung des Kommandos ‚Omega'?"

„Juni 1962."

„Juni 1962 ... Ist Ihnen aufgefallen, daß das Datum auf dem Geldschein lautete: 2-6-62?"

„Nein. Ich habe nicht darauf geachtet. Was bedeutet das, Ihrer Meinung nach?"

„Vielleicht nichts. Reiner Zufall ... Na schön, ich werde Ihnen Bericht erstatten, wenn es was zu berichten gibt! Bringen Sie mich ins *Littoral* zurück?"

„Selbstverständlich."

Auf der Fahrt durch die schlafende Stadt wechseln wir keine drei Worte miteinander. So langsam werde auch ich jetzt müde, fühle mich ziemlich kaputt. Dacostas Absinth, wahrscheinlich ...

Dorville setzt mich vor dem Hotel ab und fährt nach Hause.

Freund Bruyèras schläft wohl irgendwo seinen Rausch aus. Auf seinem Posten ist er jedenfalls nicht. Der Page schnarcht in einem Sessel. Aus Rücksicht auf den Schlaf der arbeitenden Bevölkerung nehme ich, ohne jemanden zu behelligen, meinen Schlüssel eigenhändig vom Brett und gehe in mein Zimmer hinauf, darauf bedacht, die Stille des Hauses nicht zu stören. Ich öffne die Tür, trete in den winzigen Vorraum und mache dann die eigentliche Zimmertür auf. Als ich nach dem

Lichtschalter taste, packt mich ein Kerl, der im Dunkeln bleibt, aber nach Whisky stinkt, an der Krawatte, so daß mir die Luft wegbleibt. Es folgt ein erstklassiger Schlag zwischen meine Augen. Wie hart muß der Junge wohl zuschlagen können, wenn er nüchtern ist! Ich schlage zurück, allerdings eher zweitklassig, fürchte ich. Auf solch einen Empfang war ich nicht gefaßt. Aber erst- oder zweitklassig, ich erwische ihn. Es scheint den Kerl nicht übermäßig zu beeindrucken. Abschließend verpaßt er mir einen kräftigen Nackenschlag, Marke Fallschirmspringer. Ich gehe zu Boden, lande direkt neben meinem Hut. Glocken läuten, und sechsunddreißig Feuerwerkskörper explodieren in meinem Schädel. Ton-Licht-Show für Nestor! Leider kann ich sie nicht lange genießen. Eine Sekunde später verliere ich das Bewußtsein.

Herzlich willkommen in der Heimat!

3

Der Späher, die Blondine und der aufrechte Zeuge

Daß Dacosta, mein Klient wider Willen, ein Sägewerk betreibt, ist sein gutes Recht, aber kein hinreichender Grund, meinen Schädel mit einer Stichsäge zu zersägen. Bei genauerem Hinhören erkenne ich jedoch, daß es gar keine Säge ist, sondern das Telefon, dessen Läuten sich in meinen Kopf bohrt.

Es ist Tag, und die Sonne brennt unbarmherzig auf die Stadt herab. Ich bin schweißgebadet. Vollständig angezogen, aber nicht gerade anziehend und schon gar nicht temperamentvoll liege ich auf dem verrutschten Teppich meines Hotelzimmers, genau an der Stelle, an der ich aus den Latschen gekippt bin. Meine Bewußtlosigkeit muß wohl direkt in Schlaf übergegangen sein, ohne daß ich es bemerkt habe. So etwas ist mir auch noch nie passiert! Gegen neuartige Erfahrungen kann man nichts machen. Auch gegen das Telefonklingeln kann man nichts machen. Ich rapple mich mühsam hoch, und mit beträchtlicher Anstrengung, sicherem Blick und unsicherer Hand gelingt es mir, den Hörer abzunehmen und so das läutende Ungetüm zum Schweigen zu bringen.

„Hallo!“ seufze ich und lasse mich auf mein Bett sinken.

„Guten Tag, Monsieur. Eine Dame möchte Sie ...“

„Aber ich möchte keine Dame. Schicken Sie sie weg. Ich habe keine Dame verlangt.“

„Entschuldigen Sie, Monsieur, aber die Dame verlangt Sie. Am Telefon. Madame Lambert.“

„Na schön, dann geben Sie mir die Dame ... Hallo, hier Nestor Burma.“

Ich sehe auf meine Armbanduhr. Ich schaffe es sogar, die Stellung ihrer Zeiger zu erkennen. Es ist kurz nach zehn.

„Guten Morgen, mein Lieber“, säuselt eine Altstimme mit *pied-noir*-Akzent. „Hier Laura Lambert. Habe ich Sie aus dem Bett geworfen?“

„Nicht direkt. Aber ich lag ganz in der Nähe ... Wie geht es Ihnen?"

„Ich habe das Gefühl, daß ich Ihnen diese Frage stellen muß. Sie machen einen ziemlich benommenen Eindruck."

„Ich *bin* benommen. Bestimmt der plötzliche Klimawechsel ... oder der Absinth von Vater Dacosta."

„Mein Gott! Haben Sie das abscheuliche Zeug etwa getrunken?"

„Ja, und gleich zweimal: zum ersten und zum letzten Mal. Das schwöre ich beim Leben von Marisa Mell."

„Wer ist Marisa Mell?"

„Die verführerische Schönheit aus *Ziel: 500 Millionen*. In dem Film ..."

„Verschonen Sie mich mit Ihren Schönheiten! Reden wir lieber von ernsthafteren Dingen. Heute früh habe ich Dorville angerufen, um ihn daran zu erinnern, daß er Sie vom Bahnhof abholen wollte. Von ihm erfuhr ich, daß Sie bereits hier sind und sogar noch spät in der Nacht mit Dacosta über die Sache gesprochen haben."

„Stimmt."

„Ich freue mich, daß Sie keine Zeit verlieren. Sobald Ihre vorübergehende Unpäßlichkeit ... äh ... vorübergegangen ist, werden Sie sich der Sache bestimmt entschlossener widmen als diese beiden Waschlappen Dorville und Dacosta, nehme ich an! Die zwei machen mir Spaß! Wenn ich ihnen nicht den Marsch geblasen hätte, würden sie immer noch dasitzen und auf ein Wunder warten. Ich mußte mich beinahe mit ihnen prügeln, damit sie Sie endlich anriefen."

„Ja, Herr Feldwebel", murmelte ich.

„Wie? Was brummen Sie da in Ihren Bart?"

„Nichts, nichts ... Ich habe nur gegähnt. Nicht sehr höflich von mir, entschuldigen Sie. Aber ich schlafe noch halb."

„Ich muß mich bei Ihnen entschuldigen! Ich wußte nicht, daß Sie nicht auf dem Damm sind. Allerdings hätte ich Sie ohnehin nicht später anrufen können. In einer Viertelstunde reise ich ab, um ein paar Ärzte im nächsten Departement zu besuchen. Vor Sonntag oder Montag komme ich nicht zurück. Vor meiner Abreise wollte ich Ihnen danken, daß Sie sich so schnell herbemüht haben, und Ihnen viel Glück wünschen. Ich mache mir Sorgen wegen Agnès ... Was kann ihr wohl passiert sein? In letzter Zeit ist sie der väterlichen Autorität zu sehr entglitten, aber im Grunde ist sie ein liebes Mädchen. Die Sache bereitet mir ein wenig Kopfschmerzen. Aber zu wissen, daß Sie den Fall in die Hand nehmen, beruhigt mich. Wenn ich wieder zurück bin, haben Sie vielleicht schon Neuigkeiten für mich ... gute Neuigkeiten."

„Ganz bestimmt."

„Haben Dorville und Dacosta Ihnen alles erzählt?"

„Aber ja. Jedenfalls hoffe ich es."

Ich gebe den Inhalt des nächtlichen Gesprächs wieder, so gut ich kann.

„Ja, es stimmt alles", stellt Madame Lambert im Feldwebelton fest. „Gut. Also, ich rufe Sie an, sobald ich zurück bin."

Wir legen auf. Ich wische den Schweiß von meinem Gesicht und bleibe noch eine Weile auf dem Rücken liegen. „Entschlossener als diese beiden Waschlappen", hat sie gesagt. Aber wie denn?! Nestor Burma, die Entschlossenheit in Person! Das Beste, was wir zur Zeit auf Lager haben.

Das warme Klima, an das ich nicht mehr gewöhnt bin, meine Kopfschmerzen, meine geschwollene Nase und mein schmerzender Nacken, das alles trägt nicht dazu bei, daß ich vor Tatendrang platze. Ob ich nun gleich jetzt mit den Ermittlungen im Falle Agnès Dacosta beginne oder erst heute abend, wenn ich wieder vollkommen bei Kräften bin, das wird der Ausreißerin wohl egal sein. Eine Woche ist seit ihrem Verschwinden verstrichen (eine Woche! Ja, Dorville und Dacosta sind wirklich Männer der Tat!), dann kommt es auf ein paar Stunden auch nicht mehr an. Heute morgen muß ich mich erholen, die frische Luft der Pinienwälder atmen und andere Vorzüge der Gegend genießen. Ich werde meinen alten Onkel besuchen, der in Prades wohnt, einem Nest, das hinter Dacostas Sägewerk an derselben Straße liegt.

Jawohl, das werde ich machen!

Ich rutsche vom Bett und gehe mit wackligen Knien ins Badezimmer, um ein Glas Wasser zu trinken und mir mit einem nassen Handtuch Gesicht und Nacken abzureiben. Es war nicht das erste Mal, daß ich Prügel einstecken mußte; aber zum ersten Mal fühle ich mich danach so hundeelend. Der Kerl, der mich derart bearbeitet hat, verfügt offenbar über eine ganz spezielle Technik mit eigenartigen Spätfolgen. Apropos, was war das eigentlich für ein Kerl? Montpellier ist Großstadt geworden, wie Bruyèras gesagt hat. Ja, M'sieur, mit dem entsprechenden Komfort und dem ganzen modernen Kram, Hoteldiebe eingeschlossen. Bei diesem Gedanken fasse ich in meine Hosentasche, um nachzusehen, ob mein Geld noch da ist. Es ist noch da. Vollständig. Na ja, fast ... Der Schein mit den Buchstaben O A S ist verschwunden.

In diesem Augenblick klingelt das Telefon zum zweiten Mal. Und wieder ist es Laura Lambert, die flammendrote Rothaarige, die mir anscheinend die Hölle heiß machen will.

„Hören Sie", beginnt sie schwungvoll, „haben Sie vielleicht zufällig einen lustigen Kater, der Sie zu Späßen anstiftet?"

„Nein. Mein Kater ist überhaupt nicht lustig, und man verscheucht ihn bestimmt nicht, indem man ihn am Telefon anschnauzt! Warum fragen Sie?"

„Weil mich soeben jemand angerufen hat. Ich dachte, Sie seien es gewesen."

„Und warum dachten Sie das?"

„Der Kerl hat seine Stimme verstellt und hatte einen komischen Akzent. Einen Akzent, der dem hier in der Gegend ähnelte, aber imitiert war. Es hörte sich genauso an, als würde ein Pariser versuchen, mit südlichem Akzent zu sprechen."

„Nun, ich war's nicht. Was wollte er?"

„Meine Meinung über 'ne Menge idiotischer Dinge hören. Behauptete, von einer Art Gallup-Institut anzurufen. Ich habe ihn lauthals zum Teufel geschickt und aufgelegt. Dann dachte ich, daß Sie mir vielleicht einen Streich spielen wollten, aber da das jetzt ja ausscheidet ...“

„Vollkommen!“

„... frage ich mich, was das sollte, der seltsame Akzent, die offensichtlich verstellte Stimme ...“

„Bestimmt hat der Mann Schwierigkeiten mit seinem Gebiß.“

„Meinen Sie?“

„Was kommt sonst in Frage? Es sei denn ... Glauben Sie, daß der Anruf etwas mit unserem Fall zu tun hat?“

„Sicherlich nicht. Es war weder von Agnès die Rede noch von ihrem Vater. Nicht mal mein Name ist gefallen. Der Kerl hat sich nur nach meiner Telefonnummer erkundigt.“

„Wovon war denn genau die Rede?“

„Ach, wissen Sie, das ging sehr schnell. Er wollte wissen, was ich von der Pille halte, von der zeitlichen Staffelung der Ferien, vom Präsidenten ...“

Sie lacht.

„Ich habe nur auf diese letzte Frage geantwortet und ihn gleichzeitig zum Teufel geschickt. Da er meine Meinung hören wollte ...“

„Ja ... Es war bestimmt ein kleiner Witzbold.“

„Das glaube ich jetzt auch ... Gut, dann bis Sonntag oder Montag.“

„Genau, bis dann.“

Sie legt auf. Erleichtert nehme ich den Hörer von meinem Ohr. Meinem Kopf bekommt der harte Akzent gar nicht gut. Eine komische Sache, diese komischen Akzente! Durchs Telefon werden sie deutlicher, stärker. Aber auch solche Überlegungen bekommen meinem Kopf nicht.

Ich gehe wieder ins Badezimmer, ziehe mich aus und dusche. Danach nehme ich ein sauberes Hemd und einen neuen Anzug aus meinem Koffer. Dabei fällt mir auf, daß der Schläger von heute nacht meine Sachen durchwühlt hat. Das überrascht mich nicht. Auf den ersten Blick scheint nichts zu fehlen, zum Glück auch nicht mein 38er Webley. Wenn das nämlich so weitergeht, werde ich ihn gut gebrauchen können. Ich lege das Halfter an. Der Revolver soll es unter meiner Achselhöhle schön warm haben!

Da meine Kopfschmerzen nachlassen, denke ich endlich daran, den Inhalt meiner Taschen zu untersuchen. Die Liste mit Agnès' Bekannten, die Fotos des Mädchens, der Umschlag, in dem der „subversive" Geldschein geschickt wurde, kurz, alles, was ich von Dacosta mitgebracht habe, ist vorhanden. Nur dieser Geldschein ist verschwunden. Ich habe also recht gehabt mit meiner Vermutung, daß er mir irgendeinen Hinweis liefern würde.

Ich hebe meinen Hut vom Boden auf, wo er seit dem nächtlichen Überfall gelegen hat. Dann stecke ich mein Adreßbuch ein, das ich, wie vermutet, neben dem Telefon liegengelassen hatte. Was hätte mein Besucher daraus entnehmen können ... falls er überhaupt einen Blick in das Büchlein geworfen hat?

Beim Hinausgehen habe ich so etwas wie eine Erleuchtung. Aha, mein geplagter Kopf ist also doch noch zu etwas nütze! Man muß ihm nur Zeit lassen ... Ich glaube zu ahnen, warum ein mysteriöser Anrufer Laura Lambert – und vielleicht auch Jean Dorville – blöde Fragen gestellt hat. Ich nehme den Hörer ab und lasse mich mit der Rothaarigen verbinden, doch es nimmt niemand ab. Laura ist anscheinend bereits „auf Achse", wie Dorville gesagt hat. Bei ihm versuche ich's als nächstes. Niemand zu Hause. Na schön, dann eben nicht. Ein Glück, denn meine Kopfschmerzen werden wieder stärker. Besser, ich überanstrenge meinen Schädel nicht.

Beim Verlassen des Zimmers untersuche ich das Türschloß. Es ist nicht aufgebrochen worden. Der Kerl muß wohl einen Passepartout besitzen.

Der Hotelangestellte, der an der Rezeption meinen Schlüssel entgegennimmt, ist nicht Bruyèras. Auch Gérard, der Page, ist nirgendwo zu sehen. Ich schnappe mir das örtliche Telefonbuch und suche die Nummer meines Onkels heraus, um ihm meinen Besuch anzukündigen. Ich müsse mir nur noch schnell einen Wagen mieten, sage ich ihm. Die Überraschung ist gelungen! Der alte Mann kann sich gar nicht mehr einkriegen. So lange Jahre hätten wir uns nicht gesehen, und jetzt … wie eine Bombe … Urlaub? Ja. Gut, dann bis gleich. Ich schreibe mir aus dem Telefonbuch drei Adressen von Leihwagenfirmen heraus und verlasse das Hotel.

Draußen herrscht eine Affenhitze wie im August. In einem Tabak-Zeitungsladen mit dem Schild *Khédive* (unverändert seit der Zeit, als ich in kurzen Hosen herumlief) kaufe ich mir außer einer Sonnenbrille einen Stadtplan und eine Karte der Umgebung, die ich an der Theke eines Cafés gleich nebenan studiere, während ich einen leichten Imbiß mit Aspirin zu mir nehme. Dann begebe ich mich zu *Garage-Max* und leihe mir eine Dauphine, die der von Dorville ziemlich ähnlich sieht, vor allem, was die Farbe betrifft. Nachdem die Formalitäten erledigt sind, setze ich mich hinters Steuer und fahre aufs Land.

Ich lasse die Stadt hinter mir. Als ich mich auf der Höhe von Dacostas Anwesen befinde, trägt mir der Wind das Kreischen einer hart arbeitenden elektrischen Säge zu.

Wegen meiner außergewöhnlichen Tiefstform und des regen Straßenverkehrs fahre ich gemächlich die Platanenallee entlang. Die geruhsame Bummelei erlaubt es mir, einen Blick auf die Landschaft zu werfen. Auf der anderen Straßenseite sehe ich plötzlich auf einer von dürftiger Vegetation halb zugewachsenen Anhöhe etwas in der Sonne blitzen. Wäre ich schneller gefahren, hätte ich es gar nicht bemerkt. Dieses blitzende Etwas ist nicht allein. Trotz meines benebelten Hirns identifiziere ich es sofort. Schlagartig kehrt all meine Energie in meinen Körper zurück. Unter Nichtbeachtung der Straßenverkehrsordnung vollführe ich eine waghalsige Kehrtwendung und … kehre um. Bei meinem zirkusreifen Manöver hätte ich um ein Haar ein olivgrünes Kabriolett auffahren lassen. Die Fahrerin, deren blonde Haarmähne im Wind weht, beschimpft mich. Unwichtig. Wichtig dagegen ist die Tatsache, daß ein Mann von dem Hügel aus durch ein Fernglas das Haus von Justinien Dacosta beobachtet.

Als ich am Fuße des Hügels halte, steht er immer noch auf

seinem Beobachtungsposten. Ich steige aus und kämpfe mich durch Gestrüpp und Büsche hindurch auf ihn zu. Das Pech steht mir bei: Ich verheddere mich mit den Armen in einem Stück Stacheldraht, den Überresten eines Zauns. Gleichzeitig klammert sich der Zweig irgendeines verdammten Strauches an meine Jacke und reißt sie mir beinahe von den Schultern. Mein Aufstieg ist erst einmal gestoppt. Der Mann oben auf der Anhöhe hat sein Fernglas sinken lassen und beobachtet meine Anstrengungen, zu ihm zu gelangen. Wie versteinert steht er da. Wahrscheinlich erschreckt ihn mein Pistolenhalfter samt Inhalt, überlege ich mir. Er ist noch ziemlich jung, mit zerfurchtem, wettergebräunten Gesicht, einer schiefen Nase und einem Schnurrbart, einer dieser Bürsten, die dank Georges Brassens Mode geworden sind. Ich versuche, mir die Gesichtszüge des Mannes einzuprägen. Das ist alles, was ich im Moment tun kann. Bevor ich mich von Stacheldraht und Strauch befreien kann, flüchtet er in ein Wäldchen. Kurz darauf höre ich ein Motorengeräusch. Die Sache ist für mich erst einmal erledigt.

Ich klettere wieder hinunter zur Straße, setze mich hinters Steuer und fahre ein bißchen in der Gegend herum, allerdings ohne große Hoffnung auf einen Fahndungserfolg. Kein Bürstenschnurrbart am Horizont. Ich nehme Kurs auf Prades.

Ein paar Kilometer weiter, hinter einer Flußbrücke, gelange ich in den Bereich einer Schnapsbrennerei, die ihren für empfindsame Nasen besonders unangenehmen Gestank verbreitet. Mein Riecher schaufelt ihn nur so in sich hinein, was meine Kopfschmerzen nicht eben lindert. Trotzdem muß ich schmunzeln: Direkt vor der Brennerei, das heißt, in der unmittelbaren Gefahrenzone für den Geruchssinn, parkt das olivgrüne Kabrio der Blondine, die mich beinahe ... oder, besser gesagt, die ich beinahe in den Straßengraben geschickt hätte. Die Fahrerin, in einem Minirock, der zwei herrliche Beine enthüllt, ist über den Kofferraum gebeugt und legt soeben irgendein Werkzeug hinein. Einen schönen Ort hat sie sich für ihre Panne ausgesucht! Als sie das Motorengeräusch meines Wagens hört, schlägt sie den Kofferraum zu, dreht sich um und sieht mir entgegen, so als hätte sie mich erwartet oder als posiere sie für den Wettbewerb „Automobile Eleganz". Ich halte direkt neben ihr.

„Kann ich helfen?"

Sie spielt Kastagnetten mit ihren Fingern, um den Staub loszuwerden, und schenkt mir ein reizendes Lächeln.

„Nein. Diese Leihwagen stecken voller Überraschungen! Aber es geht schon, danke."

Sie spricht nicht mit einheimischem Akzent, eher schon mit dem der Pariser Boulevards. Die junge Dame ist höchstens dreißig und trotz der verbitterten Falten um die Winkel ihres etwas zu stark geschminkten Mundes zum Anbeißen. Ihre großzügig aufgeknöpfte Hemdbluse läßt ein hübsches Paar Brüste erahnen … oder erträumen. Ihre Augen und deren Ausdruck entziehen sich meiner Beurteilung hinter einer Sonnenbrille mit originellem, weißgepunkteten Gestell.

„He!" ruft sie plötzlich, als ihr Blick auf meine Dauphine fällt. „Sind Sie nicht der Verrückte von eben? Also wirklich, einen Fahrstil haben Sie!"

„Entschuldigen Sie, mir war etwas aus dem Fenster gefallen", erkläre ich.

„Das ist mir egal! Sie haben mir einen schönen Schrecken eingejagt …"

Ihr Lächeln kehrt wieder.

„Na ja, ich verzeihe Ihnen … zur Erinnerung an Paris! Denn dem Akzent nach zu urteilen, sind wir doch zweifellos beide aus der Hauptstadt, oder?"

„Hört sich ganz so an", pflichte ich ihr bei. „Ich stamme hier aus der Gegend, lebe aber schon lange in Paris."

„Ach, Sie sind von hier?"

„Aus Montpellier, ja."

„Meinen Glückwunsch! Scheint 'n hübsches kleines Städtchen zu sein."

„Ja, das hört man immer wieder. Machen Sie Urlaub?"

„Ja."

Mit einer anmutigen Geste streicht sie sich mit der Hand durchs Haar. Was zur Folge hat, daß ihr ohnehin schon kurzer Rock noch ein Stück höher rutscht. Mein leidender Kopf neigt möglicherweise dazu, zu phantasieren und mir einen Streich zu spielen. Jedenfalls braust und brodelt es in ihm. Das Ganze ähnelt stark einer schlecht inszenierten Komödie mit mittelmäßigen Schauspielern, die ihren Text nicht können. Ich überlege, ob ich die junge Frau nicht ins Kreuzverhör nehmen und einige Erklärungen von ihr verlangen solle. Nachdem ich das Für und Wider abgewägt habe, begnüge ich mich mit der Frage:

„Urlaub … ganz alleine?“

„Im Moment, ja.“

„Ich reise ebenfalls alleine. Aber bei mir habe ich den Verdacht, daß ich es für immer und ewig bleiben werde … Es sei denn, Sie willigen ein, bei Gelegenheit mit mir ein Gläschen zu trinken.“

Sie lacht auf. Das Lachen klingt nicht sehr natürlich.

„Sieh mal einer an! Vielleicht in Ihrer netten kleinen Junggesellenbude mit indirekter Beleuchtung und japanischen Stichen an den Wänden, nicht wahr?“

„Nein. Das kommt erst später. Fürs erste würde ein stilles Bistro genügen.“

„Ich werd's mir überlegen“, erwidert sie ziemlich abweisend. „Puh! …“

Sie rümpft die Nase.

„Das stinkt ja fürchterlich … Sagen Sie …“

Sie zeigt zur Straße hin.

„Zur Jungferngrotte, geht es da lang?“

„Ja. Ich fahre nach Prades, meinem alten Onkel guten Tag sagen. Bis dahin kann ich Ihnen den Weg weisen. Dann müssen Sie alleine klarkommen.“

Das alberne Angebot verschlägt ihr den Atem, mehr noch als die Ausdünstungen der Brennerei. Die besagte Straße ist nicht grade ein Maultierpfad, für den man einen erfahrenen Führer braucht. Das springt selbst jemandem, der nicht aus der Gegend stammt, ins Auge. Sie faßt sich aber schnell und stößt wieder ihr gekünsteltes Lachen aus.

„Schön. Aber machen Sie um Himmels willen nicht wieder solch einen Schlenker wie eben!"

Sie steigt in ihr Kabrio, wobei sie eine ordentliche Portion Fleisch über der Strumpfkante entblößt, was meine kannibalischen Instinkte weckt ... und meinen Verdacht. Doch das will nichts heißen. Heutzutage entblößen junge Mädchen scharenweise ihre Schenkel.

Sie startet den Motor und legt den ersten Gang ein. Ich fahre voraus, die Blondine im Rückspiegel. Ein paar Kilometer weiter, nachdem wir Prades hinter uns gelassen haben und am Haus meines Onkels angelangt sind, halte ich am Straßenrand und gebe ihr ein Zeichen, einfach geradeaus weiterzufahren. Sie winkt mir zu, hupt zum Abschied, und das amtliche Kennzeichen ihres olivgrünen Kabrioletts verschwimmt in der Ferne. Ich schreibe es mir schnell auf, solange es noch frisch in meinem Gedächtnis ist (1810 PK). Es würde mich überraschen, wenn die Blondine in genau diesem Augenblick nicht dasselbe mit dem Kennzeichen meiner Dauphine täte. Wenn sie es nicht schon getan hat. Schon lange. Zur Jungferngrotte! Von wegen! Zum Salon der Damen, das schon eher. Ich hätte sie mir vorknöpfen sollen. Aber aufgeschoben ist nicht aufgehoben! Wir werden uns wiedersehen, wir zwei. Dies war nur die erste, unfreiwillige Annäherung und deswegen so leicht wie eine Libellenwimper.

Es sei denn, ich irre mich gewaltig, was nicht ausgeschlossen ist!

***

Ich verbringe den Nachmittag bei meinem Onkel und versuche, meinen Brummschädel loszuwerden. Außerdem versuche ich, Informationen über das olivgrüne Kabriolett und seine blonde Fahrerin zu sammeln, indem ich verschiedene Leihwagenunternehmen anrufe. Ohne Erfolg. Schließlich rufe ich Dorville an, und diesmal bekomme ich ihn an die Strippe.

„Sagen Sie Dacosta, er soll auf der Hut sein", erkläre ich ihm. „Heute morgen habe ich einen Kerl erwischt, der sein Haus mit einem Fernglas beobachtet hat."

„Was?" schreit Dorville, so als hätte man ihm soeben mit einer Nadel in den Hintern gestochen.

Ich erzähle ihm die Geschichte.

„Was hat das wohl zu bedeuten?" murmelt er ratlos. „Ein Flic?"

„Bestimmt nicht. Er ist weggelaufen wie ein Hase. Ein Flic hätte sich nicht von der Stelle gerührt."

Ich gebe eine Beschreibung des indiskreten Beobachters, doch Dorville kann nichts damit anfangen.

„Was hat das zu bedeuten?" wiederholt er.

„Keine Ahnung. Ein unbedeutender Zwischenfall wahrscheinlich. Wie die Sache heute nacht und die Episode mit der Blondine."

„W ... was ... was für eine Sache, und was für eine Blondine?"

Er fällt buchstäblich aus allen Wolken.

„Ein Kerl hat heute nacht im Hotel meine Klamotten durchwühlt", erkläre ich. „Noch bevor er mit seiner Arbeit fertig war, bin ich aufgetaucht ... und hab 'ne K.-o.-Niederlage einstecken müssen. Deswegen höre ich mich auch noch so benebelt an."

„Eine K.-o.-Niederlage?"

„Ja, und zwar eine, die sich gewaschen hatte! Ich bin erst um zehn Uhr aus dem Koma aufgewacht, als Madame Lambert mich anrief."

„Ah, ja ..."

„Inzwischen hatte der Kerl mich gefilzt. Er hat mir die Banknote geklaut!"

„Nicht möglich!"

Sein Ton läßt deutlich erkennen, was er von der Sache hält: Er hat den Verdacht, daß ich ihn auf den Arm nehme. Die leichte Ironie in seiner Stimme ist nicht zu überhören.

„Warum ‚nicht möglich'?" frage ich.

„Darum, Herrgott nochmal!" brüllt er. „Also, was wollen Sie mir da erzählen? Daß man Ihnen die *eine* Banknote gestohlen hat oder daß man sie Ihnen zusammen mit anderen Scheinen weggenommen hat?"

„Nur die eine Banknote. Sie werden Ihr Gedächtnis anstrengen müssen, mein Lieber! Auf der Banknote ist mehr drauf, als wir gesehen haben."

Dorville schweigt am anderen Ende. Das Ganze übersteigt seine Vorstellungskraft. Ich fahre fort:

„Was die Blondine angeht ... Ich begreife ja schnell, aber trotzdem brauche ich Zeit, vor allem, wenn ich kurz zuvor niedergeschlagen worden bin ... Also, das blonde Kind hat mir auf der Straße nach Prades schöne Augen gemacht. Offensichtlich war sie mir gefolgt, um herauszukriegen, wohin ich fuhr. Doch dann mußte sie mich überholen und erwartete mich ein Stück weiter, sozusagen mit gezücktem Schenkel, den sie meinen bewundernden Blicken aussetzte. Es war mir ein Vergnügen, der Kleinen mitzuteilen, daß ich meinen alten Onkel begrüßen wollte ... was auch tatsächlich stimmte. Ein harmloser Verwandtenbesuch! Wir haben unsere kleine Unterhaltung nicht fortgesetzt, werden es aber bestimmt bei Gelegenheit noch tun. Jetzt, da wir uns kennen ... Das dürfte ihr die Arbeit eigentlich erleichtern ..."

„Herrgott nochmal!" brüllt Dorville wieder. „Könnte es sein, daß Sie von Berufs wegen alles in einen Topf werfen?"

„Ja, aber nur, wenn alles so hübsch zusammenpaßt! Warum und wie, das ist eine andere Frage."

„Also, wirklich ... Das ist ... Mir fehlen dafür einfach die Worte!"

Ich stelle bei ihm dasselbe Phänomen fest wie bei Laura Lambert. Die Telefonleitung läßt den *pied-noir*-Akzent deutlicher hervortreten. Der Vergleich erinnert mich an den Anruf, den Laura erhalten hat. Ich frage Dorville, ob der mysteriöse Anrufer sich auch bei ihm gemeldet habe.

„Der mysteriöse Anrufer?“ Er legt die Betonung auf mysteriös. „Nein, ich verstehe nicht …“

„Er hat Laura angerufen und ihr blöde Fragen gestellt. So ungefähr wie ich.“

„Ach! Er hat Laura angerufen und ihr blöde Fragen gestellt? Zum Beispiel?“

„Typ öffentliche Meinungsumfrage.“

„Ah, warten Sie! Ja, tatsächlich … Ich hatte es heute auch mit so einem Idioten zu tun. Hab's völlig vergessen, wissen Sie … Wir haben ein paar Worte gewechselt, und dann hab ich den Schwachsinn beendet. Danach hat er sich nicht wieder gemeldet.“

„Weil er das erfahren hat, was er erfahren wollte. Wie bei Laura.“

„Dann war es ein ganz Schlauer! Ich habe ihm lediglich zu verstehen gegeben, daß mich sein dummes Gequatsche nicht interessierte.“

„Laura hat seinen komischen Akzent erwähnt. Ein Pariser Akzent, der wie von hier klingen sollte.“

„Ja, vielleicht. Aber dieser oder jener Akzent, ist das denn so wichtig?“

„Kann möglicherweise wichtig werden. Der Anrufer wollte sich jedenfalls von Ihrem überzeugen.“

„Von meinem? Meinem was?“

„Akzent. Er wollte wissen, ob Sie und Laura einen *pied-noir*-Akzent haben oder nicht. Ich sehe das so: Der Kerl, der Sie angerufen hat, ist mit dem identisch, den ich in meinem Hotelzimmer überrascht habe. Außer meinem Kofferinhalt hat er sich nämlich mein Adreßbuch angesehen, das ich auf meinem Nachttisch liegengelassen habe, nachdem ich Sie angerufen hatte. Die Telefonnummern, die in dem Büchlein stehen, reichen von *Alésia* bis *Wagram*. Die einzigen mit der Vorwahl von Montpellier sind Lauras und Ihre Nummer. Beide habe ich nur mit den Initialen Ihrer Namen versehen. Der Kerl ist allem Anschein nach bestens informiert, sonst hätte er weder gewußt, daß ich hier in der Stadt eingetroffen, noch daß ich im *Littoral* abgestiegen bin. Er wollte wissen, mit wem ich in Montpellier Kontakt habe ... Es sei denn, er hat Ihnen ganz konkrete Fragen gestellt ...?"

„Nein."

„Dann hat ihm Ihre Stimme genügt, um Sie einzuordnen."

„Aber ob Laura und ich einen bestimmten Akzent haben, kann ihm das nicht schnurzegal sein?"

„Ich werde ihn fragen, sobald sich die Gelegenheit dazu ergibt. Verlassen Sie sich nur auf mich."

Wir wechseln noch ein paar Worte, dann lege ich auf und geselle mich wieder zu meinem Onkel und meiner Tante.

Mein Onkel ist Hobbymaler und – zu Recht – stolz auf seine Aquarelle. Natürlich widersteht er nicht der Versuchung, mir die Kunstwerke zu zeigen. Zwischen zwei Landschaftsbildern, sozusagen als überleitender Text, schwelgen er und meine Tante in Erinnerungen, die weitere Erinnerungen heraufbeschwören. Meine Tante ist das lebende Lokalblatt. Sie weiß über alles Bescheid: Taufen, Beerdigungen, Hochzeiten und Scheidungen mit den entsprechenden Festessen.

„Sieh dir dieses Bild an", sagt mein Onkel. „Weißt du, was das ist? Dein Geburtshaus in Celleneuve, in der Rue du Bassin. Bei Gelegenheit muß ich mich mal aufrappeln und mich nach Brianne begeben, ans andere Ende von Celleneuve. Ich möchte nämlich Castellets Bauernhof malen, den dein armer Paps bis zuletzt bewirtschaftet hat und auf dem du den größten Teil deiner Kindheit verbracht hast."

„Dann mußt du dich aber beeilen", wirft meine Tante ein. „Der ist bald nur noch 'ne Ruine."

„Ja, der Hof ist seit Jahren verlassen. Erinnerst du dich an Madame Castellet, die schöne Mireille? Alle nannten sie Madame Castellet, und ich nenne sie heute noch so, obwohl sie gar nicht so heißt. Castellet und sie waren nicht verheiratet. Ihr Mädchenname war Ducros. Erinnerst du dich nicht?"

Aber ja, ich erinnere mich noch genau an Madame Castellet, die Provinzkurtisane. Castellet, der Sohn eines Weinbauern, hatte sich wegen ihr ruiniert und war schließlich verschwunden. Fremdenlegion oder so was Ähnliches, in bester Melodrama-Tradition … Madame Castellet! Auch ich wäre wohl mit ihr ins Bett gegangen, später, sobald ich erwachsen geworden wäre und ganz bestimmte Voraussetzungen erfüllt hätte.

„Als wir noch in der Stadt wohnten", fährt mein Onkel fort, „haben wir sie häufiger getroffen, und dann hat sie sich immer nach dir erkundigt … Sie hat jetzt einen Laden für Damenunterwäsche in der Rue Daranaud. Ah, sie hat sich nicht verändert! Ich meine: immer noch in Samt und Seide! Und noch eins weißt du nicht: Castellet ist zurückgekommen!"

„Ja, er war in der Fremdenlegion", schaltet sich meine Tante ein. „Dann hat er in Algerien neu angefangen, ich weiß nicht, womit …"

Diese Informationslücke ärgert sie sichtlich.

„Und dann, zack!, im Sturm der Ereignisse, hat er's gemacht wie soviele andere: ab nach Frankreich! Er ist hier gelandet, arm wie 'ne Kirchenmaus."

„Ja, er ist zurückgekommen", echot mein Onkel. „Und weißt du, was das Beste ist? Sie leben wieder zusammen, Mireille und er. Was für ein Paar! Egal, Castellet ist nicht nachtragend. Oder er läßt sich aushalten, als Wiedergutmachung, sozusagen, für das viele Geld, das er wegen ihr durchgebracht hat. Weil … na ja … Sein Transportunternehmen wirft wohl nicht grade ein Vermögen ab …"

„Ist ja nur ein Lieferwagen", präzisiert meine Tante und verzieht geringschätzig das Gesicht. „Ein kleiner Lieferwagen und ein einziger Fahrer-Lieferant-Lagerist. Wenn Mireille den Start finanziert hat, dann mußte sie nicht viel ausgeben."

„Na ja, das ist ihre Sache", beschließt mein Onkel und fügt, zu mir gewandt, hinzu: „Du solltest sie besuchen gehen. Die zwei sind Originale, aber keine schlechten Menschen. Und sie mögen dich sehr. Erinnerst du dich an Karneval? Sie haben dich in ihrem blumengeschmückten Wagen mitfahren lassen, als Pierrots verkleidet, sie und du. Du solltest sie besuchen."

„Ich werd's ganz bestimmt tun", versichere ich.

Um so lieber, da die schöne Mireille ein Geschäft für Damenwäsche in der Rue Daranaud hat! Genau aus diesem Geschäft stammen nämlich die Seidenstrümpfe, die ich in Agnès' Zimmer gefunden habe. Die Stadt mag größer geworden sein, die Welt jedoch ist klein geblieben.

Unterdessen springt mein Onkel von einem Thema zum nächsten und gräbt unterwegs zwei oder drei Leichen seines persönlichen Friedhofs aus. Die Unterhaltung steigt auf ein Golgotha der Erinnerungen, fällt mehrmals hin und erhebt sich schließlich nicht mehr. Ich nutze die Gelegenheit, um mich zu verabschieden.

* * *

Zurück in der Stadt und durch meinen Aufenthalt auf dem Lande vollkommen wiederhergestellt, sage ich mir, daß ich mich in die Rue Bras-de-Fer begeben könnte, dorthin, wo Christine Crouzait wohnt, die Friseuse. Von allen Personen, die ich befragen muß, erhoffe ich mir von ihr am meisten. Wenn jemand weiß, wo und mit wem Agnès in der letzten Zeit geschlafen hat, dann ist sie es.

Vielleicht ist es noch etwas zu früh, als daß sie von der Arbeit nach Hause gekommen ist; aber ich kann mir ja schon mal ihre Wohnung ansehen. Ich werfe also einen Blick auf den Stadtplan und mache mich auf den Weg.

Ich lasse meine Dauphine auf dem Parkplatz der Präfektur stehen und gehe zu Fuß zur Rue Bras-de-Fer. Anders wäre es auch gar nicht möglich, denn mit dem Wagen kann man nicht in die Straße fahren. Es ist ein schmaler Weg, in den die Sonne nur selten vordringt. Die alten Häuserwände sind beredte Zeugen von Jahren, Geschichte und Feuchtigkeit. Der muffige Geruch ist so pittoresk wie stark und stammt nicht nur aus der Vergangenheit. Und wie standhaft er ist! Der plötzlich aufkommende Wind kann ihn nicht vertreiben.

Im Nachbarhaus der Friseuse befindet sich ein Laden, dessen Auslagen sich bis auf den Weg ergießen. Ich muß über eine Kollektion von Besen, über kleine Käfige für Hausgrillen und verschiedene Korbwaren steigen, bevor ich in den dunklen Flur des Nachbarhauses gelange. Die Haustür hat einen Rest an Vornehmheit bewahrt. Eine Concierge, die ich um Auskunft bitten könnte, gibt es nicht. Stattdessen hängen drei Briefkästen in einer Reihe an der Wand. Ich reiße ein Streichholz an und sehe, daß die Person, die ich suche, in der dritten und obersten Etage wohnt. Ich steige die gefährlich steile Treppe mit den ausgetretenen Stufen hinauf.

Es ist einer dieser alten Kästen, in denen es pro Etage nur eine Wohnung gibt (was gar nicht schlecht ist) und sich die Klos auf dem Treppenabsatz befinden (was schon weniger angenehm ist). Die Bruchbude ist reif für den Abbruch. Der Wind läßt das Gebälk des Hauses aufstöhnen, und das Gelände zittert bei jeder Berührung meiner Hand.

Am Ziel meines Aufstiegs angelangt, klopfe ich an die Wohnungstür der Friseuse. Sie protestiert (die Tür, nicht die Friseuse!), indem sie beunruhigend in ihrem Rahmen ächzt. Ich glaube, man muß nur heftig pusten, um sie aus den Angeln zu heben.

Wie erwartet, ist Mademoiselle Crouzait noch nicht von der Arbeit zurück. Gut, dann werde ich also später noch einmal wiederkommen ... werde später wiederkommen ... und bleibe vor der Tür stehen, unbeweglich, horchend ... Ich könnte schwören, daß ich drinnen, durch die Tür und den jammernden Wind hindurch, ein Geräusch gehört habe. Klang so, als hätte man mit Gläsern angestoßen. Pösterchen, Schwesterchen! In einem beruflichen, wenn auch wenig vornehmen Reflex bücke ich mich und sehe durchs Schlüsselloch. Hinter einem kleinen Flur erblicke ich durch eine offenstehende Tür einen Raum, der wohl ein Eßzimmer ist. Vor kurzem muß eine kleine Saalschlacht stattgefunden haben. Das verrät mir ein umgekippter Stuhl in meinem Blickfeld. Mehr kann ich leider nicht sehen.

Ich richte mich wieder auf und atme kräftig aus. Nein, ich habe unrecht gehabt. Durch bloßes Pusten springt die Tür nicht auf. Ich hole also aus und versetze ihr in Höhe des

Schlosses einen gutgezielten Fußtritt. Berstend gibt die Schließvorrichtung nach.

Ein heftiger Windstoß weht mich, fast gegen meinen Willen, in die Wohnung. Ich verscheuche mit der Hand ein paar aufdringliche Fliegen, die sich einen Dreck um den Wind scheren, und stürze ins Eßzimmer.

Ich bin ein ziemlich altmodischer Mensch. Frauen, die sich nicht weiblich geben, mag ich nicht. Ich mag keine, die sich in Männerhosen werfen. Ich mag keine, die sich bei den ersten Sonnenstrahlen des Frühlings ihrer Strümpfe entledigen.

Christine Crouzait ist ein Mädchen nach meinem Herzen. Trotz des warmen Wetters hat sie ihre Strümpfe anbehalten. Einen an jedem Bein und einen dritten um den Hals. Letzterer hängt an einer Deckenlampe.

Unfrisiert (wie es sich für eine Friseuse eigentlich nicht gehört), umschwirrt von summenden, in allen Farben schillernden Fliegen, schwankt Christine Crouzait leicht im Mistral. Ihre Füße mit den hochhackigen Pumps schweben über einem umgekippten Stuhl. Über ihrem Kopf klimpern lustig die falschen Kristalltränen des billigen Leuchters.

* * *

Ich bleibe zehn Sekunden wie versteinert stehen. Übelkeit, der ständige Begleiter eines Leichensammlers, würgt mich. Ich hatte viel von der Friseuse erwartet, aber doch nicht solch ein Schauspiel! Schweiß bricht mir aus, mein Hemd klebt mir am Körper. Ich lausche. Da kein Geräusch zu hören ist, werde ich wieder ein wenig mutiger.

Zu Lebzeiten war Mademoiselle Crouzait eine hübsche, üppige Brünette. Das sehe ich auf den ersten Blick, denn außer ihren Strümpfen hat sie nur einen fast durchsichtigen Unterrock an. Ich bin kein Arzt, aber ich glaube, daß sie schon seit mehreren Tagen tot ist.

Während ich mir noch mit meinem Taschentuch den Schweiß abwische, gehe ich zum offenen Fenster und schließe es leise. Allerdings droht von dieser Seite keine Gefahr. Das Fenster geht auf einen Lichtschacht hinaus, und gegenüber befindet sich eine Brandmauer. Als nächstes widme ich mich der Wohnungstür. Sie war abgeschlossen, aber der Schlüssel steckt nicht innen im Schloß. Er hängt an einem Nagel am Türpfosten. Ich stoße die angeschlagene Tür zu, so gut es geht, und blockiere sie mit einem Hocker. Dann überwinde ich meinen Ekel und gehe durchs ehemalige Eß- und jetzige Totenzimmer in den angrenzenden Raum. Parfümduft hängt in der Luft. Das Zimmer ist hübsch eingerichtet und aufgeräumt, abgesehen davon, daß ein Kleid auf dem Boden liegt und das Bett zerwühlt ist. Die Möbel im Eßzimmer sind altmodisch. Hier jedoch ist alles aufs modernste eingerichtet. Na ja, Sie wissen schon ... Ich öffne einen Spiegelschrank. Er enthält eine Kollektion von Frauenkleidern, einige davon hochelegant. Vor allem ein Kostüm mit gelben und blauen geometrischen Figuren – „Op-art" nennt man das wohl –, das zu eng geschnitten ist, um der üppigen Juno, die Christine einmal war, zu passen. Das schweißgetränkte Taschentuch in der Hand, ziehe ich die Schubladen eines Schreibtischs auf. Sie sind leer. Vielleicht sind sie's immer gewesen, vielleicht aber auch nicht. Vollkommen leere Schreibtischschubladen, so was ist selten. Man hat immer irgendwelchen Krimskrams aufzubewahren.

Mein Rundgang führt mich in die Küche, in der ein riesiger Kohleherd thront. Aufgepaßt, Sherlock Holmes! Ist der Inhalt der Schubladen möglicherweise eingeäschert worden? Ich bewaffne mich mit einem Schürhaken und stochere in dem Haufen kalter Asche herum. Ein Stoffetzen ist der Verbrennung entgangen. Er ist nur halb so groß wie meine Hand, nicht größer. Ich befreie ihn von der Asche und halte etwas Graues mit feinen blauen Streifen in der Hand. Kein Zweifel, es ist ein Stück Stoff von Agnès Dacostas Kostüm!

Ich stecke den Fetzen ein, verwische die Spuren meiner Hausdurchsuchung und verschwinde. Die Wohnungstür lasse ich angelehnt, die Strangulierte an ihrem klimpernden Galgen, und die Fliegen lasse ich ihren makabren Totentanz weitertanzen.

Im Treppenhaus treffe ich keine Menschenseele. Zu hören ist nur das Geräusch des Mistrals. Ich bin alleine mit dem Gestank der Etagenklos.

Unten im Treppenflur begehe ich noch eine weitere Straftat: Ich breche den Briefkasten der toten Friseuse auf. Vielleicht hat sie ja in letzter Zeit interessante Post erhalten, die sie nicht mehr lesen konnte. Meine Ausbeute besteht aus einem einzigen Brief. Ich stecke ihn ein und mache mich unbemerkt aus dem Staub.

Später, in meinem Wagen, ziehe ich aus dem Umschlag, der in Lourdes abgestempelt wurde und wahrscheinlich heute angekommen ist, eine altmodische Ansichtskarte heraus. Auf ihr ist die Fassade des Erziehungsheimes von Aniane im Departement Hérault abgebildet. Auf der Rückseite lese ich:

Liebe Cousine,
ich hoffe, Du läßt mich in diesem Monat mit dem Geld nicht hängen. Ich muß was zu beißen haben. Wenn ich Hunger habe, mache ich nämlich den Mund auf. Und das könnte peinlich werden. Wie findest Du die ‚Ansicht'? Hab die Karte beim Aufräumen auf dem Dachboden gefunden. Hübsch, nicht wahr?

Gruß und Kuß
Maud

Die erste Schlußfolgerung, die sich mir nach der Lektüre aufdrängt, ist die, daß die tote Adressatin eine komische Cousine hatte. Diese Maud muß wohl in einem ähnlichen Haus wohnen wie dem, das auf der Karte zu sehen ist. Und sie droht damit, den Mund aufzumachen, falls man ihr kein Geld schickt. Offenbar handelt es sich um monatliche Zahlungen. Ich muß herausfinden, ob das etwas mit dem Verschwinden von Agnès Dacosta und mit anderen merkwürdigen Ereignissen zu tun hat.

Ich stecke Karte samt Umschlag in die Tasche, steige aus und gehe in ein nahegelegenes Bistro, um Dorville anzurufen. Vorher trinke ich einen Martini, um meiner Erregung Herr zu werden. Dorville meldet sich nicht. Ich geb's auf. Soll ich die Flics von dem Fund informieren, der sie in der Rue Bras-de-Fer erwartet? Ich tu's nicht. Erst einmal brauche ich Zeit, um mir alles durch den Kopf gehen zu lassen.

Ich gehe zu meinem Wagen, setze mich hinters Steuer und fahre zum *Littoral* zurück.

* * *

Der Page Gérard hat heute abend wieder Dienst. Gähnend kommt er auf mich zu. Offensichtlich hat er noch mit den Folgen des gestrigen Besäufnisses zu kämpfen.

„Ein Monsieur Delmas möchte zu Ihnen, M'sieur", sagt er und weist auf einen Winkel der Hotelhalle, wo ein großer, hell gekleideter Mann wartet, den Hut auf dem Hinterkopf, selbstsicher wie kein zweiter, und einen Fotoapparat umgehängt. „Monsieur Delmas ist Reporter vom *Echo du Languedoc*."

„Gerüchte verbreiten sich hier wie ein Lauffeuer, was?" lache ich. „Wo ist mein Freund Bruyèras?"

„Er hat Bescheid gesagt, daß er heute nicht zur Arbeit kommen kann. Ich bin bei ihm zu Hause vorbeigegangen, um zu sehen, was mit ihm los ist. Gestern haben wir ganz schön gebechert, erinnern Sie sich?"

Er zwinkert mir komplizenhaft zu. Dann faßt er sich mit gespreizten, runden Fingern, so als hielte er ein Ei in der Hand, an sein rechtes Auge.

„*Caramba*! Der hat vielleicht ein Auge! Muß sich wohl an einer Tür gestoßen haben."

„Hat man ihm nicht vielleicht eher eins aufs Auge verpaßt?" wende ich ein.

„Glaub ich nicht. Wo sollte er sich denn was gefangen haben?"

Fast hätte ich geantwortet: ‚In meiner Nähe'. Aber ich verkneife mir die Bemerkung. Ist auch nur so eine Idee von mir. Wenn ich ihr auf den Grund gehen werde, dann mit Bruyèras persönlich, unter vier Augen. Erst einmal will ich mich jedoch dem Reporter vom *Echo du Languedoc* widmen. Wir gehen aufeinander zu.

„Ich bin Nestor Burma", sage ich. „Sie wollten mich sprechen?"

„Wenn es Ihnen recht ist ..."

Wir schütteln uns die Hand. Er macht einen sympathischen, pfiffigen Eindruck.

„Mein Name ist Gabriel Delmas. Ich komme vom *Echo du Languedoc.*"

„Dem Blatt wahrscheinlich, dem nichts entgeht?"

Er lächelt.

„Warum sagen Sie das? Weil ich hier auf Sie gewartet habe? Wissen Sie, wir sehen immer die Gästelisten der großen Hotels durch, auf der Suche nach irgendwelchen Berühmtheiten auf Reisen. Manchmal bekommen wir auch einen Tip von den Hotelangestellten. Auf diese Weise haben wir zum Beispiel erfahren, daß Sie hier abgestiegen sind."

„Von Gérard vielleicht?"

„Ja, aber wir hätten's sowieso rausgekriegt. Na ja, ‚Privatdetektiv Nestor Burma', das ist schon nicht schlecht. Und dazu auch noch ein Sohn der Stadt! Unser Chefredakteur meinte, ich solle ein Interview mit Ihnen machen."

Sein Lächeln wird breiter.

„Wenn Sie mich jetzt zum Teufel jagen wollen, dann erschießen Sie mich bitte! So wäre meine Journalistenehre gerettet."

„Ach, Sie haben das Ding bemerkt?"

Lachend streiche ich mein Jackett glatt.

„Sie schielen wohl gerne in fremde Dekolletés, egal in was für eins, hm? Na schön, gehen wir nach oben und plaudern wir ein wenig bei einem Aperitif."

Oben dann, mit einem Glas in der Hand, liefere ich Delmas

alles, was er für seinen Artikel braucht. Er stenographiert mit.

„Und jetzt noch eine letzte Frage, Monsieur Burma", sagt er und schiebt sich seinen Hut noch weiter auf den Hinterkopf. „Sind Sie beruflich hier, oder machen Sie Urlaub?"

„Ich mache Urlaub. Familienbesuche und so. Nichts Berufliches."

„Aha! Und warum dann der Revolver?"

„Reine Gewohnheit. Es kommt sogar manchmal vor, daß ich damit dusche."

„Schreiben wir also: auf Urlaub."

„Genau das."

Er mustert mich.

„Was haben Sie denn da an der Nasenwurzel, direkt zwischen den Augen?" fragt er grinsend. „Man könnte meinen, einen ... Sonnenbrand?"

„Ja, das ist ein Sonnenbrand. Wir Pariser ... Ich bin zwar hier geboren, aber inzwischen bin ich hauptsächlich Pariser ... Wir Pariser, wissen Sie, haben eine äußerst empfindliche Haut."

„Ja, ja. Schreiben wir also: auf Urlaub."

„Ganz genau. Auf Urlaub. Hab's vergessen, Ihnen zu sagen."

„Was denn?"

„Daß ich auf Urlaub bin. Werden Sie sich's merken können?"

„Hab's notiert. Gestatten Sie, daß ich ein Foto von Ihnen mache? Das wird den Artikel auflockern."

Er macht sein Foto, mit Blitzlicht.

„Also dann, vielen Dank", sagt er. „Ich flitze jetzt schnell in die Redaktion und schreib's runter, dann kann der Artikel morgen früh erscheinen. Sieht man sich noch?"

„Wenn Sie heute abend Zeit haben und sich in meiner Gesellschaft nicht langweilen ... Ihr Gesicht gefällt mir, Delmas. Ich bin hier geboren, wie gesagt, aber das ist schon so lange her, daß ich mich wie ein Fremder fühle. Hab gehört, es gibt jetzt Nachtclubs in Montpellier. Vielleicht könnten Sie mir den einen oder andern zeigen?"

„Ah! Aber … Prima! Prima! Ich … Das ist zuviel der Ehre! Um zehn bin ich mit dem Artikel fertig, dann hab ich frei. Geht das?“

„Das geht. Holen Sie mich auf der Terrasse des *Café Riche* ab. Ich hab schließlich Urlaub, das muß ich ausnutzen.“

Der Junge ist ganz und gar nicht auf den Kopf gefallen. Morgen, wenn sein Artikel erscheint, werde ich wissen, ob ich ihm vertrauen kann … falls es nötig wird.

4
Das Doppelleben der Agnès Dacosta

Ich kann. Sein Artikel ist frei von hinterhältigen Anspielungen und Unterstellungen. Nichts läßt darauf schließen, daß Gabriel Delmas sich eine eigene Meinung über Nestor Burmas Urlaub gebildet hat. „... der berühmte Sohn unserer Stadt ... der brillante Privatdetektiv Nestor Burma ..." usw. Nicht dumm, dieser Delmas. Übrigens konnte ich mich schon heute nacht auf unserer bescheidenen Tour durch die Nachtclubs der Stadt davon überzeugen. Er hat mich nicht wie eine Jahrmarktsattraktion herumgezeigt. Solch ein Verhalten muß belohnt werden. Ich lasse mich von der Telefonistin des *Littoral* mit dem jungen Journalisten verbinden. Er hat mir für alle Fälle seine Nummer gegeben.

„Ah, Monsieur Burma!" ruft er, nachdem ich mich gemeldet habe. „Na, haben Sie meinen Artikel gelesen? Das Foto ist nicht besonders gelungen, nicht wahr?"

„Macht nichts, dafür ist der Artikel sehr gut. Und Sie auch."

„Ach! Ich bin sehr gut?"

„Ja."

„Na ja, sehr gut."

„Eben. Und was ich Ihnen auch noch sagen wollte ... Man weiß ja nie ... Ich mache Urlaub, was ich nicht oft genug betonen kann, aber ... Stellen Sie sich zum Beispiel einmal vor, daß ein Schulfreund von mir mich um Hilfe bitten würde, mich, den Privatflic ... Ich könnte doch wohl kaum ablehnen, oder? Stellen Sie sich weiterhin vor, daß diese Hilfe zu einem spektakulären Fall auswachsen würde ... Können Sie mir folgen?"

„Sehr gut sogar."

„Sie würden als erster davon erfahren. Nicht gratis, damit wir uns richtig verstehen! Ich würde sicherlich eine Gegenleistung von Ihnen verlangen. Einen intelligenten Kopf kann ich nämlich immer gut gebrauchen."

„Großer Gott, das ist ja ... Dann bedanke ich mich schon mal im voraus."

„Reden Sie keinen Quatsch! Noch ist ja nichts passiert. Wollte mich nur vergewissern, ob wir uns verstehen. So, das wär's. Bis demnächst dann, vielleicht."

Ich lege auf.

Es ist Donnerstag, der 12. Mai, vormittags. In den vierunddreißig Stunden, die ich mich nun hier in Montpellier aufhalte, herbeigerufen, um das Geheimnis um das Verschwinden der kleinen Dacosta k.o. zu schlagen, habe ich noch nichts Gescheites zustande gebracht. Einen K.-o.-Schlag habe ich kassiert, die Schenkel einer rätselhaften Blondine durfte ich bewundern und eine aufgeknüpfte, halbnackte Friseuse mit zweifelhaften, todbringenden Besuchern entdecken. Was den Mord an der Brünetten betrifft, so schweigen sich die Lokalzeitungen darüber aus. Die Tote wird wohl immer noch einsam an ihrem Kronleuchter hängen, nur von Fliegen umgeben. Und ich habe nicht vor, die Flics auf den Leichnam zu stoßen, bevor ich nicht mit Agnès' Bekannten, deren Namenslisten Dorville mir gegeben hat, und der Direktorin ihrer Schule gesprochen habe. Schlußfolgerung: Es wird Zeit, daß ich mich um diesen Personenkreis kümmere!

Als ich in die Dauphine einsteige, fällt mir die Banknote mit den Buchstaben O A S wieder ein, die 10000 alten Francs, die man mir so schnell wieder abgenommen hat. Auch darum sollte ich mich kümmern. Aber auch wenn der Umschlag mit dem Geldschein in Saint-Jean-de-Jacou eingeworfen wurde, so glaube ich doch nicht, daß eine Spritztour in das Nest sich lohnt.

Plötzlich läuft es mir eiskalt den Rücken hinunter. Der Kerl, der die Banknote geklaut hat – sicher nicht Bruyèras, trotz seines blauen Veilchens –, der Kerl, der meinem Adreßbuch die Telefonnummern von Laura Lambert und Jean Dorville entnommen hat, muß auch die Liste mit den Namen von

Agnès' Bekannten gesehen haben. Ich kann mir ausrechnen, daß er auch zu ihnen Kontakt aufgenommen hat oder aufnehmen wird. Kontakt zu… Verdammt! Ich mit meinen Medizinkenntnissen! Was hat mich auf den Gedanken gebracht, daß Christine Crouzait bereits mehrere Tage tot sein müsse? Was weiß ich denn? Was spricht dagegen, daß der Kerl, der mich niedergeschlagen hat, die Friseuse stranguliert hat, nachdem er ihre Adresse auf der Liste gelesen hatte? Und warum sollte er seine „Tournee" nicht fortsetzen? Der Gedanke gefällt mir ganz und gar nicht, um es vorsichtig auszudrücken. Ich lasse den Motor an.

* * *

Ich habe mich umsonst aufgeregt. Solange Bacan, Mitschülerin und Freundin von Agnès Dacosta, hat noch von niemandem Besuch bekommen – außer vor ein paar Tagen von Dorville –, als ich sie in der neunten Etage eines Betonklotzes in der Cité de la Source besuche. Und sie ist gesund und munter, so daß mir ein Stein vom Herzen fällt. Ich sollte nicht alles gleich so dramatisieren, das schadet der Gesundheit. In Gegenwart ihrer Mutter erkläre ich dem Mädchen, daß ich ein Freund von Dacosta sei, der sich Sorgen mache, weil – warum es länger verheimlichen? – seine Tochter die Koffer gepackt habe, und ob sie, Solange, mir ein paar Fragen beantworten wolle… Sie weiß wirklich nichts. Die beiden Freundinnen haben sich am Dienstag, dem 3. Mai, bei Schulschluß gegen 17 Uhr zum letzten Mal gesehen. Sie, Solange, sei direkt nach Hause gegangen, weil sie nämlich ein anständiges Mädchen sei… Agnès sei es demnach nicht? Na ja, also… eigentlich… In letzter Zeit habe sie sich mit einer Clique herumgetrieben, die nicht von der Schule sei…

Ich habe das Gefühl, daß Solange Bacan, Freundin von klein auf, Agnès nicht riechen kann. Aber um richtige Verleumdungen zu erfinden, fehlt es ihr an der nötigen Phantasie. Deswegen hält sie sich zurück. So höflich wie möglich verabschiede ich mich. Der Name Christine Crouzait ist während der Unterhaltung nicht ein einziges Mal gefallen.

* * *

Serge Estarache wohnt zwei Häuserblocks weiter, ebenfalls ganz oben in einem der Silos. Auch er lebt noch bei seinen Eltern. Ich treffe ihn jedoch alleine an. Er ist ein netter Junge mit fiebrigen Augen. Richtig, er ist ja seit drei Wochen krank! Im Bademantel hört er Radio, soweit es ihm das Geplärr der Gören ein paar Etagen tiefer erlaubt. Ich sage meinen Spruch auf und beginne mit der Fragerei.

Es wird jetzt einen Monat her sein, daß er Agnès zum letzten Mal gesehen hat. Trotzdem erfahre ich von ihm einiges über das Mädchen. Serge Estarache gehört nämlich zu der Clique von jungen Leuten – *pieds-noirs* und Französischstämmige gemischt –, die sich zur Aperitif-Zeit am Musikpavillon der Esplanade trifft. Agnès habe in der letzten Zeit nicht sehr glücklich ausgesehen, meint er.

„Wissen Sie, Monsieur, sie ist eher verschlossen. Sich jemandem anzuvertrauen, ist nicht ihre Art. Aber ich habe oft gehört, wie sie sich über die ärmlichen Verhältnisse ihres Vaters – und damit auch über ihre eigenen – beklagt hat."

„Dacostas Geschäfte scheinen tatsächlich nicht eben gut zu laufen", bemerke ich.

„Ach, Dacostas Geschäfte", seufzt der Junge vielsagend. „Na ja ... aber ... Dafür war Agnès manchmal verdammt chic angezogen."

„Wie das denn? Ich habe ihren Kleiderschrank gesehen. Unter uns gesagt, ihre Garderobe ist ziemlich dürftig."

„Finde ich überhaupt nicht. Ich kann Ihnen nicht genau beschreiben, was sie in letzter Zeit anhatte, aber sie wechselte ihre Kleider häufiger als jedes andere Mädchen. Sogar einen neumodischen Fummel mit diesen geometrischen Figuren ..."

„Mit geometrischen Figuren?“ hake ich nach. „Op-art vielleicht?“

„Ja, ich glaube, so nennt man das. Gelb und blau.“

Solch einen „Fummel“ habe ich in Christine Crouzaits Kleiderschrank gesehen! Ich warte darauf, daß der Name der Friseuse fällt, doch er fällt nicht. Serge Estarache fährt fort:

„Ein guter Stoff, kein Ramsch! Das gleiche Modell hab ich im Schaufenster gesehen. Kostet so um die 60000. Agnès besitzt auch einen Übergangsmantel...Alle Achtung! Wenn Monsieur Dacosta seiner Tochter solche Extravaganzen erlauben kann, dann ist er nicht so knapp bei Kasse, wie verbreitet wird ... oder wie er verbreiten läßt.“

„Es sei denn, Agnès hat die Klamotten nicht von ihrem Vater. Haben Sie an diese Möglichkeit schon gedacht?“

„Meinen Sie damit, daß ... daß sie jemanden hat?“

„Warum denn nicht?“

„Na, also wirklich! Ich wüßte nicht, wer das sein könnte. Aus unserer Clique jedenfalls keiner.“

„Jetzt mal was anderes: Vor ein paar Tagen hat sich Monsieur Dorville bei Ihnen nach Agnès erkundigt, nicht wahr?“

„Ja, das stimmt. Ich habe ihm erzählt, daß ich sie seit etwa einem Monat nicht mehr gesehen habe, seit ich krank bin.“

„Genau. Und außer Monsieur Dorville ist niemand bei Ihnen gewesen, um Ihnen Fragen zu stellen? Gestern zum Beispiel?“

„Nein, niemand.“

„Gut. Dann haben Sie vielen Dank. Ich glaube, das wäre alles. Nur noch ... Sagen Sie, wenn Sie von Dacosta reden, wenn Sie seinen Namen aussprechen, dann scheint es so, als hätten Sie irgend etwas gegen ihn. Verstehen Sie sich nicht gut mit ihm?“

Sein Gesicht verschließt sich.

„Ich? Wie kommen Sie darauf, Monsieur? Wir verstehen uns blendend.“

„Wie schön! Ich habe nur gedacht ... Hat es da in Algerien nicht irgend etwas gegeben?“

Das Gesicht wird noch verschlossener.

„Davon weiß ich nichts."

Insistieren zwecklos. Ich bedanke mich noch einmal und verabschiede mich.

Am Steuer meiner geliehenen Dauphine, die Oberschenkel auf dem heißen Sitz, beschließe ich, nach Saint-Jean-de-Jacou weiterzufahren. Ein Wegweiser weist mich darauf hin, daß ich bereits auf halbem Wege dorthin bin.

Es ist eins von diesen expandierenden Nestern mit einem Komplex von Sozialwohnungen, die an der Peripherie gebaut werden. Ich erkunde zwei, drei Bistros sowie das Postamt, auf dem ich einem Angestellten den Umschlag, den Dacosta erhalten hat, unter die Nase halte und ihn frage, ob er die Handschrift identifizieren könne. Fehlanzeige. Die beiden Papierhandlungen, denen ich als nächstes einen Besuch abstatte, bieten ein ganzes Lager von Briefumschlägen an, jedoch keinen der Marke *Fix*. Man verweist mich an Mutter Ténalous, die Kurzwarenhändlerin. Bei ihr könne man alles bekommen, sagt man mir. Aber leider, leider, sei heute Donnerstag. Und donnerstags schließe Mutter Ténalous ihren Kramladen, um sich ihren Großneffen zu widmen, die in einem Nachbardorf wohnen. Ich vergesse den Tip, der mir auf sehr wackligen Beinen zu stehen scheint.

Da es schon nach Mittag ist, esse ich eine Kleinigkeit auf der Rückfahrt, und zwar in Celleneuve, meinem Heimatdorf, an dem Platz mit den Platanen, den eine Statue der Göttin Hekate schmückt. Danach geht es in Richtung *Institution Sévigné*.

Mademoiselle Bouzignes, die Schuldirektorin, ist sehr hilfsbereit, kann mir aber außer den üblichen Banalitäten nichts Wichtiges über ihre Schülerin erzählen. Auf meine Frage nach der Garderobe des Mädchens erhalte ich die Antwort, die ich erwartet habe. Agnès sei stets ordentlich gekleidet. Keine Miniröcke, keine Op-art-Kleider? Oh, Monsieur, das würden wir nicht erlauben! Sehr richtig, Madame. Vielen Dank, Madame.

Nun ist die Reihe an Roger Mourgues, dem Nachbarn von

Dacosta. Ich hätte mir den Weg in die Rue de Montferrier sparen können. Der Junge kann mir nicht den leisesten Hinweis geben. Er hat Agnès seit Monaten nicht mehr gesehen.

Da ich schon mal in der Gegend bin, schaue ich nach, ob der mysteriöse Späher von gestern seinen Posten wieder eingenommen hat. Hat er nicht. Keine besonderen Vorkommnisse, wie die Aktivisten von der O. A. S. gesagt hätten. Keine besonderen Vorkommnisse. K. B. V. ... O. A. S. ... Ich wiederhole die Buchstaben, bis sie keinen Sinn mehr ergeben. Aber Agnès hat nicht K. B. V., sondern O. A. S. auf die Banknote gekritzelt. K. B. V. würde auch gar nicht zu ihrer Situation passen. Herrgott nochmal! Der Fall ist sowieso schon undurchsichtig genug. Machen wir's nicht noch schlimmer ...

Eigentlich könnte ich auch noch gleich Dacosta guten Tag sagen. Aber ich wüßte wirklich nicht, warum.

Zurück in der Stadt, sehe ich in der Rue Bras-de-Fer nach dem Rechten. Alles ist friedlich und still. Man sollte nicht meinen, daß bald eine weibliche Leiche in Seidenstrümpfen die Ruhe der Bewohner dieses Viertels stören wird. Alle gehen brav ihren Alltagsbeschäftigungen nach. Und irgendwo, ich weiß nicht, in welchem Stadtviertel, haben die Flics wegen der Hitze die Jacken ausgezogen, sitzen mit ihren dicken Hintern auf einem Stuhl und trinken kühle Getränke. Es wird Zeit, sie daran zu erinnern, daß die Steuerzahler sie nicht bezahlen, damit sie herumfaulenzen.

In einem Bistro lasse ich mir ein Telefonbuch geben und stelle fest, daß die Ladenbesitzerin, die auch Käfige für Hausgrillen verkauft, Telefon hat. Ich gehe in die Kabine und rufe zunächst meinen neuen Freund Gabriel Delmas an.

„Hören Sie zu", überfalle ich ihn, „und bitte keine Namen! Ich hab vielleicht schon was für Sie. Antworten Sie mit Ja oder Nein. Kennen Sie die Rue Bras-de-Fer?"

„Ja."

„Ist nichts aus der Straße gemeldet worden?"

„Nein."

„Sehr gut. Haben Sie dort in der Gegend zufällig einen

Freund, den Sie besuchen könnten, so daß es plausibel erscheint, wenn Sie sich in der Straße aufhalten?"

„Ich könnte einen Weg finden ..."

„Dann finden Sie ihn und benutzen Sie ihn in etwa zehn Minuten. Wenn die Flics auf den Plan treten, brauchen Sie ihnen nur zu folgen."

„Was?"

„Nur die Ruhe, mein Lieber! In zehn Minuten, ja? Bei der Hitze wird es so langsam Zeit ..."

„Wie ... wie bitte?"

„Nichts. Hier spricht nur der Wetterbericht."

Ich lege auf, gehe zur Theke, trinke einen Aperitif und begebe mich wieder in die Telefonkabine, um die Verkäuferin von Heimchenkäfigen anzurufen.

„Oh, guten Tag, Madame", sage ich, wobei ich mich bemühe, den Akzent meiner Kindheit wieder anzunehmen. „Hier Inspektor Dalor von der Zentrale. Sagen Sie, Madame, Sie kennen doch Mademoiselle Crouzait von nebenan, nicht wahr? ... Ah, gut, sehr gut ... Stellen Sie sich vor, die Ärmste ... Ihr Vater hatte einen Unfall, und wir müssen sie benachrichtigen. Könnten Sie sie vielleicht an den Apparat holen?"

„Einen Unfall? Oh, das ist ja schrecklich! Ist es schlimm? Ich werd' meinen Kleinen sofort zu ihr hochschicken. Donnerstag nachmittags weiß er sowieso nicht, was er tun soll."

„Eben! Vielen Dank, Madame."

Behutsam lege ich den Hörer auf die Gabel. Der Kleine wird Stielaugen machen und wahrscheinlich ein Leichentrauma davontragen. Hoffentlich vergißt er darüber nicht, das ganze Viertel zusammenzuschreien!

Der Mechanismus ist in Gang gesetzt. Ich verwende meine letzte Telefonmarke, um es noch einmal bei Dorville zu versuchen. Zufällig ist er zu Hause. Ich hätte Neuigkeiten für ihn, sage ich, und würde bei ihm vorbeikommen, um sie ihm mitzuteilen.

* * *

„Himmeldonnerwetter!“ ruft Dorville aus. „Was hat das zu bedeuten?“

Ich habe ihm soeben mein Erlebnis in der Rue Bras-de-Fer geschildert. Er zerknüllt den Stoffetzen, den ich in der Asche des Kohleofens gefunden habe, in seiner Hand, so als wolle er eine Antwort herauspressen.

„Das bedeutet, daß die Dinge eine üble Wendung nehmen“, antworte ich. „Aber wir wollen uns nicht verrückt machen. Ich habe schon Schlimmeres erlebt.“

„Aber was ist mit Agnès?“

„Nun, sie hat in der letzten Zeit ein Doppelleben geführt. Um aus dem schäbigen Leben, über das sie sich beklagt hat, auszubrechen, hat sie auf das älteste Mittel der Welt zurückgegriffen: Sie hat sich einen Freund zugelegt, der ihre Garderobe bezahlt. Da sie in den Luxuskleidchen nicht ständig herumlaufen kann, hat sie Christines Wohnung benutzt, um ... Apropos, wann haben Sie die Friseuse besucht?“

„Letzten Freitag, gegen Abend. Das hab ich Ihnen doch schon erzählt!“

„Und woher hatten Sie ihre Adresse?“

„Agnès hat sie ihrem Vater gegeben. Wie Sie ja wissen, hat sie vorgegeben, bei Mademoiselle Crouzait zu schlafen, wenn sie nicht nach Hause gekommen ist.“

„Sie hat also darauf vertraut, daß Christine ihre Angaben bestätigen würde?“

„Sicher.“

„Und dennoch hat Christine gleich bei Ihrer ersten Unterhaltung zugegeben, daß es sich um eine Lüge gehandelt hat?“

„Ja.“

„Finden Sie das nicht merkwürdig?“

„Warum? Agnès hat sich in ihr getäuscht, das ist alles.“

„Ja, vielleicht. Haben Sie die Friseuse gefragt, wo Agnès übernachtet hat, wenn sie weder zu Hause noch in der Rue Bras-de-Fer war?“

„Natürlich. Sie hat geschworen, daß sie nichts wisse. So eng seien sie nicht miteinander befreundet, daß Agnès ihr das anvertrauen würde."

„Wie haben sich die beiden kennengelernt?"

„Wahrscheinlich in dem Salon, in dem diese Christine arbeitet ... Wo lernt man sonst eine Friseuse kennen?" fügt er achselzuckend hinzu.

„Ja, allerdings ... Apropos Salon: Christines Wohnung war für Agnès so eine Art Modesalon. Ich stelle mir das folgendermaßen vor: Nach der Schule läuft Agnès in die Rue Bras-de-Fer – sicherlich hat sie einen Wohnungsschlüssel – und zieht sich um. Hübsch herausgeputzt, geht sie dann zu ihrer Clique, um auf der Esplanade zu flanieren. Ihre Freunde stammen nicht von der Schule. Das tägliche Vergnügen dauert nicht lange, aber es ist immerhin etwas. Wenn es dann Zeit ist, an den heimischen Herd zurückzukehren, geht sie wieder zu Christine und zieht ihre üblichen, schäbigen Klamotten an. Wenn sie nicht zu Hause schläft, wenn sie also – nennen wir's ruhig beim Namen! – die Bezahlung ihrer Garderobe regelt, geht sie am nächsten Morgen zu ihrer Umkleidekabine. Am letzten Mittwoch gab es eine Programmänderung. Agnès kam morgens nicht in die Rue Bras-de-Fer. Ob sich die Friseuse Sorgen machte, wissen wir nicht. Sie kann es uns ja nicht mehr sagen. Es ist aber anzunehmen, daß dem Mädchen Ihr Besuch am Freitag nicht gefallen hat. Agnès seit mehreren Tagen verschwunden! Christine wurde es unbehaglich zumute. Sie machte nicht mehr mit. Auch wenn sie Ihnen nicht die ganze Wahrheit gesagt hat, so doch einen Teil. Sie wollte mit Agnès' Geschichten nichts mehr zu tun haben. Und damit Sie keine Spuren des Umzieh-Manövers bei ihr finden würden, falls Sie noch einmal zurückkämen, hat sie das Kostüm verbrannt."

„Warum hat sie nicht auch die andern Kleider verbrannt, die Ihnen zufolge ebenfalls Agnès gehören?"

„Agnès Vater weiß nicht, welche Kleider seiner Tochter gehören. Nur das graue Kostüm mit den blauen Streifen, das kennt er."

Dorville wiegt den Kopf hin und her. Er zündet sich eine Zigarette an.

„Hören Sie", sagt er, während sich der Rauch seiner Zigarette mit dem meiner Pfeife vermischt, „es ist zwar bedauerlich, daß Christine sich umgebracht hat – vor allem für sie selbst –, aber es handelt sich doch nur um ein zufälliges Zusammentreffen von Ereignissen. Es beweist lediglich, daß die Friseuse verrückt war. Und weil sie verrückt war, hat sie das Kostüm verbrannt. Ich glaube einfach nicht, daß ihr Selbstmord irgend etwas mit Agnès' Verschwinden zu tun hat."

„Genau das ist der Haken an der Sache! Ich meinerseits glaube nämlich nicht, daß es Selbstmord war."

„Wie bitte?"

Um ein Haar wäre auch Dorville erstickt.

„Sie haben doch selbst gesagt, daß es ... daß sie ... sich aufgehängt hat."

„Aufgehängt, ja. Aber das muß nicht notwendigerweise heißen, daß sie es selber getan hat. Ebensogut kann sie von jemand anderem stranguliert worden sein."

Dorville fragt mich nicht, worauf meine Annahme basiere. Er brummt nur:

„Selbstmord oder Mord, was ändert das schon? Mit Agnès und ihrem Verschwinden hat weder das eine noch das andere etwas zu tun. Auch wenn wir annehmen, daß Christine umgebracht wurde ... Nach der Ansichtskarte zu urteilen, die Sie in ihrem Briefkasten gefunden haben, pflegte sie zweifelhaften Umgang ..."

Er legt den Stoffetzen auf den Tisch und nimmt die Karte in die Hand, dreht und wendet sie hin und her.

„Alles Strolche und Halunken, wenn ich das richtig sehe. Bei solchen Leuten ist alles möglich."

Ich nehme ihm die Ansichtskarte aus der Hand und lasse sie in meiner Tasche verschwinden.

„Auf jeden Fall", sage ich, „sitzt Dacosta in der Klemme. Wenn die Flics ein Verbrechen vermuten, werden sie aktiv. Und bei ihren Ermittlungen wird irgendwann der Name

Agnès auftauchen. Dann werden die Flics zu Ihrem Freund marschieren, und der wird sein blaues Wunder erleben, wenn sie herauskriegen, daß er das Verschwinden seiner Tochter geheimgehalten hat. Es sei denn, er tischt ihnen ein erstklassiges Märchen auf. Daß sie sich bei Verwandten erhole, zum Beispiel. Sollten die Flics aber unbedingt darauf bestehen, Agnès wegen des Todes ihrer Freundin zu vernehmen, dann können Sie sich ja vorstellen, was passiert, oder? Bleibt also zu hoffen, daß die Flics nicht die leiseste Verbindung zwischen Agnès und Christine entdecken. Vielleicht hat jemand deshalb sämtliche Schreibtischschubladen in der Rue Bras-de-Fer leergeräumt."

„Wir sollten Dacosta Bescheid sagen, meinen Sie nicht?"

„Das wäre nicht das Schlechteste."

„Ich rufe ihn sofort an und sage ihm, daß ich vorbeikomme. Fahren Sie mit?"

„Nein. Ich habe noch in der Stadt zu tun. Der junge Mann, dem ich einen Logenplatz in der Nähe der Flics verschafft habe, kann mir vielleicht schon interessante Neuigkeiten mitteilen."

Dorville steht auf und geht zum Telefon. Als er den Hörer schon in der Hand hält, zögert er plötzlich. Er scheint in tiefschürfende Überlegungen zu versinken.

„Verdammt und zugenäht!" murmelt er vor sich hin. „Wenn es aber nun doch kein Zufall ist, wenn es doch einen Zusammenhang mit Agnès' Verschwinden gibt ... Was hat das dann zu bedeuten?"

So langsam geht es mir auf die Nerven, wie er den Dorftrottel spielt.

„Seien Sie nicht kindisch!" schnauze ich ihn an. „Haben Sie den Zehntausender vergessen?"

Er reißt die Augen weit auf, daß es nur so eine Freude ist. Er war wohl früher einmal Laienschauspieler. Jedenfalls macht er es nicht schlecht.

„Nein, den habe ich nicht vergessen, aber ich sehe keinen ..."

„Sie sehen heute überhaupt nicht gut, Dorville! Sie sollten sich 'ne Brille verschreiben lassen! Ich will Ihnen die Augen öffnen. Der Geldschein ist mir geklaut worden, damit ich ihn mir nicht genauer ansehen kann. Es müssen ihm nämlich noch andere Hinweise zu entnehmen sein als die Buchstaben O A S. Da wir diese möglichen Hinweise aber nun nicht gesehen haben, müssen wir uns mit Schlußfolgerungen begnügen. Ich will's Ihnen erklären. Der Schein ist ziemlich genau zu der Zeit ausgegeben worden, als die Männer in Algier festgenommen wurden. Warum sollte der Schein nicht zu dem Bündel gehören, das der Verräter für seinen Verrat erhalten hat? Ein hübsches Bündel nagelneuer Geldscheine, frisch aus der Presse der Französischen Nationalbank, sozusagen eigens für diesen Zweck gedruckt! Das wäre natürlich ein lustiger Streich seiner ‚Auftraggeber', aber gewisse Geheimorganisationen haben einen eigenartigen Humor. Ein Gelegenheitsagent wird nur ein einziges Mal eingesetzt. Danach soll er zusehen, wie er zurechtkommt. Wissen Sie, eine große Summe in neuen Scheinen, das ist wie ein Klotz am Bein ... Aber kommen wir wieder auf unseren ‚Bonaparte' zurück. Irgendwann hatte Agnès, wie wir wissen, die Banknote in der Hand. Vorausgesetzt allerdings, sie war es tatsächlich, die mit einem Lippenstift die Buchstaben O A S draufgekritzelt hat. Ich glaube, Sie sind sich dessen aber nicht ganz so sicher, oder?"

„Nein, ich nicht. Aber Dacosta ist vollkommen davon überzeugt. Immerhin kann er es am besten beurteilen ..."

„Immerhin, ja. Nehmen wir also an, daß es Agnès' Handschrift ist."

„Da gibt es noch die Adresse auf dem Umschlag. Also, ich weiß nicht ... Agnès hat sie nicht geschrieben. Wie erklären Sie sich das?"

„Ich erkläre mir gar nichts. Vielleicht wird es eines Tages ans Licht kommen ... Also, Agnès hatte den Schein irgendwann in der Hand. Woher stammte er? Aus der Brieftasche ihres Freundes oder, wenn Sie sich eine Sammlung von Freiern zugelegt hat, aus der Tasche eines ihrer Freunde. Wie ist es zu erklären, daß sie das Ausgabedatum markiert hat? Wir wissen es nicht. Wir wissen nur eins: das Datum ist rot markiert."

Dorville räuspert sich.

„Dann ... dann wäre das also der springende Punkt?"

„Als wenn Sie das nicht wüßten!"

Er schweigt verlegen und sieht mich an. Ich bohre weiter:

„Kommen Sie, hören Sie auf, mich an der Nase herumzuführen! Sie haben mich nicht engagiert, um Agnès zu finden, sondern um an die Beute heranzukommen, stimmt's?"

„Nun mal langsam!" protestiert er beleidigt.

Er kommt einen Schritt näher, klammert sich an eine Stuhllehne wie an die Schranke in einem Gerichtssaal und beugt sich zu mir vor.

„Nicht die fünfzig Millionen oder das, was davon noch übrig ist, interessieren mich, sondern der Judas, der sie bekommen hat! Allerdings ..." Er lacht. „Nachdem ich ihm die Tracht Prügel verpaßt haben werden, die er verdient hat ..."

„Nur eine Tracht Prügel?"

„Natürlich! Ich bin doch nicht verrückt. Ich würde ihn am liebsten umbringen, aber warum sollte ich wegen so einem Schwein das Schwurgericht beschäftigen? Nachdem ich den Kerl also verprügelt haben werde, könnte es durchaus sein, daß ich ihm das Geld abnehme, falls sich die Möglichkeit dazu ergibt. Stört Sie das?"

„Mich nicht, aber warum wollen Sie das tun? Auf krummen Touren erworbene Schätze machen einen nicht glücklich, glauben Sie mir!"

„Tja ... Das gilt doch aber für ihn genauso wie für mich, oder?"

„Halten Sie es, wie Sie wollen! Wir wollen uns doch nicht um die Richtigkeit einer Lebensweisheit streiten."

„Sie haben recht. Außerdem wird der Judas die Silberlinge in Mobilien und Immobilien angelegt haben."

„Ganz und gar nicht! Der Beweis ist der Zehntausender, der noch in Umlauf ist. Und ich wiederhole: Fünfzig alte Millionen Francs in neuen Scheinen – falls es wirklich fünfzig Millionen waren – sind eher ein Klotz am Bein. Dazu kommt noch, daß diese widerlichen Typen, die für Geld Vater und Mutter umbringen würden, wie die Geizkragen am Geld hängen. Sie können sich gar nicht satt daran sehen."

Mit einer wegwerfenden Handbewegung wischt Dorville meine Überlegungen vom Tisch und setzt sich wieder hin.

„Wie dem auch sei, das ist jedenfalls nicht das Problem ... Um wieder auf Agnès zurückzukommen ... Bevor Dacosta den Geldschein erhielt, hatte ich geglaubt, sie wäre einfach von zu Hause ausgerissen. Dann bin ich ins Grübeln gekommen, und ich spielte schon mit dem Gedanken, Sie zur Hilfe zu rufen, als Laura Ihren Namen aussprach und sogleich mit Ihnen telefonierte."

„Sie hätten es doch erzählen können."

„Was hätte ich erzählen können?"

„Daß Sie hinter dem Verschwinden des Mädchens den Verräter von Algier vermuteten und daß Sie ihn sich vornehmen wollten."

„Vielleicht", erwidert er achselzuckend. „Aber ich hatte meine Zweifel, ob Sie dann noch anbeißen würden. Schließlich tangiert Sie die Sache nicht so wie uns."

„Trotzdem hätte ich mich bereit erklären können, Agnès zu suchen, um dann den Verräter Ihnen zu überlassen."

Dorville preßt die Lippen aufeinander. Wie ein Lausbub, den man beim Lügen ertappt hat.

„Hm", brummt er. „Und jetzt? Machen Sie weiter, obwohl ich nicht offen zu Ihnen war?"

„Ja."

„Sie sagen das in einem Ton!"

„In was für einen Ton?"

„Ich weiß nicht ... in so einem komischen Ton eben."

Ich lache.

„Möglich ... Sie haben sich also überlegt, daß Agnès irgend etwas herausgefunden haben könnte, was mit dem Verrat von Algier zu tun hat. Haben Sie Ihre Vermutungen Dacosta mitgeteilt?"

„Weder Dacosta noch Laura. Laura …"

Er versucht zu lächeln. Es gelingt ihm nicht.

„Wir waren gute Freunde. Mehr als das sogar … Nun ja, heute … Sie verstehen."

Nein, ich verstehe nicht und werde nicht verstehen, warum zwei erwachsene Menschen, die miteinander geschlafen haben, sich nach der Trennung nicht mal mehr mit dem Hintern angucken. Aber ich weiß, daß es in den meisten Fällen so ist. Verständnislos schüttele ich den Kopf. Dorville fährt fort:

„Und was Dacosta angeht … Man tut ihm bestimmt nicht Unrecht, wenn man behauptet, daß er völlig verstört und apathisch ist. Warum sollte ich ihn noch mehr verwirren?"

„Ja, warum? Und vielleicht sind Sie nicht unbedingt von seiner Unschuld überzeugt, nicht wahr?"

„Also, wissen Sie …"

Soll heißen: Sie machen alles gerne noch komplizierter, als es ohnehin schon ist, und suchen überall das Haar in der Suppe!

„Ja, ich weiß", unterbreche ich seinen unausgesprochenen Satz. „Dacosta ist ein Opfer des Schicksals … und der Straßensperren. Als ich Ihnen neulich nachts die Frage stellte, ob Sie ihn für den Verräter halten, haben Sie das verneint und ihn verteidigt. Ganz besonders wohl fühlten Sie sich aber nicht dabei."

„Wie sollte ich?" seufzt Dorville. „Es gibt Augenblicke, da weiß ich nicht mehr, woran ich bin … Nein!" ruft er und schüttelt energisch den Kopf. „Auch wenn ich einen gewissen Verdacht gehegt habe, wie alle … Doch der ist nicht begründet, ganz und gar nicht … Sicher …" Seine Energie verfliegt ein wenig. „Sein Verhalten fordert unangenehme Verdächtigungen geradezu heraus."

„Oh, ja, natürlich! Seine Tochter verschwindet, und er benachrichtigt nicht die Polizei, die er lieber von hinten zu sehen scheint. Das läßt tief blicken, auch wenn er in Abwesenheit zum Tode verurteilt wurde. Ein Vater müßte sich anders verhalten. So etwas kann einen von Berufs wegen mißtrauischen

Kopf wie meinen schon auf seltsame Gedanken bringen. Zum Beispiel auf den, daß Agnès gar nicht seine Tochter und ihr Schicksal ihm scheißegal ist, auch wenn er's nicht zugibt."

„Nicht seine Tochter?"

„Sie ähnelt ihm nicht sehr."

„Das heißt doch nichts."

„Einverstanden, aber mir wäre es lieber, wenn Sie weniger hübsch wäre und Dacosta ähnlich sähe. Hat seine Frau sie eventuell von einem anderen?"

„Das kann ich nicht sagen. Und die anderen seltsamen Ideen?"

„Eine nur. Sie basiert auf Dacostas möglicher Schuld. Nehmen wir einmal an, er ist der Verräter. Agnès kriegt es heraus – etwa durch den Geldschein, den er ihr aus Unachtsamkeit gibt, als Taschengeld zum Beispiel. Angewidert haut sie von zu Hause ab, schickt ihm als Erklärung und letzten Gruß den Judasschein ... oder läßt ihn schicken."

„Um Himmels willen!" ruft Dorville aus. „Sie sprechen doch wohl nicht im Ernst?"

Er sieht mich entsetzt an, doch ich glaube in seinem Blick zu lesen, daß er von meinen Überlegungen gar nicht so weit entfernt ist.

„Ich spreche nur, das ist alles", erwidere ich. „Die surrealistische Methode. Verbalautomatismus. Automatisches Sprechen. Man sagt irgend etwas und sucht hinterher erst den Inhalt zu deuten. Manchmal findet man etwas, manchmal aber auch nicht. Wie dem auch sei, es war richtig von Ihnen, Dacosta nichts von Ihren Vermutungen mitzuteilen, ob er nun unschuldig und Agnès seine Tochter ist oder nicht. So apathisch er auch ist, er hätte dennoch kapiert, daß Agnès keine andere Möglichkeit hatte, ihrem Vater eine Botschaft zukommen zu lassen, als durch die Banknote. Das heißt, daß sie sich nicht mehr frei bewegen konnte. Begreifen Sie, was diese Hypothese impliziert?"

„Kidnapping, fürchte ich."

„Kidnapping? Warum so bescheiden? Solch eine zuvorkommende Behandlung können wir nicht mehr erwarten, nachdem ich Christine Crouzait bei ihrer Trapeznummer gesehen habe. Die Friseuse ist doch nicht einfach nur so zum Spaß aufgeknüpft worden! Sie haben kaum noch eine Chance, Agnès lebend wiederzusehen, mein Lieber!"

Dorvilles Gesicht gleicht einer Maske, seine Augen sind schwärzer denn je. Er sieht mich schweigend an, dann fangen seine Lippen an zu zittern, und er faucht einige Worte auf arabisch. Hört sich nicht sehr freundlich an.

„Deswegen", fahre ich fort, „habe ich eben in so einem komischen Ton ‚ja' gesagt. Ich glaube, daß wir Agnès nur kalt und stumm zu Gesicht bekommen werden. Sie hat den Verräter entlarvt, und er hat ihr den Mund für immer gestopft. So wie er es mit Christine gemacht hat, weil man ihm auch durch sie auf die Spur hätte kommen können. So ist das!"

„Verdammt", murmelt Dorville. „Das kann gut sein."

„Allerdings, und mehr als das."

Entmutigt läßt er, wie unter einem immensen Gewicht, die Schultern hängen.

„Dann ... dann ist das also jetzt ein Fall für die Polizei. Wir müssen aufgeben."

„Aufgeben? Entschuldigen Sie, aber wenn Sie die Sache Algeriens nicht hartnäckiger verteidigt haben, dann verstehe ich, warum es in Evian enden mußte! Ich jedenfalls gebe nicht auf. Im Gegenteil. Ich habe zwar nicht den Ehrgeiz, Kunden für die Guillotine zu rekrutieren, aber bei unserem sauberen Verräter werde ich eine Ausnahme machen. Auch für Schweinereien gibt es Grenzen! Einerseits die Flics, andererseits ich ... Es müßte doch mit dem Teufel zugehen, wenn er ungestraft davonkäme. Apropos Flics: Jetzt, da sie ins Geschehen eingreifen, werden sich unsere Wege zwangsläufig kreuzen. Das paßt mir nicht, aber ich möchte ausgerechnet in meiner Geburtsstadt keinen Rückzieher machen. Vor allem wegen der anderen Zeitgenossen, die sich um mich herum bewegen und sich über mich lustig machen: der Späher von *Petit-Chêne*, der Kerl, der mir die Banknote geklaut hat und die Blondine in dem Minirock."

„Großer Gott!" seufzt Dorville lächelnd, aber etwas blaß um die Nase. „Sie vergessen aber auch keinen, was?"

„Doch, ich glaube, ich habe jemanden vergessen. Ich weiß im Moment noch nicht wen, aber ich werd's schon rauskriegen ... Und jetzt können Sie Dacosta anrufen. Übrigens, was diese Reliquie betrifft ... Alles, was von Agnès' Kostüm noch übrig ist, hilft uns in keinster Weise weiter. Werfen Sie den ‚Schnippel', wie man hier sagt, in den Müll!"

Wir verabschieden uns. Mir bleibt von unserer Unterhaltung ein übler Nachgeschmack zurück. Es ist immer traurig, von jemandem enttäuscht zu werden, dem man seine Sympathie entgegengebracht hat. Dieser Dorville ist nicht besser als alle andern. Geld! Die ewigen Moneten! Das verdammte goldene Kalb! Dorvilles Erklärungen ändern nichts daran, daß er nur ein einziges Ziel hat: sich die Judas-Silberlinge unter den Nagel zu reißen, wer immer der Verräter war, Dacosta oder ein anderer. Und mich wollte er dazu benutzen, um an den Kerl heranzukommen! Aber so schwer hatte er sich's bestimmt nicht vorgestellt.

Als ich ins *Littoral* komme, sitzt wieder nicht mein ehemaliger Mitschüler Bruyèras an der Rezeption. Sein Kollege erinnert mich aber dennoch an ihn und, durch eine Gedankenkette, an den Mann, an den ich eben bei Dorville flüchtig denken mußte und der sich in einem Winkel meines Unterbewußten festgesetzt hat. Vor einer Woche gab es noch keine verschwundene Agnès in dieser friedlichen Stadt. Zur gleichen Zeit logierte jemand umsonst, wie alle behaupten, im *Princess*, auch wenn er Ware im Wert von mehreren tausend Francs zurückgelassen hat. Ich kenne mich aus mit Zechprellerei. Schließlich habe ich diesen Sport vor sehr langer Zeit einmal selbst betrieben. An diesem Fall aber ist etwas faul, wenn ich mich nicht irre.

Der Portier gibt mir, zusammen mit meinem Zimmerschlüssel, einen Umschlag, den eine Dame für mich abgegeben hat. Eine weitere Dame und ein Herr hätten angerufen, teilt mir der Mann mit. Beide würden wieder anrufen. Die

Dame habe ihren Namen nicht genannt, aber der Herr heiße Delmas.

Ich öffne den Umschlag. Es ist ein Briefchen von meiner Tante. Sie war heute nachmittag zum Einkaufen in der Stadt und hat bei der schönen Mireille reingeschaut, um ihr zu sagen, daß ich in Montpellier sei. Außerdem „hat Mireille den Artikel im *Echo* gelesen und ‚erwartet' Deinen Besuch. Du wohnst ja sehr vornehm hier im *Littoral*, mein lieber Neffe! Viele Grüße" usw.

Oben in meinem Zimmer lasse ich mich mit Paris verbinden.

„Hallo, meine kleine Maus", sage ich zu Hélène Chatelain, meiner Sekretärin, als ich sie an der Strippe habe. „Ich hab Arbeit für Sie alle! Sagen Sie Za ..." – Za, das ist Roger Zavatter, einer meiner Mitarbeiter – „... er soll nach Montpellier kommen und im *Littoral* absteigen. Er soll irgendeinen Phantasieberuf angeben. In einer Stadt wie dieser würde die Anwesenheit zweier Privatflics aus Paris nämlich Staub aufwirbeln. Verstanden? Sie können ihn gerne begleiten, wenn es Ihnen Spaß macht. Ich brauche Sie zwar hier im Moment nicht unbedingt, aber Ferien sind ja auch was Schönes ... Also, dann, bis bald, meine kleine Maus! Im *Littoral*, Zimmer 83."

Ich lege auf. Ein schönes Paar: Roger Zavatter, der elegante Stutzer, und Hélène Chatelain, die kleine Maus. Die perfekte Tarnung!

Schmunzelnd nehme ich den Hörer wieder auf und rufe die Hotelrezeption an. Ich möchte, daß man mir Gérard hochschickt. Einen Moment später betritt der Page mein Zimmer.

„Hör mal, Kleiner, hast du was von Bruyèras gehört?" frage ich ihn.

„Ja, M'sieur. Er ist wieder völlig auf dem Damm. Heute abend wird er wieder zur Arbeit erscheinen."

„Gut ..."

Ich drücke ihm einen Geldschein mit Voltaires Konterfei in die Hand.

„Hier, tu das in deine Sparbüchse."

„Danke, M'sieur."

Er steckt den Tausender in die Tasche seiner betreßten Hose. Und da er weiß, daß es auf Erden keine reine Menschenliebe gibt, erkundigt er sich mit lauernder Miene:

„Und was soll ich jetzt tun?"

„Ein Treffen mit deinem Kollegen vom *Princess* arrangieren. Du weißt schon, mit dem, der den Koffer des Zechprellers an Land gezogen hat. Ist das machbar?"

„Klar! Wollen Sie Fernand einige Exemplare abkaufen?"

„Mal sehen. Auf jeden Fall soll es sein Schaden nicht sein, wenn er sich zu einem Gespräch bereit erklärt. Wann wäre das möglich?"

„Im Laufe der Nacht, ginge das?"

„Hervorragend! Aber Mund halten, ja?"

„Natürlich, M'sieur."

Eine gegenteilige Antwort hätte mich überrascht, doch ich bin mir nicht sicher, ob er sein Versprechen halten kann. Er ist ein unbefangener Junge, einer, der einfach so drauflos quatscht, ohne viel zu überlegen. Zum Beispiel hat er nicht darauf gewartet, daß Delmas sich die Gästeliste des Hotels ansehen würde, sondern ihn direkt von meiner Anwesenheit im Hotel benachrichtigt. Ich bin ihm deswegen nicht böse; Delmas ist sympathisch und kann mir vielleicht sogar recht nützlich sein, aber trotzdem ...

Plötzlich schießt mir ein Gedanke wie eine Erleuchtung durch den Kopf. Es war nicht Bruyèras, den ich neulich nachts in meinem Zimmer erwischt habe. Wenn ihn das Verlangen überkommen hätte, in meinen Sachen zu wühlen, dann hätte er nicht bis zum frühen Morgen warten müssen, sondern wäre direkt in mein Zimmer gegangen, nachdem ich mit Dorville weggefahren war. Dagegen ist es durchaus möglich, daß einer, der die ganze Nacht damit zugebracht hat, mit seinen Freunden herumzusaufen ...

Gérard hat schon die Tür geöffnet und will gehen. Ich halte ihn am Arm zurück, schließe die Tür wieder und schubse den Pagen auf einen der Sessel.

„Moment, Kleiner!“ sage ich. „Mund halten, natürlich, M'sieur! Von wegen! Du mußt ein ziemlich loses Mundwerk haben, auch wenn man sich das im Hotelfach abgewöhnen sollte. Sag mal, Dienstagabend oder, besser gesagt, Mittwochmorgen, na ja, in der Nacht eben, als du den späten Gästen die Lage Whisky aufs Zimmer gebracht hast... Erinnerst du dich? Du hattest schon ein wenig Schlagseite und warst ganz hin und weg, weil du einen leibhaftigen Privatdetektiv kennengelernt hattest. Nicht mit böser Absicht, nur so, um dich wichtig zu machen oder einfach so, um etwas zu sagen, hast du vor den durstigen Hotelgästen damit geprahlt, daß ich im *Littoral* abgestiegen bin. Stimmt's?“

„Ach, Monsieur Burma“, stammelt er ängstlich, „vor Ihnen kann man aber auch wirklich nichts verbergen...“

Er steht auf, hält aber respektvoll Abstand zu mir.

„Es stimmt... Monsieur Mortaut hat Sie sicher besucht...“

„Mich hat niemand besucht!“ fahre ich ihn an. „Monsieur Mortaut... ist das einer der Gäste, die so spät ins Hotel gekommen sind?“

„Ja, Zimmer 78. Ich schwöre Ihnen, eigentlich ist es nicht meine Art, so herumzuquatschen, auch wenn Sie das Gegenteil annehmen... aber... in der besagten Nacht... Ich weiß auch nicht, was mit mir los war... Ich wußte nicht mehr, was ich sagte... War 'n bißchen angesäuselt... ganz aufgekratzt... Und dann haben die außerdem auch angefangen, sozusagen... Also, ja, ich wollte der Frau imponieren... Pardon, ich meine, einer der Damen...“

„Laß mich mit deinen Damen zufrieden! Weiter!“

„Na ja, es war ja kein Verbrechen, schließlich sind Sie nicht inkognito abgestiegen... Als ich ihnen den Whisky und die Gläser und den ganzen Kram raufgebracht habe, hat Monsieur Mortaut zu mir gesagt: ‚Na, Page, du trinkst also heimlich in der Garderobe, was?‘ Sie erinnern sich, ich war mit dem Glas in der Hand rausgegangen, in die Hotelhalle, als sie geklingelt haben... Und ich antworte: ‚Nein, nicht heimlich. Zusammen mit Nestor Burma!‘“

„Und den Leuten blieb vor Staunen der Mund offenstehen, nicht wahr?“

„Nein, M’sieur, entschuldigen Sie, aber ...“

Gérards Angst ist verflogen, er lacht in sich hinein.

„Sie schienen nicht sehr beeindruckt“, fährt er fort. „‚Und was ist das für einer, dieser Nestor Burma?‘ hat mich Monsieur Mortaut gefragt. ‚Ein berühmter Privatdetektiv‘, hab ich geantwortet, und da hat mich Madame Mortaut bewundernd angesehen. Aber ihr Mann hat angefangen zu lachen, und Monsieur Bernard, sein Freund von Zimmer 75, hat auch gelacht. Ich wär verrückt, hat er gesagt, und ich würde zuviele Kriminalfilme sehen. Und Monsieur Mortaut hat hinzugefügt, Privatdetektive, so was gäb’s nur in Büchern. Das hat mich geärgert, vor allem, weil Madame Mortaut mich so angesehen hat. ‚Im Moment ist Monsieur Burma beschäftigt‘, hab ich gesagt, ‚aber morgen können Sie zu ihm gehen und ihn fragen, ob er Privatdetektiv ist oder nicht. Er hat das Zimmer 83.‘“

„Du bist wirklich ein ganz Schlauer, Gérard“, sage ich lachend zu ihm. „Solche wie dich, die gab’s zu meiner Zeit nicht in dieser verdammten Stadt! Im Ernst: Du bist so blöd, daß ich dir nicht böse sein kann. Hier ... Hier hast du noch einen Tausender.“

Ich gebe ihm den Schein, und er nimmt ihn. Zögernd, aber er nimmt ihn und steckt ihn zu dem andern in die Hosentasche.

„Und nun“, fahre ich fort, „da du ja so gerne quatschst, möchte ich dir ein paar Fragen stellen.“

„Ja, M’sieur.“

„Wer ist dieser Monsieur Mortaut?“

„Ein Vertreter aus Paris.“

„Vertreter wofür?“

„Keine Ahnung.“

„Ist er vielleicht jung und hager, braungebrannt, mit zerfurchtem Gesicht, einer schiefen Nase und einem Schnurrbart à la Brassens?“

Ich denke an den Kerl, der Dacostas *Petit-Chêne* mit dem Fernglas beobachtet hat. Doch Gérard muß mich enttäuschen. Mortaut sei untersetzt, ziemlich dick, ungefähr vierzig, habe eine platte Nase, keinen Schnurrbart und die übliche Gesichtsfarbe der Leute, die nördlich von Lyon wohnen.

„Und Madame Mortaut?"

Da besteht nun kein Zweifel. Gérard beschreibt mir die Blondine, die ich auf der Straße nach Prades kennengelernt habe.

„Sind die beiden immer noch im Hotel?" frage ich.

„Nein, sie sind heute abgereist."

Man könnte meinen, ich hätte ihnen Angst gemacht. Es wird immer verwickelter.

„Wann und woher sind sie gekommen?"

„Sonntag, glaube ich. Aus Paris."

„Du hast auch einen Monsieur Bernard erwähnt. Wer ist das?"

„Ach, Monsieur und Madame Bernard? Haben auf 75 gewohnt und sind letzten Mittwoch abgereist. Geschäftsleute aus Avignon, mehr weiß ich nicht."

„Haben sich Mortaut und Bernard geduzt?"

„Nein. Ich hatte den Eindruck, daß sie sich zufällig hier kennengelernt haben, so wie man sich eben im Urlaub kennenlernt."

„Gut, das wäre alles im Moment. Ich danke dir. Aber paß auf, ja? Ich meine es ernst: Klappe halten!"

Ziemlich eingeschüchtert verläßt Gérard das Zimmer. Ich lese noch einmal die Nachricht, die meine Tante mir hinterlassen hat. Dann werfe ich sie in den Papierkorb (die Nachricht, nicht die Tante!) und beschließe, der schönen Mireille, dem Traum meiner Pubertät, einen Höflichkeitsbesuch abzustatten. Ob sie mir etwas über Agnès sagen kann, bezweifle ich. Wahrscheinlich ist das Mädchen keine ihrer Stammkundinnen. Aber fragen werde ich Mireille auf jeden Fall.

Das Telefon klingelt. Delmas, der Journalist, meldet sich

„zum Rapport“, wie er sich ausdrückt. Er nehme an, ich wolle wissen, was in der Rue Bras-de-Fer abgelaufen sei.

„Ja“, sage ich, „aber nur in groben Zügen. Es sei denn, Sie haben wirklich Sensationelles zu berichten. Einzelheiten interessieren mich im Moment nicht, ich hab's eilig. Muß einen Büstenhalter kaufen, und gleich schließen die Geschäfte.“

„Na gut, wenn das so ist ...“

Er kann mir nichts Neues erzählen. Die Flics neigen zu der These, daß es sich um Mord handelt. Er selbst, Delmas, versuche, soviele Informationen wie möglich über das Opfer zusammenzutragen. Gegen 23 Uhr werde er eine Kaffeepause einlegen, deswegen schlage er vor, mich dann in der *Bar Mathieu* zu treffen, Rue Omer-Refreger, zwei Schritte von seiner Redaktion entfernt. Einverstanden.

5
Félix Faure & Co.

Die Rue Daranaud – zu meiner Zeit hieß die Straße anders – liegt kaum dreihundert Meter vom *Littoral* entfernt. Also gehe ich zu Fuß. Es ist eine ruhige, bürgerliche Straße mit leicht angestaubtem Charme. Mireilles Geschäft befindet sich im Erdgeschoß eines zweistöckigen Hauses. Das Schaufenster bietet den bewundernden Blicken eine glänzende Kollektion hübscher Dessous, angefangen von winzigen Hüfthaltern über hauchzarte Negligés und kräftige Büstenhalter bis hin zu Spitzenhöschen.

Als ich das fein duftende Geschäft betrete, begrüßt mich lächelnd eine Brünette, die gerade die Blöße einer Wachspuppe schmückend bedeckt. Ich erkundige mich, ob Madame Ducros zu sprechen sei. Bevor die Frau antworten kann, wird ein Vorhang im Hintergrund zur Seite geschoben, und jemand kommt steif und zackig auf mich zu.

Es ist eine ganz und gar nicht mehr junge, aber durch den häufigen Besuch in Schönheitssalons bewundernswert gut erhaltene Frau. „Zwei Originale", hat mein Onkel gesagt. Die schöne Mireille ist zweifellos eins, im Stile von Marlene Dietrich, der aufregenden Großmutter mit dem unverwüstlichen Sex-appeal. Ich weiß nicht, welchen Anblick das Meisterwerk von Elisabeth Arden frühmorgens kurz nach dem Aufstehen bietet; im Augenblick ist die Erscheinung der Alten jedenfalls faltenlos (bis auf die Tatsache, daß sie sternhagelvoll ist!). Ihr Haar ist mit Henna gefärbt, ihr Gesicht liebenswürdig, wenn auch ein wenig ordinär, ihre hervorspringenden Wangen sind kunstvoll geschminkt, und ihre grauen Augen scheinen nah am Wasser gebaut zu haben. Ein mattgraues, enges Kleid mit V-Ausschnitt betont ihre üppige Figur.

Bevor sie ihren sinnlichen Mund öffnet, mustert sie mich mit der argwöhnischen Neugier der Betrunkenen.

„Ich bin Madame Ducros", sagt sie dann. „Was kann ich für Sie tun?"

Ihre Zunge gehorcht ihr beinahe reibungslos, und ihre Stimme klingt kaum belegt. Ich kenne solche Saufbrüder und -schwestern von Montparnasse. Sehr würdevoll. Kerzengerade. Und plötzlich fallen sie der Länge nach hin, immer noch kerzengerade. Sie brauchen drei Tage, bis sich ihre Muskeln wieder entspannen. Solche Exemplare gibt es jetzt also auch hier, wenn ich das richtig sehe. Ja, Montpellier ist eine große Stadt geworden!

Ich nenne meinen Namen, woraufhin mich die Frau sogleich breit angrinst.

„Großer Gott!" ruft sie gurrend. „Was ist aus dem kleinen Kerl von damals geworden!"

Sie reicht mir ihre Hand, und ich ergreife sie.

„Eben noch war Ihre Tante hier, sie hat mir von Ihnen erzählt", fährt sie fort. „Aber ich hatte natürlich schon den Artikel im *Echo* gelesen. War gespannt, ob Sie mich besuchen kommen."

„Na ja, hier bin ich!" erwidere ich verdammt originell.

Ich drücke immer noch ihre Hand. Besser gesagt, sie drückt meine. Sobald ich kann, befreie ich mich. Madame Ducros sieht auf ihre Armbanduhr.

„Yolande", sagt sie zu der Brünetten, „es ist gleich Feierabend. Bitte schließen Sie heute mal ab."

Dann wendet sie sich wieder an mich.

„Kommen Sie, Monsieur Burma. Wir müssen unser Wiedersehen begießen! Sie werden doch wohl zu einem kleinen Gläschen nicht nein sagen, oder?"

Die schöne Mireille ist tatsächlich der fleischgewordene Schwamm! Ich nehme ihr Angebot höflich an, und wir gehen in die erste Etage hinauf. Ich helfe ihr, so gut ich kann, die einzelnen Stufen nicht zu verfehlen.

In dem behaglichen Wohnzimmer mit eingerichteter Hausbar bietet sie mir einen Sessel an und geht hinaus, um mit einem unsichtbaren Dienstmädchen ein paar Worte zu wechseln. Kurz darauf kommt sie zurück und beginnt, uns einen Cocktail zu mixen. Ich beobachte sie bei ihrer Tätigkeit. Noch immer kann ich es kaum fassen, wie jung diese Frau wirkt, deren Alter ich nicht zu schätzen wage und die immer noch begehrenswert erscheint. Wenn sie sich seit der *Art deco*-Exposition auf diese Weise vollaufen läßt, dann ist das der Beweis: Alkohol konserviert!

Madame Ducros verteilt die Gläser, in denen Eiswürfel klirren, und setzt sich mir gegenüber, die fein bestrumpften Beine gewagt übereinandergeschlagen. Wir beginnen eine ungezwungene Unterhaltung über dieses und jenes. Sprechen macht durstig, vor allem bei diesen Temperaturen, und so ruht die Arbeit an der Hausbar nicht lange.

„Als wir über Sie gesprochen haben", sagt die schöne Mireille, „konnte ich mir hinter dem Privatdetektiv kaum den kleinen Kerl vorstellen, der auf unserem alten Pachthof rumgelaufen ist. Ich meine ..."

Sie hält inne, beugt sich vor, um eine Schachtel Zigaretten von einem kleinen Tischchen zu nehmen, und dabei erhasche ich einen Blick auf etwas mehr als den Ansatz ihrer Brüste. Sie nimmt sich eine *Gitane* und wartet darauf, daß ich ihr Feuer gebe. Was ich auch tue.

„Ich meine, als ich den Artikel im *Echo* las, habe ich überhaupt nicht an Sie gedacht", fährt sie fort, nachdem sie den Rauch ausgestoßen hat. „Erst als Ihre Tante ... Entschuldigen Sie, aber ich hatte Ihren Namen vergessen ..."

„Das ist doch ganz normal", sage ich. „Sie kannten vor allem meinen Großvater und meinen Onkel, das heißt den Vater und den Bruder meiner verstorbenen Mutter. Und wir haben nicht denselben Namen."

„Genau! Und Ihr Vorname hat mir auch nichts gesagt ... Damals nannte ich Sie ‚Nes', glaube ich. Und jetzt nenne ich Sie ‚Monsieur Burma'. Noch ein Gläschen, *Monsieur* Burma?"

Ohne eine Antwort abzuwarten, steht sie auf, was wohlduftende Wellen schlägt, und geht leicht schwankend und hüftenschwingend zur Hausbar, um uns noch einen Cocktail zu mixen. Als sie zu mir zurückkommt, bemerkt sie kichernd:

„*Monsieur* Burma! Wie förmlich das klingt! Früher haben wir uns geduzt ..."

„Warum kehren wir nicht dahin zurück?" schlage ich vor.

„Oh, hören Sie ..."

Sie errötet – jedenfalls beinahe – und streicht mit einem ihrer dünnen Finger über meine Wange. Ein freundschaftlicher Backenstreich, der einem zärtlichen Streicheln verdammt nahekommt.

„... Sie kleiner Schlingel!"

Ich sehe ihr tief in die verschleierten Augen, mit denen sie mich verzückt anblickt.

Sie nimmt wieder in ihrem Sessel Platz, drückt ihre *Gitane* aus und fingert sich eine neue aus der Schachtel. Ich stehe auf und gebe ihr Feuer, wobei ich meinen Blick in ihr Dekolleté, das immer offenherziger wird, versenke. Mit einem leisen Seufzer ergreift sie meine Hand und legt sie auf ihren Oberschenkel. Durch den Kleiderstoff hindurch spüre ich die Metallklammern ihres Strumpfhalters und die Wärme ihrer Haut.

Diese zähen alten Kratzbürsten spucken Feuer, bis sie ins Grab sinken. Mit Mireille zu schlafen, dürfte nicht schwieriger sein, als sich im *Khédive* eine Briefmarke zu kaufen. Ich habe das Gefühl, daß meine Pubertätsträume Wirklichkeit werden könnten. Es hängt nur von mir ab. Innerlich muß ich lachen.

In diesem Augenblick schlägt irgendwo im Haus eine Tür, dann öffnet sich die zum Wohnzimmer, und es kommt jemand herein.

Der Mann ist rund zwanzig Jahre älter als ich. Er hat ein grobschlächtiges Durchschnittsgesicht ohne besondere Kennzeichen: Durchschnittsstirn, Durchschnittsnase, Durchschnittskinn. Das ideale Gesicht für ein Durchschnittspaßbild. Sonnengebräunt wie alle hier in der Gegend, ziemlich groß, ein wenig gebeugt, mit vorschriftsmäßigem Haarschnitt, allerdings mit beginnender Glatze; Schnurrbart (ebenfalls durchschnittlich), wahrscheinlich gefärbt. Schließlich eine Goldrandbrille, auf der Sonnengläser aufgesteckt sind. Er nimmt die Sonnenschutzvorrichtung ab und schiebt sie in die Brusttasche seines Glenscheckanzugs.

Bei dem ersten Türknallen hat Mireille meine vorwitzige Hand zur Seite geschoben und ist aufgestanden. Sie eilt auf den Mann zu, eine Brust praktisch an der frischen Luft (was der Mann nicht zu bemerken scheint), fällt ihm um den Hals und ruft:

„Oh, Gaston, Liebling! Wir haben Besuch. Du errätst nie, wer es ist!“

Sie fängt an, es ihm zu erklären, und ihr Liebling – niemand anderes als Monsieur Castellet persönlich, Ex-Krösus, Ex-Bankrotteur, Ex-Legionär und Ex-Pachtherr meines verstorbenen Großvaters, kurz gesagt, noch einer, der mich als Dreikäsehoch gekannt hat und es mich den ganzen Abend spüren läßt – Monsieur Castellet also kommt erfreut auf mich zu, drückt mir die Hand (um ein Haar hätte er meine Wange getätschelt und gesagt: „Du lieber kleiner Kerl, du!“), und wir tauschen die üblichen Höflichkeitsfloskeln aus.

„Na, das ist ja prima!“ ruft er und kratzt sich die Handfläche der rechten Hand, sicherlich ein Zeichen seiner Freude. „Wundervoll! Ich sehe, ihr habt das Wiedersehen schon begossen. Dann werde ich mir schnell einen doppelten Whisky genehmigen, um euch einzuholen! Wollen Sie auch einen, Burma? Sagen Sie nicht nein! Sie sind doch jetzt ein erwachsener Mann. Diese Cocktails, das ist was für kleine Mädchen wie Mireille.“

Eine nicht sehr witzige Bemerkung. Er selbst bemerkt es anscheinend und schickt ein gezwungenes Lachen hinterher. Mireille zuckt die Achseln und sieht ihren Gaston merkwürdig an, während er sich der Bar zuwendet.

„Zwei Originale“, hat mein Onkel die beiden genannt. Ein

Paar wie Katz und Hund, ja. Castellet hat Mireille wahrscheinlich nie verziehen, daß sie ihn in den Ruin getrieben hat. Vermutlich hat er sich wieder mit ihr zusammengetan, um sie zu schikanieren, um sich in gewisser Weise zu rächen. Aber warum, zum Teufel, hat sie sich darauf eingelassen? Ist sie schon dermaßen abgestumpft?

Castellet reicht mir ein Glas, wir reden über dies und das, eins ergibt das andere, und ich werde schließlich eingeladen, zum Abendessen zu bleiben.

Eine Art okzitanische Sumpfschnepfe bedient uns. Wir benehmen uns ganz zwanglos, sitzen in Hemdsärmeln am Tisch. Als ich mein Jackett ablege, erblicken meine ehrenwerten Gastgeber mein Schießeisen. Das ruft natürlich ein Konzert amüsierter Bemerkungen hervor. Ah, dann sei ich ja tatsächlich ein richtiger Privatdetektiv, wie aus einem Roman! Castellet hält das bestimmt für blöde Angeberei. Er sagt es nicht, doch ich spüre es.

„Sie schleppen das Ding sogar im Urlaub mit sich rum?" fragt Mireille.

Ich erkläre, daß man die Kanone mehr als Dekoration ansehen müsse, ich allerdings, ja, nicht nur Urlaub mache, sondern die (minderjährige) Tochter eines gewissen Dacosta suche, „... eines *pied-noir*, den Sie vielleicht kennen, Monsieur Castellet, Sie haben doch einige Jahre in Algerien gelebt, glaube ich ..."

Castellet bringt wortlos zum Ausdruck, wie idiotisch er die Frage findet.

„Wissen Sie, wenn ich die alle kennen sollte", sagt er. „Allein in Montpellier gibt es fünfundzwanzigtausend ... Und da unten sind's fast zwei Millionen. Deshalb ... Nein, ich kenne keinen Dacosta."

„Aber vielleicht kennen Sie seine Tochter?"

„Aus dem Alter bin ich raus", erwidert er schmunzelnd.

„Ich habe allen Grund zu der Annahme, daß sie eine Ihrer Kundinnen ist", sage ich zu Mireille. „Stammkundin oder Laufkundschaft, das weiß ich nicht. Warten Sie ..."

Ich gehe in den Flur. Dort hängt meine Jacke, und aus deren Innentasche hole ich die Fotos von Agnès. Nein, den beiden „Originalen" ist das Mädchen nicht bekannt, wie sie mir versichern. Etwas anderes habe ich auch nicht erwartet. Agnès hat das Paar Strümpfe nicht unbedingt selbst gekauft. Vielleicht war es ein Geschenk. Ich lege die Fotos beiseite, und wir unterhalten uns weiter über alles und nichts, nur nicht über Algerien. Denn Castellet hat sich unmißverständlich ausgedrückt:

„Ich hatte dort ein neues Leben begonnen, und dann ist der ganze Mist losgegangen. Ich möchte nicht mehr daran denken und auch nicht mehr daran erinnert werden. Für mich ist die Sache erledigt. Es hat keinen Sinn, immer wieder darüber zu reden."

Ich pflichte ihm bei. Er ist nicht der erste Algerienfranzose, der sich mir gegenüber so äußert.

Unsere Mahlzeit ist zu Ende, und die Stunde des Abschieds naht, gleichzeitig wie die meiner Verabredung mit Delmas. Als Mireille uns ein paar Minuten alleine läßt, fragt mich Castellet betont ungezwungen, scherzhaft:

„Ist dieser Dacosta ein Freund von Ihnen?"

„Nein, ein Klient."

„Kann man über Ihre Klienten herziehen?"

Er nimmt seine Brille ab und putzt sie mit einem Taschentuch.

„Aha! Dann haben Sie mir einen Bären aufgebunden, was?" frage ich zurück. „Sie kennen ihn also doch!"

Er setzt sich die Brille wieder auf die Nase und nimmt die Haltung eines zwanzig Jahre älteren Ratgebers an, ganz Ex-Pachtherr meines Großvaters, ganz der gute Freund, der den „kleinen Dreikäsehoch" vor einem vielleicht heiklen Umgang bewahren will.

„Nein", antwortet er auf meine Gegenfrage. „Aber ich habe von ihm gehört. Einige *pieds-noirs* halten sich von ihm fern. Irgend etwas wird ihm vorgeworfen. Was, weiß ich nicht. Hat was mit der O.A.S. zu tun. Irgend 'ne schmutzige Geschichte, glaube ich."

„Ach! Kennen Sie Einzelheiten?"

Nein, Einzelheiten kennt er nicht. Hat nur gerüchteweise davon gehört. Dann gesellt sich Mireille, die durch das Abendessen einigermaßen nüchtern geworden ist, wieder zu uns, und wir reden über etwas anderes. Kurz darauf verabschieden wir uns mit dem gegenseitigen Versprechen, uns bald wiederzusehen.

* * *

Ich begebe mich in die Rue Refreger, um Delmas in der *Bar Mathieu* zu treffen. In der Straße fällt mir eine Kugelleuchte auf, die von uraltem Staub gekrönt ist. Es ist die Außenlampe des *Princess*, die die Aufmerksamkeit müder Wanderer auf das Hotel lenken soll. Mich erinnert sie an den Auftrag, den ich Gérard gegeben habe. Nach dem Treffen mit Delmas muß ich den Pagen unbedingt anrufen.

Der Journalist sitzt unter einem Plakat des *Club Taurin* im hinteren Teil des Bistros, vor sich einen Notizblock, ein Bier und ein Sandwich. Ich setze mich zu ihm, lege meine Pfeife mit dem Stierkopf – sozusagen zu Ehren des Plakats über uns – betriebsbereit vor mich hin und bestelle bei dem einzigen Kellner einen Gin-Tonic mit Eis. Nachdem der Kellner mir das Gewünschte gebracht hat und zum Gläserspülen hinter der Theke verschwunden ist, fordere ich Delmas auf, mit seinem Bericht zu beginnen.

„Erst mal vielen Dank für den Tip", sagt er. „Leider kann ich die Sache nicht so richtig ausschlachten, denn in dieser ruhigen Stadt wirbelt man ungern auf der Titelseite Staub auf. Und Blut schon gar nicht. Hier bei uns geht man eher behutsam vor. Aber trotzdem vielen Dank. Meiner Karriere kommt das allemal zugute. Wenn ich nach Paris gehe, werde ich kein Unbekannter sein … Zur Sache: Als ich in die Rue Bras-de-Fer kam, war alles in hellem Aufruhr. Der kleine Sohn einer Geschäftsfrau … Aber das …"

Er grinst.

„Das werden Sie sicher schon wissen, oder?"
„Erzählen Sie weiter."
„Als Reporter, der zufällig in der Gegend war, hab ich die Flics sozusagen begleitet. Man hatte sie alarmiert. Erst waren es nur Uniformierte, dann kamen die ‚Zivilen' der Kripo hinzu. Ich blieb am Ball, und Kommissar Vaillaud hat mich nicht weggeschickt. Ich habe mal über eine seiner Ermittlungen berichtet, über den Fall von *Quatre-Cabanes*. Davon, daß er dabei eine schlechte Figur gemacht hat, habe ich nichts geschrieben. So was verbindet."
„Der Fall von *Quatre-Cabanes*?"
„Eine ziemlich undurchsichtige Geschichte, das kann man wohl sagen! *Quatre-Cabanes* ist ein Sumpfgebiet am Meer. Vor zwei Monaten hat man dort einen Wagen mit einem Mann namens Edouard Baluna gefunden. Der Mann war buchstäblich mit Blei vollgepumpt. Wie gesagt, Vaillaud und seine Spürhunde sind ins Schwimmen geraten, daß es nur so eine Freude war."
„Wahrscheinlich lag das an der Nähe zum Meer."
„Bestimmt. Kurz und gut, Vaillaud kam bei seinen Ermittlungen einfach nicht weiter. Aber da das Opfer in Marseille gewohnt und zur dortigen Unterwelt Kontakt gehabt hatte, haben die Kollegen von Marseille den Fall übernommen. Zur großen Erleichterung aller in Montpellier, das können Sie mir glauben! Wie ich schon sagte: Hier hat man so seine Gewohnheiten, und man sieht es nicht gerne, wenn die Ruhe gestört wird, schon gar nicht durch ein Verbrechen. Übrigens werden hier nicht viele begangen. Und wenn die Beteiligten erst kürzlich zugezogen sind, fast noch Ausländer wie dieser Baluna, einer aus Oran, dann steigert sich noch das Unbehagen. Je weniger darüber gesprochen wird, desto besser! Deshalb hat einer wie Rouletabille auch keine Zukunft hier", schließt der Journalist feixend.
„Baluna war aus Oran?"
„Ja."
„Und der Mörder?"

Delmas lacht.

„Aus Oran, Algier oder Konstantinopel, ganz bestimmt. Um das zu erfahren, müßte man ihn erst mal schnappen. Er läuft nämlich immer noch frei herum. Fazit: Die in Marseille sind auch nicht schlauer als die Flics hier."

„Das sagt man so … Bevor wir in die Rue Bras-de-Fer zurückkehren, gestatten Sie mir noch eine Frage: Haben Sie eine Idee, was das Tatmotiv des Verbrechens von *Quatre-Cabanes* angeht?"

„Abrechnung unter Ganoven oder Politischen. So was ist im allgemeinen zu verworren, als daß man Licht ins Dunkel bringen könnte. Vaillaud hat nicht grade das Pulver erfunden, aber auch ein pfiffigeres Kerlchen als er hätte nicht viel mehr herausgekriegt … Doch zurück in die Rue Bras-de-Fer. Allem Anschein nach handelt es sich bei dem Mörder um einen leicht bescheuerten Sadisten. Übrigens könnte es auch eine Frau gewesen sein. Diese Christine Crouzait – das ist der Name des Opfers – verkehrte nämlich … äh … an den Ufern von Lesbos, wenn Sie verstehen, was ich meine …"

Sogar hier in der Provinz sind die Journalisten nicht anders als anderswo. Immer bereit, uns armen Privatflics eins auszuwischen! Ich gebe ihm Kontra:

„Mutter römischer Spiele und griechischer Wonnen."

Ihm bleibt der Mund offenstehen.

„Ach! Sie kennen Baudelaire?"

„Ich kenne 'ne ganze Menge Leute. Das bringt mein Beruf so mit sich."

„Sie sind wirklich ein kleiner Witzbold!"

„Ja, zu komisch! Deswegen würde ich auch gerne mehr über die komische Leiche erfahren."

„Ja, ja, natürlich … Also, diese Christine wurde an die Deckenlampe gehängt, nachdem man sie erdrosselt hatte, in der Absicht, einen Selbstmord vorzutäuschen. Doch das täuscht nicht darüber hinweg, daß es die Tat eines wütenden Wahnsinnigen ist … oder einfach die eines Dummkopfes. Weitere merkwürdige Umstände: leere Schubladen, fehlende Fingerabdrücke, eine aufgebrochene Wohnungstür und schließlich ein mysteriöser Anruf, den die Ladeninhaberin von nebenan erhalten hat, deren Sohn …"

„Wenn Sie nichts dagegen haben, mein lieber Delmas, dann wollen wir uns mit diesem Kleinkram nicht weiter aufhalten. Gönnen wir Kommissar Vaillaud das Vergnügen. Sagen Sie mir lieber, wer diese Christine Crouzait war, außer daß sie eine Jüngerin Sapphos war, falls sie es wirklich war."

Bevor er antwortet, vergewissert er sich mit einem flüchtigen Blick, daß wir nach wie vor die einzigen Gäste im hinteren Teil des Bistros sind. Dann flüstert er:

„Hören Sie, Burma! Dieser Mord regt mich außerordentlich auf. Er regt mich auf und macht mich wütend, denn, wie gesagt, ich kann ihn nicht so ausschlachten, wie ich es gerne möchte. Die Geschichte verdanke ich Ihnen. Allerdings weiß ich nicht, wohin mich das Ganze bringt. Vielleicht in den Knast, wer weiß? Ich fische aber nicht gerne im trüben. Also lassen Sie mich eine Frage stellen, damit ich wenigstens das Gefühl habe zu wissen, auf was ich mich da einlasse."

„Nur zu, fragen Sie."

„Sie machen keinen Urlaub hier. Gut. Sie sind auch nicht wegen der Baluna-Sache hier … oder irre ich mich?"

„Nein."

„Gut."

Er macht ein zufriedenes Gesicht. Ein kleiner Schlauberger in seinem Element!

„Antworten Sie auch mit ‚Nein', wenn ich Sie frage, ob Sie etwas mit dem Fall Guillanoux zu tun haben?"

„Tut mir leid, aber von Ihnen erfährt man alle zwei Minuten etwas Neues. Wieder nein."

„Scheiße!" entfährt es Delmas. „Wissen Sie, daß Sie einen aufrichtigen Eindruck auf mich machen?"

„Ich bin aufrichtig. Also, was ist das nun wieder, der Fall Guillanoux?"

„Oh, Himmelherrgottsakra!"

Sein Gesicht nimmt einen beinahe angewiderten Ausdruck an.

„Sie sind wirklich unersättlich! Pressen mich aus wie eine Zitrone ... Seien Sie einmal nett und sagen Sie mir, welchen Fall Sie gerade bearbeiten. Dadurch könnten wir vielleicht etwas Zeit sparen."

„Schon gut. Ich weiß, daß ich Ihnen vertrauen kann. Also, ich bearbeite gerade ..."

Ich halte ihm die Fotos von Agnès unter die Nase.

„Sie beherbergen nicht zufällig das Original in Ihrem Schlafzimmer, nein? Schade. Sie ist nämlich seit einer Woche verschwunden, und ich versuche unauffällig, sie zu finden. Die Flics wissen von nichts. Sie heißt Agnès Dacosta und ist die Tochter eines *pied-noir*."

„Eines *pied-noir*? Sagen Sie ... dieser Baluna ..."

„Nein. Ich habe den Namen Baluna zum ersten Mal von Ihnen gehört. Aber den Namen Christine Crouzait, der ist mir im Zusammenhang mit Agnès' Verschwinden schon mal begegnet. Die beiden waren Freundinnen."

„Ach! Guillanoux war auch ein Freund von Christine ... Na ja, so was Ähnliches jedenfalls."

„Sehr interessant! ‚War', sagten Sie?"

Er sieht mich traurig an, fängt beinahe an zu weinen.

„Oh, Madonna!" ruft er. „All die schönen Artikel, die ich schreiben könnte und die ungeschrieben bleiben!"

„Beruhigen Sie sich", sage ich. „Ich möchte Ihnen als Gegenleistung für Ihre Loyalität und Diskretion folgendes vorschlagen: Schreiben Sie Ihre Artikel, so als wollten Sie sie im *Echo* veröffentlichen. Sollte die Geschichte die Dimensionen annehmen, die ich vermute, wird Ihr Chefredakteur die Artikel vielleicht tatsächlich akzeptieren. Wenn nicht, schicken Sie sie meinem Freund Marc Covet, einem Kollegen von Ihnen in Paris. Er wird sie im *Crépuscule* unterbringen und Ihren Namen darunterschreiben. Sie können sicher sein, daß Sie dann beim *Echo* rausfliegen, aber Covet wird in Paris eine Anstellung für Sie finden. Einverstanden?"

„Sie führen mich in Versuchung."

„Dann lassen Sie sich doch führen, Mann! Also, was ist das für eine Geschichte mit diesem Guillanoux?"

„Das war ein alter Notar, achtzig Jahre, aber immer noch voll dabei. Beruflich und auch sonst. So im Stil von Félix Faure, wissen Sie?"

„Im Ernst? Sie sind noch jung, Delmas, aber Sie kennen die Geschichte Frankreichs. Glückwunsch! Und Madame Stenheil, das war Christine?"

„Tatsache ist, daß in diesem Zusammenhang der Name Christine hinter vorgehaltener Hand genannt wurde. Nur hinter vorgehaltener Hand, wohlgemerkt. Überhaupt sind die Dinge, die ich Ihnen jetzt erzählen werde, nur Gerüchte, die in der Stadt umgingen. Sicher ist nichts, und in der Zeitung stand kein Wort darüber. Das alles ereignete sich vor rund drei Monaten. Monsieur Guillanoux ging trotz seines hohen Alters häufig am Abend aus. Anscheinend wurde er eines Nachts von Unbekannten als Leiche nach Hause gebracht. Sicher ist, daß man ihn vor der Tür seines Hauses fand, splitternackt. Ihm war dasselbe passiert wie Félix Faure, und in seiner verkrampften Hand soll er angeblich eine Haarsträhne gehalten haben."

„Eine Haarsträhne von Christine?"

„Das weiß ich nicht. Möglicherweise ist das mit der Haarsträhne eine Erfindung."

„Wie ist denn dann Christines Name mit dem Vorfall in Zusammenhang gebracht worden?"

„Durch Zufall. Zur selben Zeit suchten die Gendarmen ein Mädchen, das aus einem Erziehungsheim in Lourdes ausgerissen war. Man hatte sie in der Gegend gesehen, doch dann verlor sich ihre Spur wieder. Schließlich wurde sie aber geschnappt, und es kam heraus, daß Christine ihr Unterschlupf gewährt hatte. In aller Unschuld sozusagen. Christine wußte nicht, daß ihre Freundin aus dem Heim ausgerissen war. Die beiden hatten sich irgendwo kennengelernt und Freundschaft geschlossen. Maud hatte ihr erzählt, sie habe kein Dach über dem Kopf, und Christine hatte ihr eins angeboten."

„Die Ausreißerin hieß Maud?"

„Ja. Ihr vollständiger Name ..."

Er wirft einen Blick auf seinen Notizblock.

„Ich hab alles aufgeschrieben, was zu Christines Biographie gehört ... Ihr vollständiger Name lautet Maud Fréval."

„Ich sehe aber noch immer keinen Zusammenhang zwischen Maud, Christine und dem lebenslustigen Notar."

„Vielleicht gibt es ja auch keinen. Aber die Phantasie ist mit den Leuten durchgegangen. Diese Maud war früher schon einmal wegen Prostitution eingesperrt worden. Man fragte sich, ob sie nicht vielleicht auch hier damit angefangen hatte. Man vermutete irgendein Hinterzimmerbordell, eine Organisation, die geheime Schäferstündchen vermittelte ..."

„In deren Schoß, wenn ich das mal so sagen darf, der Notar sein Lotterleben ausgehaucht hat?"

„Genau."

„Moment, Delmas! Geheime Rendezvous, ein Hinterzimmerbordell ... Meinen Sie nicht, daß so was in einer Stadt wie dieser früher oder später auffliegen würde?"

„Einer Stadt wie dieser? Hören Sie, Monsieur Burma, ich kenne die Provinz. Wenn Sie sich neue Schuhe kaufen oder Ihr Zeitschriftenabonnement abbestellen, dann erfährt das alle Welt. Auf der anderen Seite aber gibt es Geheimnisse, die so sorgfältig gehütet werden – eben weil hier jeder auf jeden aufpaßt –, daß nicht mal die Polizei dahinterkommt. So ist das in der Provinz."

„Ja, so ist das wohl. Übrigens gilt das, was ich gesagt habe, mehr für ein Hinterzimmerbordell als für einen Privatclub mit geheimen Rendezvous. Ersteres steht allen offen, auch den Flics. Ein ‚Club älterer Herren' dagegen, wie der zum Beispiel, der vor kurzem in Nizza aufgeflogen ist ... Wenn die beteiligten Damen verschwiegen sind ... In Nizza hat eine der Damen geplaudert, sonst wäre niemand dahintergekommen. Ich vermute, Maud Fréval hat nicht ausgepackt, oder?"

„Vielleicht gab es ja auch nichts auszupacken."

„Ist sie dann wieder ins Erziehungsheim gewandert?"

„Anzunehmen."
„Und Christine?"
„Man hatte Mitleid mit dem Opfer der eigenen Gutherzigkeit. Ihre Arbeitgeber, Gilles und Gina aus dem Frisiersalon in der Grand Rue, haben ihr einen einwandfreien Lebenswandel und ein hohes Maß an Pflichtbewußtsein bescheinigt. Sie wurde dann nicht mehr behelligt. Jetzt, da jemand mit ihr abgerechnet hat, müßte man noch einmal nachhaken."
„Und von den Schäferstündchen, wie Sie es nennen, war hinterher nicht mehr die Rede?"
„Nimmermehr, wie der Rabe spricht."
„Gezeichnet: Edgar Allen Poe. Literatur sehr gut, setzen. Kommen wir nun zur Gerichtsmedizin: Christine ist erdrosselt und dann aufgehängt worden. Auf welche Zeit datiert der Arzt ihre Todesstunde?"
„Dienstag."
„Morgens, mittags, frühabends oder spätnachts, auf Mittwoch zu?"
„Ja, das, mein Lieber ... Jedenfalls nicht vor dem Abend. Ich habe Christines Chefs gefragt. Dienstag hat sie gearbeitet, also ... Am Mittwochmorgen hat jemand angerufen und gesagt, Christine fühle sich nicht wohl – ‚nicht wohl' ist gut! Da war sie bereits tot! – und bitte um ein, zwei freie Tage. Gilles und Gina erinnern sich nicht mehr daran, ob der Anrufer ein Mann oder eine Frau war."
„Ist auch nicht so wichtig. Sagen Sie, dieser flotte Notar ... Hatte er Familie? Frau, Kinder ... Na ja, das übliche Sortiment."
„Er war Witwer und hatte einen Sohn. Deswegen dachte ich ja, daß der Sohn Sie vielleicht engagiert hätte, um Licht in die mysteriösen Todesumstände zu bringen."
„Haben Sie seine Adresse? Vielleicht werde ich mich in der Umgebung des Verstorbenen ein wenig umsehen ... Wissen Sie wirklich nicht, ob hier in Montpellier solche geheimen Schäferstündchen vermittelt werden? Man könnte sich ja mal am Schafehüten beteiligen ..."

Diese Aussicht mißfällt Delmas ganz und gar nicht. Er gibt mir die Adresse des Vollwaisen, Notar wie sein verstorbener Vater, der Lüstling. Der Journalist sieht auf die Wanduhr und erklärt, daß er in die Redaktion zurück müsse. Er verläßt das Bistro, versehen mit meinen Segenswünschen. Ich verdanke ihm wertvolle Informationen.

So wertvoll, daß ein logisch denkender Mensch wie ich sich eigentlich nicht mehr den Kopf zu zerbrechen braucht. Alles fügt sich zu einem harmonischen Ganzen.

Für mich ist der Fall klar: Es gab eine Art Privatclub, in dem geheime Rendezvous stattfanden. Maud Fréval hat sich vermitteln lassen, ebenso wie Christine. Ob die beiden nun Kusinen oder Freundinnen waren, spielt keine Rolle. Während eines dieser Schäferstündchen wurde Monsieur Guillanoux Opfer seiner eigenen Erregung. Maud wird geschnappt, hält aber als gute Nuttenkollegin das Maul und wird dafür mit einer Art Leibrente belohnt.

Der Notartod à la Félix Faure hat den galanten Abenteuern älterer Herren mit jüngeren Damen ein Ende gesetzt. Als die Gefahr vorüber ist, kommen die Rendezvous jedoch wieder in Mode. Und Agnès, Christines Freundin, sieht darin ihre Chance. Doch schon wartet ein neuer Schlag: Einer der Stammkunden des „Clubs" ist der Verräter von Algier und wird von Agnès enttarnt. Das bekommt dem Mädchen schlecht, und Christine, durch die sich der Verräter ebenfalls bedroht sieht, ergeht es nicht besser.

Bleiben noch der Späher vom *Petit-Chêne*, die Blondine im Minirock, der Kerl, der mich niedergeschlagen und mir die gezeichnete Banknote geklaut hat, und Sigari, der unehrliche Gast des *Princess*. Welche Rolle letzterer bei dem Ganzen gespielt hat, ist mir ziemlich klar. Und wenn ich mich gleich mit Fernand, Gérards Kollegen, unterhalten werde, dann nur der Vollständigkeit halber, um mein Gewissen zu beruhigen. Das Treiben der anderen wird sich eventuell im Lichte dessen erklären lassen, was mir Maud Fréval erzählen wird. Ich plane nämlich eine Pilgerfahrt nach Lourdes und glaube (vielleicht hilft das an dem heiligen Ort!), daß ich dem Mädchen verschiedene Namen samt Adressen entlocken werde. Von da an wird alles von alleine laufen.

O.k.!

Von der Telefonkabine des Bistros rufe ich im *Littoral* an. Gérard teilt mir mit, daß „alles klar" sei mit Fernand. Er erwarte mich im *Princess*.

Ich muß nur ein paar Schritte durch die schlecht beleuchtete und ebenso schlecht riechende Straße gehen, um zum *Princess* zu gelangen. Das bescheidene, sehr unauffällige Hotel ist innen etwas weniger schmutzig, als es von außen aussieht. Zu dieser nächtlichen Stunde übt Fernand die kombinierten Funktionen eines Pagen-Portiers-Concierges aus. Der junge Mann mit dem gelungenen Affengesicht ist alleine. Ich gebe mich zu erkennen und versichere mich erst einmal seiner Mithilfe, indem ich ihm einen Tausender zustecke. Als Gegenleistung bitte ich ihn, mir etwas über Sigari zu erzählen. Mit viel Geduld – Fernand ist nicht nur ein Freund Gérards, sondern auch ein Freund langatmiger Abschweifungen – und durch eine zusätzliche Geldspritze erhalte ich folgende Informationen:

Pascal Sigari aus Marseille, laut Eintragung im Gästebuch des *Princess*... (falls er einen Anmeldezettel ausfüllte, was nicht immer der Fall gewesen ist. Als mehr oder weniger guter Bekannter des Hotelwirtes vergaß er manchmal, diese Formalität zu erledigen, und dann füllte der Wirt den Zettel für ihn aus. Manchmal allerdings vergaß es der Hotelier ebenfalls.) Laut Gästeliste also war er Handelsvertreter von Beruf und stieg schon seit längerer Zeit in diesem ruhigen Hotel ab. Seit ungefähr einem Jahr kam er fast alle drei Monate einmal für ein oder zwei Tage, in jeder Hand einen kleinen Koffer. Sein letzter „normaler" Besuch fand am 18. April statt. Schon am 2. Mai – entgegen dem üblichen Rhythmus – tauchte er wieder in dem Hotel auf. Man hatte nicht vor August mit ihm gerechnet. Und die beiden kleinen Koffer hatte er wieder bei sich. Am selben Abend noch ging er weg, unter dem Arm ein Paket.

Rückkehr wenige Stunden später, immer noch mit dem Paket. Dienstagabend dann erneuter, diesmal späterer Ausgang. Ohne Paket allerdings, und ohne Rückkehr. Der Mittwoch verstrich. Kein Sigari. Fernand, der sich einbildet, schnell und gut zu kapieren, schließt daraus, daß er abgehauen ist, ohne zu bezahlen. Da der Page zufällig einen Blick in das Gepäck des Gastes geworfen hatte und auf den Geschmack gekommen war, riß er sich den Koffer mit den „Büchern" unter den Nagel …

Bei der Gelegenheit fügt er hinzu, daß er mir leider kein Buch verkaufen könne, falls ich daran gedacht hätte. Er habe den ganzen Kram weggeschmissen. Wahrscheinlich, nachdem er sich die Bilder gut eingeprägt hatte …

Auf „Nachfrage" (Polizeijargon) erzählt er mir von dem zweiten Koffer. Er enthielt einen Alpaka-Anzug und einen Stapel Oberhemden: Sigari, ein Weltmeister im Schwitzen, habe sie häufig gewechselt.

„Und was hat der Chef zu dem plötzlichen Aufbruch seines Bekannten gesagt?"

„Nichts. Na ja, zufrieden sah er auch nicht grade aus. Der Verlust hielt sich in Grenzen, aber trotzdem …"

Dummes Zeug! Der Wirt des *Princess* (was für ein Name für so eine Bruchbude!), weniger naiv als sein Angestellter, hat sofort begriffen, daß es sich hier nicht um Zechprellerei handelte, sondern daß dem Mann aus Marseille etwas zugestoßen sein mußte. Und wenn er von einer Anzeige abgesehen hat, dann aus zwei Gründen: Erstens ist so etwas nicht seine Art, und zweitens hatte er den Verschwundenen nicht angemeldet. Besser also, sich tot zu stellen. Ja, genau das! Ich bin davon überzeugt, daß der Handelsvertreter und Weltmeister im Schwitzen aufgehört hat zu schwitzen. Und er hat sich am gleichen Tag wie Agnès in Luft aufgelöst!

Während ich noch meinen Gedanken nachhänge, redet Fernand weiter:

„Letzten Sonntag sind die Freunde von Sigari gekommen, ein Mann und eine Frau mit Pariser Akzent. Also, das war vielleicht ’n Weib! So was sieht man sonst nur im Kino. Beine hatte die …! Und Möpse …!“

„Krieg dich wieder ein, Kleiner! Sag mal, diese Frau …“

Ich gebe ihm eine Beschreibung von Madame Mortaut, meiner blonden Freundin von der Straße nach Prades. Fernand erkennt sie darin wieder. Ich bitte ihn um eine Beschreibung des Mannes, aber für solcherart Denksport taugt Gérards Freund nicht. Egal. Es kann sich nur um den Kerl handeln, der mein Zimmer im *Littoral* durchwühlt hat.

Fernand fügt noch hinzu, daß die beiden die offene Rechnung beglichen hätten und er das Gefühl gehabt habe, daß sie sich für den Bücherkoffer interessierten. Deswegen habe er es so eilig gehabt, ihn samt Inhalt loszuwerden. Außerdem habe sein Chef ihm auf die Schliche kommen können.

Ein letzter Geldschein beschließt das Gespräch, und dann begebe ich mich wieder ins *Littoral*.

Freund Bruyèras ist seinen Kater los. Er sitzt wieder auf seinem Posten hinter der Rezeption. Ich verstehe gar nicht mehr, wie ich ihn verdächtigen konnte, mich niedergeschlagen zu haben. Er sieht wirklich nicht danach aus. Wir wechseln ein paar freundschaftliche Worte, dann sagt er mir, daß eine Dame angerufen habe, ohne ihren Namen zu nennen, daß sie aber bestimmt noch einmal anrufen werde; daß ein junger Mann nach mir gefragt habe und wieder fortgegangen sei, ebenfalls ohne seinen Namen zu nennen.

Ich fahre mit dem Aufzug nach oben und mache mir dabei so meine Gedanken.

Auf meinem Flur stehen zwei Männer. Als ich in mein Zimmer gehen will, kommen sie auf mich zu.

„He, M’sieur Burma“, ruft mir der eine von ihnen zu.

Es ist Serge Estarache, der Bekannte von Agnès, der junge *pied-noir* auf dem Wege der Besserung. Ich bin überrascht, ihn hier zu sehen. Um diese Zeit sollte er längst im Bett liegen!

Er reicht mir die linke Hand. Ich ergreife sie, und im selben Augenblick nimmt er seine Rechte aus der Tasche seines Regenmantels … und drückt mir eine Waffe auf den Bauch!

Dabei zittert er wie Espenlaub. Ich bin so baff, daß ich unbeweglich dastehe. Stehend k.o.! Bevor ich mich von dem Schrecken erholen kann, nimmt mir der andere *pied-noir* – nicht ganz so jung wie Estarache, mit energischem Kinn und feurigen, fanatisch blitzenden Augen – meinen Revolver ab und bohrt mir den Lauf in die Rippen.

„Los, vorwärts, *barbouze*!“ stößt er heiser und gewollt lässig hervor. „Mitkommen! Wir haben mit dir zu reden.“

6
In den Händen der *pieds-noirs*

Ich gehorche. Um nichts in der Welt würde ich in diesem Augenblick den beiden Halbstarken, die sich für Zorro halten, widersprechen. Sie wirken angespannt, halten sich für wichtig und sogar kaltblütig. Eine falsche Bewegung meinerseits könnte einen Schuß ihrerseits auslösen. Ich glaube jedoch nicht, daß sie die Absicht haben, mich zu töten. Sie spielen sich selbst eine Komödie vor, diese halben Portionen, die sich an ihren aberwitzigen Träumereien berauschen. So etwas spürt man sofort. In so einer Situation muß man seine Wange hinhalten und abwarten, bis das Fieber sinkt.

Ich gehorche also, obwohl es mir nicht paßt, daß der Junge mich als *barbouze* bezeichnet hat. Für jemanden, der stets mit „Nein" gestimmt hat, ist das ziemlich beleidigend.

Wir verlassen das Hotel durch eine Hintertür, die auf eine finstere, menschenleere Gasse führt. Estaraches Komplize kennt diesen Schleichweg offenbar. Wie ich später erfahren werde, hat er früher einmal in der Küche des *Littoral* gearbeitet.

Vier Mülltonnen weiter wartet ein Wagen mit laufendem Motor und einem Fahrer hinterm Steuer. Wir steigen ein, und ab geht die Fahrt!

Eine Viertelstunde später gehe ich – immer noch streng bewacht – eine Eisentreppe hinunter, die zu einer Art Reparaturwerkstatt führt. Hier stinkt es nach Öl, Benzin und Gummi, und eine schwache Birne verbreitet schummriges Licht. Das Empfangskomitee besteht aus drei Mitgliedern: einem Angeber mit Bürstenhaarschnitt, einem Alten mit ernster, autoritärer Miene, weißem Haar, Brille und Kleidern, die aussehen, als wäre ihr Besitzer soeben damit dem Bett entstiegen, und einem Muselmann, der aussieht wie Nasser. Der Alte war offensichtlich nicht im Programm vorgesehen; denn als meine Kidnapper ihn erblicken, stoßen sie einen überraschten Ruf aus. Der Alte schnauzt sie sogleich an, sie sollen nicht Cowboy spielen, „aber zum Glück hat Ali mich von eurem idiotischen Plan unterrichtet, und ich habe meinerseits den Hauptmann informiert. Er wird jeden Moment hier sein."

„Der Hauptmann wird uns beglückwünschen", versichert der Junge, der mir meine Waffe abgenommen hat.

„Ja, ja! Steckt euch erst mal eure Kanonen sonstwohin, damit ich sie nicht mehr sehe!"

Die beiden lassen die Waffen verschwinden. Vor dem Alten haben sie wohl Respekt. Er richtet seine Brillengläser auf mich und lächelt mir verlegen zu.

„Es handelt sich um ein Mißverständnis, Monsieur", sagt er. „Das wird sich gleich aufklären. Diese jungen Leute, wissen Sie, die haben nichts anderes als Gewalt kennengelernt. Der Bombenlärm hat ihr Gehirn durcheinandergebracht."

„Macht nichts", erwidere ich. „Obwohl auch Dummheit ihre Grenzen hat."

„Sie gehen etwas zu weit", protestiert der Angeber mit den Bürstenhaaren, ohne daß ich so recht weiß, wen er damit meint.

„Du, halt die Schnauze!" fährt ihn der Alte an. „Und du, Serge, geh schlafen."

„Ja, M'sieur", sagt Estarache kleinlaut.

Er verdrückt sich. Als er an mir vorbeigeht, senkt er den Blick. Der Moslem stellt einen Hocker mitten ins Zimmer und fordert mich lächelnd mit einer Handbewegung zum Sitzen auf. Ich setze mich. Übrigens setzen sich jetzt alle, wobei sie sich gegenseitig leise beschimpfen. Und alle fangen an zu rauchen, der Moslem und ich eingeschlossen. Der Alte hat mir erlaubt, meine Stierkopfpfeife in Betrieb zu nehmen. Die Luft füllt sich mit bläulichem Dunst.

Nach einer Weile klingelt es eigenwillig: ti-ti-ti--ta-ta. Wie bei den Topfkonzerten in meiner Kindheit.

„Der Hauptmann", sagt der Alte.

Er steht auf, geht die Eisentreppe hinauf und verschwindet draußen vor der Tür. Als er zurückkommt, wird er von zwei Männern begleitet, die offenbar soeben aus dem Bett gestiegen sind. Der eine ist ein gemütlicher Dicker, der andere ein dürrer Großer mit asketischem, ärgerlich dreinblickendem Gesicht. Seine Augen sind hinter schwarzen Brillengläsern verborgen, und er tastet sich mit einem weißen Stock vorwärts.

„Was ist los?" fragt der hagere Blinde, nachdem man ihn in einen wackligen Sessel gesetzt hat.

„Hauptmann", beginnt der Alte, „der Mann hier ist Nestor Burma, Privatdetektiv aus Paris. Dacostas Tochter Agnès ist verschwunden, und er sucht nach ihr. Heute hat er den jungen Estarache befragt. Dabei hat er auf den Verrat von Algier angespielt. Hauptmann, Sie kennen ja die jungen Leute. Wegen nichts drehen sie durch. Und Serge hat sowieso ständig Fieber. Er hat angefangen zu kombinieren: Privatdetektiv ... hm ... Dacosta, der ... hm ... Der Verrat von Algier ... Schlußfolgerung: Burma ist Dacostas Freund, ein *barbouze*, der bei uns herumspioniert. Nach wem? Wonach? Wozu? Ach, die Fragen hat er sich gar nicht mal gestellt! In höchster Erregung teilt er seine Überlegungen dem anderen Zappelphilipp mit. Der ist zwar etwas älter, aber deshalb nicht intelligenter. Die beiden hetzen sich gegenseitig auf, und als Clou holen sie ihre Kanonen raus und kidnappen diesen Mann hier. Unglücklicherweise wohnt er im *Littoral*, wo Eug ... äh ... wo der Dingsda sich auskennt, weil er da mal als Tellerwäscher gearbeitet hat. Wenn Monsieur Burma in einem anderen Hotel wohnen würde, hätten sie's wahrscheinlich nicht gewagt. So sieht es aus, Hauptmann! Jetzt bleibt uns nur zu hoffen, daß Monsieur Burma nicht nachtragend ist. Wenn er Anzeige erstattet, fällt das auf alle unsere Landsleute zurück. Und das nur wegen dieser beiden Grünschnäbel! Man könnte meinen, sie hätten's nicht schon schwer genug gehabt!"

Er begleitet seinen letzten Satz mit einem Faustschlag auf die Werkbank neben ihm und blickt in die Runde der Anwesenden. Der Moslem nickt zustimmend. Die anderen blicken böse drein.

Der Blinde hat den Ausführungen des alten *pied-noir* mit unbeweglichem Gesicht zugehört. Jetzt stampft er mit seinem weißen Stock auf den Lehmboden, so als würde ihm das beim Denken helfen. Nach einer Weile fragt er:

„Der Detektiv heißt Nestor Burma? Der Name sagt mir was."

„Er ist hier geboren", erklärt der Alte. „Heute steht ein Artikel über ihn im *Echo*. Hat ihn André Ihnen vielleicht vorgelesen?"

„Nein. Den Namen habe ich bei einer anderen Gelegenheit gehört ..."

„Vielleicht im Zusammenhang mit einem gewissen Raubüberfall", werfe ich ein.

Der Blinde wendet seinen Kopf in die Richtung, aus der meine Stimme kommt.

„Einem gewissen Raubüberfall?" fragt er.

„Begangen von ganz gewöhnlichen Verbrechern, die das allgemeine Durcheinander ausnutzen wollten. Ich habe den Fall aufgeklärt und damit der Organisation einen Dienst erwiesen."

„Stimmt, verdammt nochmal!" ruft der Blinde, und sein Gesicht hellt sich auf. „Ich habe davon gehört. Ich erinnere mich auch daran, daß eine unserer Landsmänninnen Kontakt mit Ihnen aufgenommen hat. Wenn Sie mir noch ihren Namen nennen könnten ..."

„Laura Lambert."

„Richtig! Nun, Monsieur, ich glaube, wir müssen uns bei Ihnen für den Zwischenfall heute nacht entschuldigen."

Er streckt mir seine Hand aus seiner persönlichen, immerwährenden Nacht entgegen. Ich stehe auf und ergreife sie. Der andere Alte schlägt wieder mit der Faust auf die Werkbank, sieht streng in die Runde und sagt:

„Seht ihr, ihr Hornochsen? Entschuldigt euch bei dem Herrn und geht schlafen! Ihr braucht dringend Ruhe."

Estaraches Freund, der Moslem und der Angeber mit den

Bürstenhaaren stehen auf und gehen hinaus. Mein Kidnapper murmelt eine Entschuldigung und gibt mir meinen Revolver zurück. Ich lande einen erstklassigen Aufwärtshaken an seinem Mussolini-Kinn. Das habe ich mir schon die ganze Zeit vorgenommen. Widerstandslos kassiert er den Schlag, wie etwas, das einfach fällig war. Niemand muckt auf. Die drei sind froh, daß sie verschwinden dürfen.

Ich bleibe mit dem alten *pied-noir*, dem Hauptmann – er heißt Chambord – und dem dicken Adjutanten-Chauffeur-Blindenhund zurück. Chambord verlangt – man ist schließlich nicht umsonst Hauptmann oder Ex-Hauptmann! – von mir zu wissen, was es mit dem Verschwinden von Agnès Dacosta auf sich hat. Ohne mich in den Einzelheiten meiner Ermittlungen zu verlieren, sage ich ihm unter anderem, daß Agnès höchstwahrscheinlich den Verräter von Algier entlarvt habe. Er solle mich jetzt aber bloß nicht fragen, wer das sei und wo er sich aufhalte. Und ich füge hinzu, daß ich nicht wisse, was ich von Dacosta halten solle, auch wenn er Agnès' Vater sei.

„Alle halten ihn für schuldig", seufzt Chambord. „Wirklich verrückt! Sogar Dacosta selbst ist davon angesteckt worden. Ich kenne ihn seit Jahren. Als ich vor zwei Monaten hierherkam, habe ich ihn besucht. Er hat mich angefleht, ihn nicht mehr aufzusuchen. Er wolle von der Vergangenheit nichts mehr hören, habe zu niemandem Kontakt, außer zu einem gewissen Dorville und der Dame, die wir beide, Monsieur Burma, ebenfalls kennen: Madame Lambert. Sie wissen nicht, was Sie von Ihrem Klienten halten sollen, sagen Sie? Nun, mir geht es nicht besser. Nur daß ich etwas weiß, abgesehen von meiner persönlichen Überzeugung, daß Dacosta zu einem Verrat nicht fähig ist. Sehen Sie, ich war bereits in den Händen der *barbouzes*, in ihrem Hauptquartier in der Villa Djemila, als die Sache in Algier passiert ist. Mir ging es ziemlich schlecht. Schon halb im Koma, habe ich einen interessanten Satz von einem meiner Kerkermeister aufgeschnappt. Es war von ‚dem Mann' die Rede – ohne daß sein Name genannt wurde, leider! –, ‚der die Omega-Leute hochgehen lassen und dafür fünfzig Millionen kassiert hat'. Hörte sich so an, als wär er im Haus gewesen. Als man mich noch am selben Tag an einen anderen Ort brachte, habe ich den Verräter auf dem Flur gesehen. Damals konnte ich noch sehen. Der Mann war mir unbekannt, und ich habe sein Gesicht nicht gut genug erkennen können, um ihn zu identifizieren. Er hatte seinen Hut tief ins Gesicht gezogen. Einzig Gestalt und Haltung des Mannes sind mir im Gedächtnis geblieben. Ich brauche natürlich nicht hinzuzufügen, daß es nicht Dacosta war ..."

Chambord wurde nach Frankreich überstellt und zu einigen Jahren Knast verurteilt. In dem Gefängnis, in dem er seine Strafe absitzen mußte, wurde er bei einer Meuterei durch eine Granate der Polizei an den Augen verletzt. Allerdings war sein Leiden nicht unheilbar, und als er freigelassen worden war, kam er nach Montpellier, um sich hier von einem renommierten Augenarzt behandeln zu lassen. Nun stehe ein operativer Eingriff bevor, durch den er hoffe, sein Augenlicht wiederzugewinnen. Inzwischen habe er Kontakt zu Leuten, deren Gemüt immer noch von dem Verrat erhitzt sei.

„Ich habe Dacosta in Schutz genommen", fährt er fort, „doch ich redete in den Wind. Die weniger Fanatischen haben mir vorgeschlagen: ‚Beschreiben Sie uns Gestalt und Haltung des Unbekannten in der Villa Djemila, dann sehen wir, ob die Beschreibung auf einen unserer Landsleute paßt.' Das ist doch idiotisch! Sie glauben fest und steif, daß der Verräter, auch wenn es nicht Dacosta ist, sich in dieser Stadt aufhält. Herrgott nochmal! Er kann genausogut in Lyon oder Toulon oder, noch wahrscheinlicher, in Südamerika sein ... Aber Sie sagen es ja selbst, Monsieur Burma! Sie haben Grund zu der Annahme, daß der Verräter sich hier in der Gegend aufhält. Also haben die anderen anscheinend recht ... Wie dem auch sei, ich bin auf den Vorschlag meiner Landsleute eingegangen. So konnte ich bis jetzt den unschuldigen Dacosta vor dem Schlimmsten bewahren. Ich beschrieb also das, was mir von dem Unbekannten in Erinnerung geblieben ist. Der Mann ist ziemlich groß, etwas schief in den Schultern, hinkt leicht, und ich glaube, er rieb sich ständig die Hände. War das nun ein Tick von ihm oder nur Nervosität, oder war es der Ausdruck seiner Zufriedenheit?"

„Zerbrechen Sie sich darüber mal nicht den Kopf", sage ich. „Außer seiner Größe, die er nicht verändern kann, hatte der Mann schiefe Schultern und eine normale Haltung. Alles Tarnung!"

„Na ja", seufzt Chambord entmutigt, „jedenfalls haben sie ein halbes Dutzend Leute ausfindig gemacht, auf die meine Beschreibung paßte. Sie wurden uns vorgeführt. Völlig idiotisch, wie gesagt! Während wir uns mit ihnen unterhielten, haben sie die Betreffenden beobachtet, um eine Spur von Nervosität oder Unsicherheit zu entdecken, und darauf gewartet, daß der ‚Verräter' sich ... äh ... verraten würde. Es führte zu nichts. Konnte es auch gar nicht! Solange mir der Kerl nicht unter ähnlichen Bedingungen wie in der Villa Djemila gegenübersteht ..."

Mit einem bitteren Lachen fügt er hinzu:

„Sollte die Operation, der ich mich jetzt bald unterziehen werde, erfolgreich verlaufen, werden wir eine Szene im Stile eines amerikanischen *line-up* arrangieren ..."

„Was auch zu nichts führen wird", ergänze ich. „Brigitte Bardot kann man zur Not auch von hinten erkennen, aber einen durchschnittlichen Normalbürger! Ich glaube, ich verfüge immer noch über die besseren Möglichkeiten, um den Fall aufzuklären. Ich hoffe nur, daß es mir gelingt, bevor Sie unters Messer kommen."

„Ich wünsche Ihnen jedenfalls viel Glück! Und falls sich etwas Neues ergeben sollte ... Wenn Sie es mich dann wissen lassen könnten ...? André gibt Ihnen meine Adresse ..."

Der Adjutant-Blindenhund gibt mir die Adresse, und dann ist die Sitzung aufgehoben. Wir verlassen die stinkende Werkstatt und treten hinaus in die Nacht, um den verwirrenden Jasminduft einzuatmen, der diese ländliche Gegend erfüllt. Wetterleuchten erhellt den Horizont. Chambord (besser gesagt, sein Chauffeur) setzt mich vor dem *Littoral* ab. In meinem Zimmer wartet niemand auf mich in der Absicht, mich niederzuschlagen. Immerhin, ein Fortschritt! Schweißgebadet haue ich mich in die Falle. Eine merkwürdige Art habe ich, meine Nächte zu gestalten, seit ich in meine Geburtsstadt gekommen bin! Das ist alles, was mir zu dem Intermezzo einfällt. Diese jungen Extremisten mit ihren Legenden und Träumen und schlecht verdauten Filmen!

Trotzdem, einiges habe ich heute nacht erfahren, was mir später nützen wird. In diesem Augenblick weiß ich das allerdings noch nicht.

7
Bühne frei für die *Barbouzes*!

Freitag, der 13. Mai. Heiliger Servatius. Freitag, der 13.: Versuch dein Glück! 13. Mai: Alle aufs Forum! Servatius, der Eisheilige …

Das sind die frommen Gedanken, die mir beim Aufwachen in den Kopf kommen. Es ist zehn Uhr, und die Sonne belästigt die Stadt. Auch ich werde belästigt: Man klopft an meine Tür. Ich stehe auf und sehe nach. Vor der Tür stehen ein Mann und eine Frau: Hélène Chatelain, meine Sekretärin, und Roger Zavatter, mein elegantester Mitarbeiter. Obwohl sie eine Nacht im Zug verbracht haben, sehen sie aus wie das blühende Leben. Wir umarmen uns und geben Pfötchen. Dann erfahre ich, daß die beiden auf derselben Etage wohnen, Zimmer 80 und 85. Und? Was gebe es zu tun?

„Nicht mehr allzuviel. Der Fall ist praktisch unter Dach und Fach. Als ich's gemerkt habe, war es schon zu spät, um Sie zurückzupfeifen. Es müssen nur noch ein paar Fragen gestellt werden, und zwar einem Mädchen namens Maud Fréval. Sie wird in einem Erziehungsheim in Lourdes erzogen. Das kann Hélène übernehmen. Ich meine die Befragung. Die richtige Arbeit für die richtige Frau …"

Ich teile den beiden den Stand meiner Ermittlungen mit, und nach den üblichen Kommentaren erkläre ich Hélène, was sie zu tun hat:

„Sie fahren nach Lourdes, um diese Maud zu interviewen. Heutzutage sind die Erziehungsheime anders als früher. Sie können wahrscheinlich ohne größere Schwierigkeiten mit dem Mädchen sprechen. Was wir brauchen, sind Namen und eine Adresse: die des Privatclubs, in dem die heimlichen Rendezvous stattgefunden haben. Hier, nehmen Sie das Geld. Damit können Sie dem Mädchen die Zunge lösen, falls nötig. Tut mir leid, daß ich Sie damit so überfalle, aber es eilt."

Hélène mault ein wenig – der Form halber – und macht sich auf den Weg.

Zavatter hat sich direkt am Bahnhof die neueste Ausgabe des *Echo* gekauft. Gemeinsam suchen wir das, was über die Tragödie in der Rue Bras-de-Fer drinsteht. Jetzt verstehe ich Delmas' Verzweiflung: Nur dreißig Zeilen wurden ihm im Lokalteil zugestanden. Dazu beeinträchtigen noch mehrere Druckfehler die Verständlichkeit des Artikels. Das einzige, was der Leser erfährt, ist, daß „die Polizei unter der Leitung von Kommissar Vaillaud" die Ermittlungen eingeleitet hat.

Ich falte die Zeitung wieder zusammen, als das Telefon klingelt. Ich nehme ab. Der Telefonist des Hotels sagt mir, daß es die Dame sei, die schon mehrmals angerufen habe. Ich lasse durchstellen.

„Hallo? Guten Morgen, Monsieur Burma", sagt eine Stimme, die mir nicht gänzlich unbekannt ist, die ich jedoch nicht sofort einordnen kann. „Also, wissen Sie, ich mußte Sie einfach anrufen! Na ja ... Auf dem Foto in der Zeitung sind Sie ja wirklich nicht vorteilhaft getroffen, aber ich habe Sie trotzdem sogleich erkannt. Sagen Sie ... Halten Sie immer noch die Einladung zu einem Gläschen aufrecht?"

Die Blondine von der Straße nach Prades! Ich wußte doch, daß wir uns wiedersehen würden!

„Natürlich", sage ich.

„Nun, ich lehne ab! Ich möchte *Sie* nämlich einladen! Unter einer Bedingung ..."

„Und die wäre?"

„Ich würde Ihnen gerne einen kleinen Auftrag erteilen. Gut, Sie machen Urlaub, aber ich habe gedacht ... vielleicht ..."

„Für eine so charmante Frau wie Sie kann ich wohl mal eine Ausnahme machen. Worum geht es denn?"

„Um jemanden, der verschwunden ist."

„Welchen Geschlechts?"

„Männlich."
„Nun gut … Mal sehen, was sich machen läßt."
„Ich wohne in der *Villa Lydia* in der Avenue Buisson-Bernard 90a. Wissen Sie, wo das ist?"
„Ich werde auf einem Stadtplan nachsehen. Privatdetektive wissen sich immer zu helfen."
„Spotten Sie nur! … Ich kann also mit Ihnen rechnen?"
„Ja …"
Ich wiederhole die Adresse und füge hinzu:
„Zu wem möchte ich eigentlich?"
„Ich bin die einzige Mieterin. Aber ich nehme an, daß Sie wissen möchten, wie ich heiße. Das soll kein Problem sein. Mein Name ist Raymonde Sigari."
Ich lasse mir nichts anmerken.
„Schön, Madame Sigari! Ich muß nur noch richtig wachwerden, dann komme ich zu Ihnen geflogen."
Nachdem ich aufgelegt habe, sage ich zu Zavatter:
„Ich glaube, Sie müssen doch noch an die Arbeit, mein Lieber!"

* * *

Jenseits des Gittertores, hinten in einem kleinen, verwilderten Park, den ein Weg teilt, der weniger gepflegt ist als ein Stammgast im Spielkasino, steht die *Villa Lydia*: blendend weiß in der Sonne, einstöckig und mit ausgebautem Dachboden, hat sie schon mal bessere Tage gesehen. Zwei Marmorsäulen flankieren die Eingangstür, zu der man über eine moosbewachsene Außentreppe gelangt. Das Haus ist solide gebaut und hat sicherlich dicke Mauern. Hier am Stadtrand, ziemlich weit weg von den nächsten Häusern, kann es problemlos in eine üble Räuberhöhle verwandelt werden.

Von solch optimistischen Gedanken erfüllt, drücke ich auf die Klingel. Auf einem Steinbalkon erscheint die Blondine, und sie bedeutet mir, das Gartentor aufzustoßen. Ich stoße das Gartentor auf. Gleichzeitig, aber von verschiedenen Seiten, erreichen wir die Eingangstür, die sie mir öffnet. Eine Parfümwolke empfängt mich. Die Frau trägt jetzt keine Sonnenbrille, so daß ich ihre berechnenden Augen sehen kann. Auch ihren Minirock trägt sie heute nicht. Sie hat ihn gegen ein Negligé eingetauscht, das in duftigen Falten auf ihre hochhackigen Hausschuhe fällt. Das Gewand ist durchsichtig, ohne es zu sein, und ist es deswegen um so mehr. Durch den Stoff hindurch erhascht man – je nach Blickwinkel – einen flüchtigen Blick auf die dunklen Strapse. Das Dekolleté des Negligés ist nicht sehr waghalsig ausgeschnitten. Die Spitze des V wird durch eine duftende rote Rose geschmückt. Schön anzusehen, welche Mühe sich manche Leute bereits am frühen Morgen machen!

„Entschuldigen Sie, daß ich Sie in dieser Aufmachung empfange", säuselt sie kokett, „aber es ist so heiß hier im Süden! Treten Sie ein und nehmen Sie Platz!"

Ich trete ein und nehme Platz. Sie hat mich in einen großen Salon mit Eichenparkett und Fenstertür geführt. Es gibt auch noch andere Türen, die aber keine Fenster sind. Die Möbel haben nichts Besonderes an sich. Keine Chaiselongue, kein Kanapee. Wahrscheinlich ein Versäumnis.

„Sie müssen auch die Unordnung entschuldigen, die in diesem Hause herrscht", entschuldigte sich meine Gastgeberin weiter. „Die Miete ist zwar sehr hoch, aber Hauspersonal ist im Preis nicht inbegriffen. Allerdings brauche ich so etwas auch nicht. Ich kann mein Bett sehr gut alleine machen. Und die Mahlzeiten nehme ich außerhalb ein. Finden Sie nicht auch? Wenn es nur ein Telefon und einen Kühlschrank gibt, und wenn das Badezimmer seine Funktion erfüllt ... Wissen Sie, daß ich bis gestern ebenfalls im *Littoral* gewohnt habe? Doch! Gestern konnte ich mir meinen Traum erfüllen und diese Villa mieten ... Hier linsen keine Pagen durchs Schlüsselloch, und man kann besucht werden, von wem man will, ohne daß man an einem neugierigen Portier vorbei muß ... Aber Sie sagen ja gar nichts, Monsieur Burma! Ich hatte Sie redseliger in Erinnerung ..."

„Ich höre Ihnen zu", erwidere ich lächelnd. „Außerdem erstaunen Sie mich ein wenig. Haben Sie keine Angst, ganz alleine hier in dieser großen Villa? Ich glaube, ein Hotelzimmer garantiert mehr Sicherheit."

„Nicht unbedingt", sagt sie.

Die Frau nimmt mich auf den Arm, daß es nur so eine Freude ist!

„Und wovor sollte ich denn Angst haben?"

„Vor Männern, die einsame Frauen überfallen, zum Beispiel", sage ich. „Könnte es sein, Madame, daß Sie vielleicht nicht ständig alleine sind?"

Sie geht nicht auf meine Frage ein. Stattdessen holt sie uns etwas zu trinken. Wenig später haben wir beide ein Glas in der Hand, und sie hat außerdem eine Zigarette im Mund. Ich lasse meine Pfeife in der Tasche. Manchmal stört so ein Knochen zwischen den Zähnen. Wir sitzen uns gegenüber, haben beide die Beine übereinandergeschlagen und sehen uns an. Sie bewundert meine Socken, und ich eine kleine Portion ihrer nackten Schenkel. Wir liegen beide auf der Lauer.

„Welchen Auftrag wollten Sie mir denn nun erteilen?" frage ich schließlich.

„Na ja ..."

Sie stellt ihr Glas auf ein Tischchen und spielt mit ihrem Feuerzeug *made in Algeria*.

„... Zuerst muß ich Ihnen etwas beichten. Ich habe Sie angelogen, neulich auf der Straße nach Prades. Ich bin spazierengefahren, das stimmt; aber ich mache hier keinen Urlaub, sondern bin hier, um meinen ... sagen wir, meinen Mann zu suchen. Allerdings ist er nicht mein richtiger Mann."

„Das macht nichts, Madame", sage ich. „Tun wir einfach so, als wär er's. Monsieur Sigari ist also verschwunden, ja?"

„Ja. Wir wohnen in Marseille. Monsieur Sigari ist Handelsreisender. Immer auf Achse. Wenn er unterwegs ist, ruft er mich jeden Tag an. Am 2. Mai, einem Montag, ist er nach Montpellier gefahren. Am Dienstag habe ich vergeblich auf seinen Anruf gewartet. Mittwoch ebenfalls. Am Donnerstag dann habe ich im Hotel *Princess* angerufen, wo er normalerweise absteigt. Da teilte man mir mit, er sei abgereist und habe ein paar Dinge sowie eine unbezahlte Rechnung zurückgelassen. Ich machte mir Sorgen, und am nächsten Tag habe ich einen Freund in Paris angerufen, um ihm davon zu erzählen. Monsieur Mortaut ist ein Freund meines Mannes und ein früherer Freund von mir, Sie verstehen ... Das schockiert Sie doch nicht, Monsieur Burma?"

„In keinster Weise! Ich finde das sogar ganz prima!"

„Schön. Das beruhigt mich ..."

Sie unterstreicht ihre Worte mit einem Seufzer, der um ein Haar die Rose von ihrem Busen hüpfen läßt.

„... Ich hoffe von ganzem Herzen, daß wir uns verstehen."

„Wir werden uns sicher verstehen. Machen Sie sich keine Sorgen ... Erzählen Sie weiter."

„Monsieur Mortaut erklärte sich bereit, mir bei meiner Suche behilflich zu sein. Aber keiner von uns beiden ist Detektiv. Was konnten wir tun, nachdem wir am Sonntag hier eingetroffen waren? Wir sind ins *Princess* gegangen, um die offene Rechnung zu begleichen und ein paar Auskünfte einzuholen. Zuerst dachte ich, daß er mich verlassen hätte. Doch warum sollte er dann seine Kleider im Hotel lassen? Nein, ich glaube, ihm ist etwas zugestoßen."

„Ist Monsieur ein Mann, dem etwas zustoßen kann?"

„Von Feinden weiß ich nichts, wenn es das ist, was Sie damit meinen."

„Womit handelsreiste er?"

„Wie bitte? ... Ach so, verstehe ... Sie haben eine Art, sich auszudrücken! ... Er verkauft Bücher."

„Wertvolle Bücher?"

„Nein. Sonderangebote, *Prix Goncourt* und solche Sachen."

„Und wem verkaufte er die ... Ware?"

„Buchhändlern, nehme ich an."

„Nur wissen Sie nicht genau, welchen Buchhändlern?"

„Eben! Dafür habe ich mich nie interessiert. Monsieur Mortaut und ich waren in einigen Buchhandlungen hier in Montpellier. Ohne Erfolg. Leider mußte Monsieur Mortaut gestern abreisen, obwohl er mir noch gerne weiter zur Seite gestanden hätte. Zufällig hatte er den Artikel über Sie im *Echo* gelesen und mir geraten, mich an Sie zu wenden. Die Idee gefiel mir, zumal ich Sie auf dem Foto wiedererkannt habe. Entschuldigen Sie, aber Sie werden mich für eine dumme Gans halten …"

Oh nein, da kann ich sie beruhigen!

„… Aber bevor ich Sie anrief, mußte ich einfach meiner Laune nachgehen und diese Villa hier mieten …"

Das verstehe ich sehr gut, du Zuckerpuppe! Auf diese Weise läufst du mir nur dann über den Weg, wenn du willst … und zwar ganz zwanglos.

„Tja", sagt sie zum Abschluß und breitet die Arme aus, so als wolle sie sich anbieten.

„Tja", gebe ich im gleichen Tonfall zurück. „Wissen Sie, das Ganze ist einfach und kompliziert zugleich. Und es gibt nicht grade haufenweise Anhaltspunkte …"

Scheinbar mechanisch nehme ich das Feuerzeug in die Hand, das sie auf das Tablett mit den Getränken gelegt hat.

„Ein sehr hübsches Feuerzeug haben Sie da", stelle ich fest. „Ich mag diese Ornamente. Aus Algier, nicht wahr? Ein Geschenk von Monsieur Sigari oder von Monsieur Mortaut vielleicht? Als Andenken an einen Aufenthalt an Afrikas Gestaden?"

„In welcher Beziehung …"

Ihr Blick wird giftig.

„Zu dem, worüber wir soeben gesprochen haben? In keiner."

Ich lege das Feuerzeug wieder auf das Tablett.

„Was Monsieur Sigari und sein Verschwinden betrifft, so rate ich Ihnen, zur Polizei zu gehen. Bedaure sehr, aber ich glaube nicht, daß ich diesen Fall übernehmen kann."

Alles geschieht sehr schnell. Ich habe den Kerl nicht hereinkommen hören. Er steht hinter mir, drückt mir den Lauf seiner Waffe auf den Nacken und knurrt:

„Oh, doch, Freundchen! Und ob du ihn übernehmen kannst!“

Gläser und Flaschen fallen von dem Tablett und gehen zu Bruch. Die Blondine stürzt sich auf mich. Eine Wolke von Parfüm hüllt mich ein. Bis jetzt habe ich nicht bemerkt, daß sie keinen Büstenhalter trägt. Jetzt bemerke ich es. Sie hängt sich an mich, so daß mir jede Bewegung unmöglich ist, und klaut mir meine Kanone aus dem Schulterhalfter. Dann springt sie zurück, und ihr Komplize läuft um den Sessel, in dem ich sitze, herum und stellt sich neben sie. Wie zu erwarten, ist es Mortaut, der Hoteldieb.

„Hübsch seht ihr aus, mit euren Schießeisen in der Hand“, bemerke ich. „Wollt ihr noch lange so dastehen?“

„So lange wie nötig“, knurrt Mortaut. „Wir haben’s auf die charmante Tour versucht. Hat nicht geklappt. Aber wir können auch anders!“

„Mit anderen Worten, du willst mich dazu zwingen, Sigari zu suchen, und mir auf Schritt und Tritt bei meinen Ermittlungen folgen ... mit der Knarre in der Hand, um mich zur Arbeit anzutreiben? Also wirklich, Alter, ich hab euch für schlauer gehalten, euch Ehemalige aus der Villa Djemila!“

Er runzelt die Stirn.

„Ich hab mir schon gedacht, daß du über einiges Bescheid weißt. Warst du denn auch da? Ich hab dich damals gar nicht gesehen ...“

„Ich war woanders. Es gab Lücken zu füllen ...“

„Kann man wohl sagen! Diese Dreckskerle von der O. A. S.!“

„Erinnerst du dich an die drei *barbouzes*, die samt Wagen in die Luft gejagt wurden und bei lebendigem Leib verbrannt sind? Wie Jeanne d’Arc!“

„Oh, Scheiße, reden wir lieber nicht davon.“

„Und wovon sollen wir deiner Meinung nach reden? Nun mach nicht so ein Gesicht, Mann! Wir müßten uns doch eigentlich verstehen. Oder sind wir nicht alle hinter derselben Sache her?“

„Gut, aber ich weiß trotzdem nicht, wie weit ich dir vertrauen kann."

„Na, dann können wir ja bis zum Sankt-Nimmerleins-Tag hier warten, ich in meinem Sessel, und ihr mit der Kanone in der Hand! Dann wären alle deine Inszenierungen und schlauen Tricks für die Katz gewesen."

„Du hast recht. Wir müssen miteinander reden. He, Raymonde, in diesem Scheiß-Land schwitzt man wie'n Affe! Schlimmer als in Algerien. Hol uns was zu trinken. Das Zeug hier ist ja alles verschüttet worden."

Ohne zu antworten und ohne meine Waffe aus der Hand zu legen, geht die Blondine hinaus, um Nachschub zu holen. Mortaut und ich sehen uns schweigend an. Dann fragt er mich – so unter ehemaligen Frontkämpfern, die glorreiche Erinnerungen heraufbeschwören –, welcher Gruppe ich „da unten" angehört hätte. Bevor ich ihm irgendein Märchen auftischen kann, wird hinter ihm eine der Türen geöffnet. Mortaut dreht sich um in der Annahme, es wäre Raymonde, sieht sich jedoch Zavatter gegenüber. Mein Mitarbeiter ist ebenfalls bewaffnet. Mit einem blitzschnellen Fußtritt schlägt er meinem Gastgeber die Waffe aus der Hand. Ich springe auf, stürze mich auf den *barbouze*, der sich die schmerzende Pfote hält, und schlage ihm mit der Faust ins Gesicht.

„Das ist für die nächtliche Vorstellung im *Littoral* neulich", sage ich. „Und das …"

Ich krame in meinem Gedächtnis.

„Das ist dafür, daß du mich für einen *barbouze* gehalten hast!"

Nasenblutend geht der Kerl zu Boden.

„Regen Sie sich doch nicht so auf, Chef", sagt Zavatter. „Die *barbouzes* gibt es in Wirklichkeit gar nicht. Hier der Beweis."

Er holt mit dem Fuß aus und tritt Mortaut in die Rippen. Unser Gegner brüllt auf vor Schmerzen.

„Scheiße!" ruft Zavatter mit gespielter Überraschung. „Die gibt es ja doch! Sonst würde der Kerl hier nicht so rumbrüllen!

Ja, reisen bildet. Man lernt jeden Tag was Neues dazu. Übrigens, Chef, entschuldigen Sie, daß ich nicht früher eingegriffen habe. Ich habe in der Küche gewartet, bis sich das Liebespaar in die Haare kriegen würde. Als die Blonde neue Getränke holen wollte, hab ich sie neutralisiert. Die Ärmste langweilt sich jetzt im Wandschrank. Ich geh sie mal schnell holen. Hier, Ihr Schießeisen."

Fünf Minuten später sitzen wir alle gemütlich beisammen. Die blonden Haare unserer Freundin sind von Spinnweben verunziert, und ihr aufreizendes Negligé hat viel von seinem Reiz verloren. Mortaut wischt sich das Blut von dem blutenden Gesicht.

„Und nun wollen wir uns ein wenig streiten", beginne ich die Plauderstunde. „Fünfzig Millionen sind es wohl wert. Ich eröffne das Feuer, und Sie feuern dazwischen, wenn's nötig sein sollte. Ich nehme an, daß Sigari und du, Mortaut, als häufige Gäste in der Villa Djemila mitbekommen hattet, daß jemand die hohe Summe als Gegenleistung für einen Verrat kassiert hatte. Sie kannten ihn, diesen Verräter. Nach den ‚Ereignissen' ohne Abfindung entlassen (die Undankbarkeit der Großen!), nahmen Sie Ihre zivilen Tätigkeiten wieder auf. Übergehen wir die Anfänge! Sigari ist Handelsreisender für ganz spezielle Literatur, Organisator geheimer Rendezvous und privater Schäferstündchen. Eines Tages läuft ihm bei einer dieser Gelegenheiten besagter Verräter über den Weg. Der lebt nämlich inzwischen mitten unter *pieds-noirs*, die mit ihm – wie mit einem gewissen Baluna – kurzen Prozeß machen werden, wenn die Wahrheit ans Licht kommt. Sigari unternimmt einen kleinen Erpressungsversuch. Doch der Verräter weiß, daß so ein Erpresser nie den Hals vollkriegt. Und deswegen, verehrte Madame, sollten Sie nicht nur schwarze Strapse tragen, sondern auch ein Negligé derselben Trauerfarbe. Sie sind Witwe."

„Was geht Sie das an?" faucht Raymonde.

„Mich? Gar nichts. Im Gegenteil. Ich finde Schwarz erotisch. Hat Sigari Sie in die Geschichte eingeweiht?"

„Nein, überhaupt nicht, der gemeine Kerl! Er hat nur im Schlaf gesprochen. Und so habe ich von dieser Stadt und den fünfzig Millionen erfahren. Ich hatte keine Ahnung, worum es ging. Als ich dann begriff – oder zu begreifen meinte –, daß er mich verlassen hatte und mit der Beute abgehauen war, habe ich Monsieur Mortaut verständigt. Vielleicht konnte er sich einen Reim darauf machen."

„Ich habe sofort kapiert", übernimmt der ausrangierte *barbouze* das Wort. „Sigari hatte den Kerl gestellt, hatte ihm Geld abgeknöpft und war damit getürmt. Warum sollten wir das nicht auch tun?, habe ich mir gesagt. Wir sind nach Montpellier gefahren. Hier habe ich dann allerdings meine Meinung geändert. Sigari war nicht aus freien Stücken aus dem *Princess* verschwunden. Es gab da einen Haken. Ich ließ mich jedoch nicht entmutigen. Schließlich konnte der Verräter nicht einfach irgend jemanden umbringen! Wir stiegen also im *Littoral* ab – das *Princess* war uns zu schmutzig – und starteten unseren Feldzug. Leider hatten wir keinen einzigen Anhaltspunkt. Zwar führte Sigari wohl so eine Art Buch, doch das hatte er bei sich. Ich wanderte durch die Straßen von Montpellier und hoffte darauf, dem Millionär zu begegnen. Vergebens."

„Ja, vergebens. Und da tauche ich im *Littoral* auf, der geschwätzige Page brüstet sich vor euch mit meiner Anwesenheit, und das bringt deine Phantasie auf Touren."

„Ja. Seien Sie mir nicht böse, aber ich habe gedacht: Der Unterschied zwischen einem Privatflic und einem Ganoven ist häufig nicht besonders groß. Einer von unseren Leuten da unten war auch Privatdetektiv, deshalb sage ich das. Gut. Ich habe weiter gedacht: Wenn dieser Burma nun auch wegen derselben Sache hier ist?"

„Und deswegen hast du meinem Zimmer in derselben Nacht noch schnell einen Besuch abgestattet. Viel hast du zwar nicht gefunden, aber immerhin waren zwei Telefonnummern aus Montpellier dabei. Am nächsten Tag hast du die beiden angerufen, um herauszukriegen, ob und mit welchem Akzent sie sprechen. *Pieds-noirs*! Du warst auf der richtigen

Spur. Als nächstes hast du die Witwe zu meiner Linken damit beauftragt, mich zu überwachen, um zu sehen, was ich so trieb."

„Wir mußten uns an jeden Strohhalm klammern, Monsieur! Aber weit hat uns das nicht geführt. Eines wurde uns jedoch klar: Wir mußten uns an Sie halten."

„Als du dann den Artikel im *Echo* gelesen hast, hast du einen Weg gesehen, dich an mich heranzumachen, mich mehr oder weniger für eure Ziele einzuspannen und von meinen Talenten zu profitieren. Raymonde würde sich als Lockvogel und Vermittlerin hervorragend eignen. Ihr seid aus dem Hotel ausgezogen und habt – als Ort für Unterredungen aller Art – diese Villa hier gemietet. Das nötige Kleingeld scheint ihr ja bei euch zu haben ..."

„Vielleicht war die Idee nicht grade genial, aber besser, als in den Straßen herumzulaufen oder im Telefonbuch nachzusehen, ob er drinstand."

„Wer?"

„Der Verräter natürlich! Blois."

„Sein Name ist also Blois?"

„Jedenfalls nannte er sich in Algier so. Bestimmt ein falscher Name! Aber man kann ja nie wissen. Leider gibt es im hiesigen Telefonbuch keinen Blois."

„Wie sieht er denn aus, der gesuchte Millionär?"

„Ach, wissen Sie, Personenbeschreibungen sind nicht meine Stärke ... Ich würde sagen, er war ziemlich groß, hager, mit massigem Kopf ..."

„Hinkte er?"

„Ich habe ihn in einem unserer Büros gesehen. Er stand, bewegte sich aber nicht. Mehr fällt mir zu seiner Person nicht ein. Ah, wenn ich ihn nur ein paar Sekunden sehen könnte ..."

Ja, genauso wie Hauptmann Chambord ... Chambord ... Wie ein Springteufelchen springe ich aus meinem Sessel hoch. Diese Decknamen und die Motive, die zu ihrer Wahl führen! Während der deutschen Besatzung kannte ich einen Widerstandskämpfer namens Maurice Leblanc. Er nannte sich Lupin, wie Arsène Lupin. Raffiniert: *Leblanc* gleich *Lupin*. Die weiße Lupine. Und *Blois* ist gleich ... gleich was, meine Lieben, wenn nicht gleich dem lieblichen Tal der Loire? Die Schlußfolgerung ist etwas abenteuerlich, aber sie ist es wert, überprüft zu werden.

„Paß auf Madame auf", sage ich zu Zavatter. „Und du, Mortaut, kommst mit! Ich muß dir jemanden zeigen. Vielleicht noch so ein ganz Schlauer. Chambord heißt er."

* * *

Mortaut sitzt am Steuer meiner Dauphine. Wir fahren zu den *pieds-noirs*, bei denen Chambord bis zu seiner Augenoperation wohnt. Während der Fahrt kommt mir der Gedanke, daß der Blinde mir vielleicht eine falsche Adresse gegeben haben könnte. Doch mein Verdacht erweist sich als unbegründet. Die Adresse ist richtig; leider ist der Hauptmann nicht zu Hause. Seine Freunde sagen mir, daß er weggefahren sei, um seinen Freund Dacosta zu „sehen". Das ist auch so eine komische Sache! Na schön ... Vielen Dank, meine Herren, und auf geht's zu Dacostas *Petit-Chêne*. Als wir dort ankommen, sehe ich auf dem Feldweg, der zu dem Anwesen führt, zwei Wagen. Direkt vor dem Wohnhaus stehen – ein wenig abseits – Chambord und sein Blindenhund. Außerdem sehe ich zwei Uniformierte und einen Mann in Zivil, der einen Hund an der Leine hält. Den Hüter des Gesetzes, der am Gittertor steht und den Horizont mit seinen durchdringenden Augen abzusuchen scheint, frage ich, was denn passiert sei.

Der Besitzer des Sägewerks habe sich erhängt, antwortet er.

* * *

Wir befinden uns in einem zu sonnigen Land, als daß sich solch ein Ereignis nicht in aller Öffentlichkeit abspielen würde. Der gutmütige Gendarm hält die „Freunde des Verzweifelten", als die wir uns ausgeben, nicht davon ab, sich dem „Ort der Tragödie“ zu nähern. Sogleich gehe ich zu Hauptmann Chambord und André, seinem dicken Adjutanten.

„Guck dir den Blinden gut an“, raune ich Mortaut zu. „Hinterher wirst du mir erzählen, was du von ihm hältst.“

Er nickt, völlig verwirrt. André hat mich erblickt. Er und sein Hauptmann kommen uns entgegen. Beide sind erschüttert.

„Wir haben ihn gefunden“, erklärt mir der Dicke aufgeregt. „Der Hauptmann wollte Dacosta trösten, nachdem er durch Sie von Agnès' Verschwinden gehört hatte. Dacosta hat sich in seiner Küche erhängt. Dieses Schwein!“

„Was für ein Schwein?“

„Dacosta“, flüstert der Blinde mit erstickter Stimme. „Man hat mich in der Villa Djemila ‚geimpft‘. Ich habe einen anderen für den Verräter gehalten. In Wirklichkeit war es Dacosta.“

„Wie bitte?“

„Wir werden Ihnen das später erklären“, sagt André.

Sie scheinen es sehr eilig zu haben, von hier fortzukommen.

„Wir haben die Polizei alarmiert und unsere Aussagen gemacht. Jetzt verschwinden wir. Ich werde Sie später in Ihrem Hotel anrufen. Wir müssen uns unbedingt treffen ...“

Er fängt an zu stottern. Ich verzichte darauf zu verstehen, was er mir erzählt. Als er mit Chambord zu den Gendarmen geht, um sie zu fragen, ob man sie noch benötige, wende ich mich an Mortaut. Der Ärmste ist ganz durcheinander.

„Nun?“ frage ich ihn. „Ist der Blinde der Verräter oder nicht?“

„Scheiße!“ stößt er verständnislos hervor. „Sind Sie verrückt?“

Gut. Zum Teufel mit mir und meinen raffinierten Schlußfolgerungen, die auf dem Spiel mit Namen beruhen. Noch nie war ich so froh darüber, mich geirrt zu haben!

Die Polizei gestattet Chambord, sich mit seinem Schatten zurückzuziehen. Das Paar verabschiedet sich von uns, geht zu seinem Wagen und fährt davon. Ich habe den Eindruck, daß

Mortaut es den beiden liebend gerne gleichtun würde. In der Nähe der Flics fühlt er sich sichtlich unwohl. Aber ich brauche ihn noch.

Nach einigem Hin und Her wird uns erlaubt, die Leiche zu sehen. Man hat sie abgehängt und auf den Fußboden gelegt. Auf dem Tisch steht eine Halbliterflasche des unsäglichen, selbstgebrauten Absinths. Mit der Flasche ist ein Blatt Papier beschwert, das von dem Wind aus der Strauchheide bewegt wird. Der allgemeinen Meinung zufolge muß sich Dacosta mehrere Gläschen genehmigt haben, bevor er seinen tödlichen Plan in die Tat umsetzte. Auf den Zettel ist mit einem Bleistift, der auf den Boden gerollt ist, in zittriger Handschrift eine Botschaft gekritzelt worden: „Ich bitte alle um Verzeihung. Ein Weiterleben ist mir unmöglich. Dacosta."

Tot ist er mir genauso unsympathisch wie lebendig. Ich werfe Mortaut einen fragenden Blick zu: Ist das denn jetzt der Richtige? Der verwirrte *barbouze* schüttelt verneinend den Kopf.

Unterdessen schreit einer der Polizisten nach der Ambulanz. Schon seit einer Ewigkeit habe man sie gerufen ... Er eilt ins Nebenzimmer, um zu telefonieren. Niemand schenkt uns die geringste Aufmerksamkeit. Wir gehen hinaus und leisten den Fliegen Gesellschaft, die träge in der Sonne tanzen.

„Wir sollten abhauen", flüstert Mortaut mir zu. „Noch hat uns keiner nach unseren Papieren gefragt, aber das kommt bestimmt. Meine sind in Ordnung, aber trotzdem ..."

Er ist für mich jetzt ein Klotz am Bein. Ihn an meiner Seite zu haben, kann alles nur noch komplizierter machen. Und ich halte es für ausgeschlossen, daß er, mit oder ohne Raymonde, irgendeine krumme Tour gegen Zavatter unternimmt.

„Ich bleibe hier", entscheide ich. „Aber du kannst von mir aus verduften, ich brauche dich im Moment hier nicht. In der Nähe gibt es eine Bushaltestelle. Fahr zurück in die *Villa Lydia* und verhalte dich ruhig."

Er nickt und schleicht sich auf leisen Sohlen davon. Niemand denkt daran, ihn aufzuhalten. Ich verscheuche einen

Schmetterling von meiner Hose und geselle mich zu den Gendarmen, die vor dem Haus Kriegsrat halten.

In Bezug auf die Ambulanz scheint es noch Hoffnung zu geben. Die Fahrer haben die Adresse falsch verstanden, sind jetzt aber auf dem richtigen Weg. Der Hund tollt samt Leine um die Gruppe herum und schnappt gierig nach den Heuschrecken. Sein Herrchen, ein Bauer mit Strohhut, hat die Leine losgelassen und redet mit den Uniformierten, die er zu kennen scheint. Sie sprechen Dialekt, aber da ich hier geboren bin, entgeht mir kein Wort. So erfahre ich, daß der Bauer der Vater von Roger Mourgues ist, dem Bekannten von Agnès, mit dem ich mich gestern unterhalten habe. Monsieur Mourgues ist nicht überrascht, daß Dacosta sich erhängt hat. Er habe Kummer mit seiner Tochter gehabt, und seine Geschäfte seien den Bach runtergegangen. Darauf erwidert einer der Uniformierten, daß er nicht wisse, wie die Geschäfte des Toten gelaufen seien. Jedenfalls habe Dacosta einen Haufen Banknoten im Kamin verbrannt. Und um soviel Geld zu verbrennen, müsse man es erst mal haben ... Diese für Geizhälse gräßliche Enthüllung hat offenbar auch auf den Hund eine gewisse Wirkung. Unbemerkt entfernt er sich unerlaubt von der Truppe. Plötzlich stößt er ein langgezogenes, unheilvolles Heulen aus. Irgend jemand brüllt – mindestens so laut wie der Hund –, daß der Köter störe und man ihn zum Schweigen bringen müsse. Und alle stürmen zu der Stelle, von der die herzzerreißenden Töne kommen: zu dem Schuppen, in dem sich die Säge befindet.

Mit den Vorderpfoten und der Schnauze wühlt der Hund, immer noch jaulend, in einem Haufen Sägemehl, so als wolle er sich eine Höhle buddeln.

Das Sonnenlicht, in dem Staubpartikelchen tanzen, fällt zuerst auf ein Bein. Ein Frauenbein in einem zerfetzten Seidenstrumpf. Ein junges Bein, das sicherlich nicht mehr altern wird.

8
Der „Bonaparte“

Der Straßenlärm dringt nur gedämpft in das Büro der Kripo, dessen Fußboden mit Seifenlauge abgeschrubbt worden ist. Das Fenster geht auf einen ruhigen, in der schrägen Abendsonne melancholisch daliegenden Innenhof hinaus. Fliegen fliegen ein und aus, so als hätten sie den Flics kollegiale Nachrichten zu übermitteln.

Kommissar Vaillaud, sein purpurrotes Ohr an den Telefonhörer gepreßt, spricht in die Muschel oder hört zu, ohne seine blauen, spärlich bewimperten Augen von dem Kalender an der gegenüberliegenden Wand zu wenden. Ein Flic in Zivil, wohl der Sekretär, sitzt hübsch brav an einem anderen Tisch.

Dorville kauert niedergeschlagen auf seinem Stuhl, der bei jeder Bewegung ächzt. Ich sitze auf einem anderen Stuhl und warte auf eine Art Urteilsspruch.

Und mitten unter uns, allgegenwärtig, der Leichnam von Agnès Dacosta!

Man hat sie von dem Sägemehl befreit, mit dem ansonsten auch der Boden des Korbes bedeckt ist, in den der Kopf der Guillotinierten rollt. Agnès hatte das Abendkleid an, in dem ich sie bereits auf dem Foto gesehen habe. Aber in welch traurigem Zustand waren Kleid und Körper! Insekten hatten sich schon an die Arbeit gemacht. Das Gesicht war kaum mehr zu erkennen. Es ist wahr: Eine Kugel in den Nacken verursacht beim Austreten auf der anderen Seite erheblichen Schaden. Der einzige Schmuck der Toten bestand in der Armbanduhr, deren Zeiger auf 3 Uhr stehengeblieben waren (ein Indiz von keinerlei Bedeutung). „Keine Halskette, keine Ohrringe o. ä.“, glaubten die Gendarme notieren zu müssen. Die Schuhe waren von den Füßen gerutscht. Ganz gewöhnliche Schuhe mit flachen Absätzen. Auch die Mordwaffe wurde –

mit leerem Magazin – in dem Sägemehl gefunden. Es handelt sich um einen Armeerevolver, der Dacosta gehört hat und, wie sein Besitzer, repatriiert worden ist. Im Haus des Erhängten konnte keine Munition gefunden werden, die zu der Waffe gepaßt hätte.

Als Kommissar Vaillaud am Tatort auftauchte, nahm er mich sogleich in die Mangel. Ich mußte das Maul auftun. Na ja, jedenfalls einen Spaltbreit. Ich nannte Namen, unter anderem den von Dorville. Und so haben wir uns alle hier im Firmensitz der Leichen-GmbH zu einem angeregten Kolloquium zusammengefunden.

Da ich bei dem Kommissar eine gewisse Voreingenommenheit mir gegenüber bemerkte, habe ich ihm vorgeschlagen, er solle doch seinen Kollegen Faroux anrufen, den Chef der Kripo am Quai des Orfèvres in Paris. Der werde mir schon ein einwandfreies Gesundheitszeugnis ausstellen. Vaillaud dachte, ich würde bluffen, und hat meinen Vorschlag angenommen …

Er legt auf und sieht mich etwas freundlicher an.

„Na ja“, sagt er, „Monsieur Faroux zufolge sind Sie kein übler Bursche. Nur daß Sie ganz einfach das verdammte Talent besitzen, sich in Fälle von Mord und Totschlag verwickeln zu lassen …“

„Ja, aber seien Sie unbesorgt, Kommissar. Mein Vorrat ist nicht unbegrenzt. Bei zwei Toten an einem Tag, so wie heute, da muß ich mir erst mal eine Ruhepause gönnen.“

„Wollen wir's hoffen! Bevor Sie gehen, fassen wir noch einmal zusammen …“

Er faßt zusammen, wobei er die Notizen vor sich auf dem Schreibtisch zu Hilfe nimmt.

„Laut Monsieur Dorvilles Aussage“, beginnt er, „hat Monsieur Dacosta ihn vor einer Woche über das Verschwinden seiner Tochter Agnès informiert. Dacosta wollte die Polizei nicht benachrichtigen. Wie Sie, Monsieur Burma, sagen, schien ihn das Schicksal seiner Tochter mehr oder weniger gleichgültig zu lassen. Wichtig dabei: Monsieur Dacosta hat die Polizei nicht benachrichtigt, aber auch nicht einmal daran gedacht, einen Privatdetektiv einzuschalten. Monsieur Dorville und Madame Lambert haben praktisch gegen seinen Willen gehandelt, als sie Sie in Paris anriefen. Apropos … Sie haben uns die Adresse von Madame Lambert gegeben, Monsieur Dorville, jedoch gleichzeitig darauf hingewiesen, daß die Dame sich zur Zeit nicht in der Stadt aufhält. Als Pharmavertreterin stattet sie den Ärzten in den benachbarten Departements Besuche ab. Wissen Sie vielleicht, wo wir sie im Moment erreichen können?“

„Nein, ich habe nicht die geringste Ahnung“, antwortet Dorville.

Kommissar Vaillaud runzelt die Stirn. Daß jemand so herumvagabundiert, frei wie der Wind, stört seinen Ordnungssinn. Doch dann schickt er sich ins Unvermeidliche.

„Na ja, das ist auch nicht weiter von Bedeutung“, sagt er schließlich. „Ich wüßte nicht, wie Madame Lambert uns weiterhelfen könnte. Fahren wir fort. Im großen und ganzen stellt sich der Fall für mich folgendermaßen dar: Zunächst einmal war Dacosta nicht mehr ganz richtig im Kopf. Kein Wunder, bei allem, was sich während der acht Jahre in Algerien zugetragen hat … Repatriierte, die verrückt geworden sind, gibt es mehr, als es die Statistiken wahrhaben wollen … Ich weiß nicht, warum Dacosta eine Woche wartet, bis er sich selbst richtet, nachdem er seine Tochter umgebracht hat – falls es tatsächlich seine Tochter war. Vielleicht geht das Zögern auf das Konto seines beginnenden Wahnsinns. Oder der Grund dafür ist der, daß er die letzte Kugel aus seiner Waffe verschossen hatte. Wäre das Magazin nicht leer gewesen, hätte er sich möglicherweise auf der Stelle getötet. Jedenfalls war er mehr oder weniger verrückt. Eher mehr, glaube ich, wenn ich an die Zehntausender denke, die er im Kamin verbrannt hat. Warum dieses Autodafé? … Und heute hat er sich erhängt. Heute nacht oder heute morgen, das wird die Autopsie ergeben. Die Autopsie der anderen Leiche wird uns Aufschluß über das Todesdatum von Agnès geben. Wo Dacosta die Leiche zunächst versteckt hatte, werden wir nie erfahren. Denn im Sägemehl lag sie erst seit kurzem. Vielleicht in seinem Keller? An dem Kleid sind Spuren von Erde gefunden worden. Und das Kleid? Agnès muß von einem Fest nach Hause gekommen sein ... oder aber Dacosta hat sie gezwungen, das Kleid anzuziehen. Das Kleid, das Sägemehl, die verbrannten Geldscheine, das alles ist die Inszenierung eines Verrückten. Darüber werden wir uns nicht weiter den Kopf zerbrechen ..."

Er wendet sich an Dorville:

„Wann haben Sie Dacosta zum letzten Mal gesehen?"

„Gestern nachmittag", antwortet Dorville. „Ich war bei ihm, um ihm Monsieur Burmas Bericht zu überbringen."

„Erstatten Sie nicht persönlich Bericht?" fragt der Kommissar an meine Adresse.

„Dacosta war mir unsympathisch", erkläre ich. „Je weniger ich ihn sah, desto lieber war es mir."

„Denken Sie immer so über Ihre Klienten?"

„Ich habe Monsieur Dacosta nicht als meinen Klienten betrachtet. Die eigentlichen Klienten waren Monsieur Dorville und Madame Lambert ... und das arme Mädchen."

„Verstehe ... Und was besagte der Bericht?"

„Nichts. Es war ein negativer Bericht."

„Haha!" lacht der Kommissar. „Dann wissen auch Sie also manchmal nicht weiter, was?"

„Wie wir alle. Und außerdem hatte ich es, offen gesagt, auch nicht übermäßig eilig, Agnès an den heimischen Herd zurückzubringen. Ich hatte nämlich begriffen, daß sie dort nicht sehr glücklich gewesen war. Ich dachte, sie wäre mit einem Kerl abgehauen. Sollte sie in Frieden dahinziehen! Warum also alle Hebel in Bewegung setzen?"

„Und wenn Sie's getan hätten, wäre auch nichts Großartiges dabei herausgekommen, nicht wahr? Es hatte sich erledigt, bevor Sie hier eintrafen ... Wie fanden Sie Dacosta bei Ihrem Besuch, Monsieur Dorville?"

„Teilnahmslos, wie immer. Er brütete vor sich hin."

Vaillaud wirft einen Blick auf seine Notizen.

„Roland Chambord und André Cauvin ... Bekannte des Toten ... haben ihn gefunden ... haben die Polizei alarmiert ...“

Er reicht dem braven Sekretär ein Blatt Papier.

„Die beiden müssen herbestellt oder geholt werden, damit sie ihre Aussagen unterschreiben. Der Form halber.“

„Ja, Chef.“

„Monsieur Burma ... Je weniger Sie Dacosta sahen, desto lieber war es Ihnen, sagen Sie; aber eben waren Sie in seinem Haus ...“

„Zufällig. Ich wollte nach Prades fahren, um meinem Onkel und meiner Tante guten Tag zu sagen. Von der Straße aus habe ich bemerkt, daß bei dem Sägewerk etwas los war. Deswegen bin ich abgebogen. Aus bloßer Neugier.“

„Ihr gutes Recht. Es war noch jemand bei Ihnen, glaube ich.“

„Ein Anhalter, der ebenfalls nach Prades wollte. Er ist verschwunden, ohne daß es jemand bemerkt hätte. Und bevor Agnès' Leiche gefunden wurde. Sein Glück! Denn er hatte schon Dacostas Anblick kaum ertragen.“

„Tja, so was soll's geben. Schließlich sind nicht alle so wie Sie, Burma! Sagen Sie, Sie haben doch von Ihren Klienten eine Liste der Bekannten der Toten erhalten. Auf der Liste stand auch der Name Christine Crouzait, nicht wahr? Haben Sie sie aufgesucht?“

„Nein. Ich habe zunächst einige *pieds-noirs* besucht, um meinen Klienten berichten zu können, daß ich sie besucht habe. Wie gesagt, ich hatte es nicht eilig. Nicht daß ich Mademoiselle nicht aufsuchen wollte, aber ich ließ mir Zeit. Und dann habe ich von Delmas erfahren – das ist der Journalist, der mich interviewt hat –, habe ich also von ihm erfahren, daß Mademoiselle Crouzait ...“

„Ja. Ebenfalls erhängt. Die Inszenierung eines Verrückten. Würde mich nicht wundern, wenn das auch Dacostas Werk wäre. Vielleicht wußte sie, daß er seine Tochter umgebracht hatte. Tja, eine entsetzliche Tragödie, aber denkbar unkompliziert. Wird uns wohl kaum das Wochenende verderben.“

Ich sage nichts, sehe ihn nur an. Unmöglich herauszufinden, ob er glaubt, was er da erzählt. Unmöglich zu erraten, ob er der Blödmann ist, als den Delmas ihn beschrieben hat, oder ob er ein ganz Schlauer ist.

„Ich möchte noch etwas sagen", meldet sich Dorville mit tonloser Stimme zu Wort. „Dacosta war vielleicht nicht im üblichen Sinne verrückt. Dort in Algier ..."

Er erzählt die Geschichte des Verrats, der Verurteilung in Abwesenheit ...

„Dacosta hatte den Verrat begangen, und nun konnte er den Gedanken an seine schändliche Tat nicht mehr ertragen. Möglicherweise hat ihn seine eigene Tochter entlarvt, er hat das Geld verbrannt, das von der ‚Prämie' übriggeblieben war ..."

„Jaja", murmelt der Kommissar, der schon halb eingeschlafen ist. „Was meinen Sie, was mich ihre Familiengeschichten interessieren, Monsieur Dorville? F.L.N., O.A.S. und C.O.N., das hat sich alles erledigt. Ob Dacosta sich nun so verhalten hat, wie er sich verhalten hat, weil er seine Freunde verkauft hat oder weil er nur ein armer Irrer war, bleibt sich gleich. Das Ergebnis ist jedenfalls dasselbe. Ihre Interpretation, die Motive usw. usf., das wird vielleicht die Journalisten interessieren, weil das ihre Spalten füllt. Aber was ändert das an dem, was ich soeben gesagt habe?"

„Nichts, natürlich. Entschuldigen Sie."

„Schon gut. Nun, ich glaube, das wär's dann. Auf Wiedersehen, Monsieur Burma. Tut mir leid, daß Sie das Mädchen in so einem Zustand gefunden haben."

„Ich hab sie ja nicht einmal gefunden", erwidere ich bitter. „Der Hund war's."

* * *

Auf dem Flur entdecke ich unter den Leuten, die dort herumstehen, Delmas, meinen Journalistenfreund.

„Champion", raunt er mir zu, als ich an ihm vorbeigehe.

Ich grinse ihn komplizenhaft an und verlasse mit Dorville das Gebäude. Wir sind mit meinem Wagen gekommen.

„Kaum zu glauben", seufzt Dorville, als wir eingestiegen sind. „Dacostas Schuld in der Algier-Affäre, meine ich. Ich möchte es immer noch nicht wahrhaben, aber man muß sich den Tatsachen beugen. Agnès – und vielleicht auch die Friseuse – und sich selbst schließlich hätte er nicht umgebracht, wenn er unschuldig wäre. Und dann das verbrannte Geld ... Ist noch viel davon übriggeblieben?"

„Schwer zu sagen. Man weiß nur, daß es sich um ‚Bonapartes' handelte, die nie in Umlauf waren. Aber in dem Kamin sind nicht fünfzig Millionen verbrannt ..."

„Hat man noch weitere Banknoten gefunden?"

„Nein. Sie trauern dem Geld nach, was? Es tut Ihnen leid, daß Sie es sich nicht unter den Nagel reißen konnten, nicht wahr?"

„Um Gottes willen, Burma! Ich bitte Sie, Sie müssen mir glauben ... Die schweinischen Absichten, die ich neulich geäußert habe, liegen mir heute fern ..."

„Um so besser! Warum haben Sie dem Flic eigentlich von dem Verrat in Algier erzählt?"

„Damit er nicht auf anderem Wege davon erfährt. Offen gesagt, Burma, Sie machen mir Angst. Sie haben den Kommissar zwar nicht angelogen, aber Sie haben durch Verschweigen gesündigt. Ich auch, aber immerhin ... Wenn uns das nicht noch zum Verhängnis wird! Ihnen ist das egal, Sie fahren nach Paris zurück. Aber ich werde hierbleiben, und deswegen wollte ich ein wenig vorbeugen. Na ja, da meine Aussage nichts an Vaillauds Überzeugungen geändert hat ... Und Laura?" fügt er plötzlich hinzu. „Wenn Sie das erfahren wird ... Sie wird es auch kaum glauben können."

„Zu Recht", sage ich. „Dacosta ist nicht schuldiger als ich, sowohl was den Verrat von Algier, als auch den Mord an den beiden Mädchen angeht. Der angebliche Anhalter, von dem ich Vaillaud erzählt habe, ist ein ehemaliger *barbouze*, der den Verräter von Algier gesehen hat. Er hat ihn nicht in Dacosta wiedererkannt. Und jetzt lassen Sie uns in mein Hotel fahren und das Ganze bei einem Gläschen besprechen."

* * *

Während ich rede, sieht mich Dorville die ganze Zeit über mit staunenden Augen an. Nacheinander erzähle ich ihm von den heimlichen Rendezvous junger Mädchen mit älteren Herren, von meiner „Entführung" durch die *pieds-noirs*, meinem Zusammentreffen mit Hauptmann Chambord, meiner Unterhaltung mit der blonden Raymonde und Mortaut, dem ehemaligen *barbouze* usw. Offensichtlich fragt sich Dorville, ob ich nicht das eine oder andere hinzudichte.

„Und was ist dann mit Dacosta und seinem Selbstmord?" fragt er, als ich meinen Bericht beendet habe.

„Ein Arrangement des wirklichen Verräters von Algier, mit dem Ziel, alles in Nebel zu hüllen. Wenn die Autopsie gewissenhaft durchgeführt wird, fördert sie vielleicht zutage, daß Dacosta betäubt worden war, bevor er aufgeknüpft wurde. Oder man hat ihm eine Überdosis seines teuflischen Absinths verabreicht, die allein schon ausgereicht hätte, ihn umzubringen. Schließlich kann man es einem Todeskandidaten nicht verwehren, sich vor dem Erhängen zu besaufen! Nun, nach der Autopsie wird sich die Nebelwand verziehen, oder aber sie wird noch dichter werden. Hängt ganz von der Denkbereitschaft des Kommissars ab. Wenn der sich nämlich weder sein Wochenende noch seine Arbeitstage verderben lassen will, wird nichts Gescheites dabei herauskommen. Das heißt: Morde und Selbstmord gehen auf das Konto ein und desselben Täters, und der Täter heißt Dacosta. Ich weiß allerdings nicht, was Vaillaud nun tatsächlich denkt ... Was Agnès betrifft, so ist sie meiner Meinung nach nicht im *Petit-Chêne* getötet worden, sondern bei einem der eben erwähnten heimlichen Schäferstündchen, als sie die Wahrheit über den Verrat von Algier herausgefunden hat. Ich werde bald erfahren, wo sich der ... Ort des Verderbens befindet."

„Wie das denn?" fragt Dorville, der von einer Überraschung in die andere fällt.

„Die Adresse und die Namen der Beteiligten befinden sich in dem Kopf eines jungen Mädchens, das in einem Erziehungsheim ... erzogen wird: Maud Fréval, die von Christine Crouzait das monatliche Schweigegeld angemahnt hat. Ich habe meine Sekretärin zu ihr geschickt, um sie zu befragen."

Zum ersten Mal seit Stunden lächelt Dorville. Es ist ein schwaches, ungläubiges Lächeln.

„Ach, wissen Sie", sagt er, „diese Sorte Mädchen lügen, sobald sie den Mund aufmachen."

„Man kann aber dennoch versuchen, die Wahrheit aus ihnen herauszukitzeln. So, wie es mir bei Mortaut gelungen ist, der ja ansonsten auch nicht grade in die Wahrheit verliebt ist ... Apropos, im Eifer des Gefechts hab ich ganz vergessen, ihn zu fragen, warum er mir den O. A. S.-Geldschein geklaut hat."

„Sie ... Sie messen diesem Geldschein immer noch Bedeutung bei? Ich meine, seinem Verschwinden?"

„Ja. Ich bin überzeugt davon, daß er etwas an sich hat, was uns allen entgangen ist ... Verdammt! Vielleicht hat mich dieser Scheiß-*barbouze* an der Nase herumgeführt. Er hat möglicherweise noch einen Trumpf im Ärmel! Beehren wir ihn doch mit unserem Besuch."

Wir erheben uns. In diesem Augenblick klingelt das Telefon. Chambord erzählt mir mit betrübter Stimme, daß er seine Aussage bei der Kripo unterschrieben und dabei von Agnès' Tod erfahren habe. Er müsse mich unbedingt „sehen", fügt er hinzu. Wir verabreden uns zum Abendessen. Ich lege auf.

„Das war der Hauptmann", sage ich zu Dorville. „Ich habe das Gefühl, daß er im *Petit-Chêne* noch etwas anderes als Dacosta am Strick entdeckt hat. Wir haben uns zum Abendessen verabredet. Begleiten Sie mich?"

„Wenn es Sie nicht stört … Ich möchte nicht gerne allein sein.“

Er zieht ein Päckchen *Gitanes* aus der Tasche. Dabei fällt ein rosa Kärtchen auf den Teppich. Er hebt es etwas verlegen auf und wirft es in den Aschenbecher.

„Ich war im Kino, als Dacosta … als man ihn umgebracht hat“, murmelt er tonlos. „Fast schäme ich mich deswegen …“

„Wieso? Wenn Sie geschlafen oder Karten gespielt hätten, würde das etwas ändern? Kommen Sie, auf in die *Villa Lydia*!“

Dorville fragt mich nicht, was es mit dieser *Villa Lydia* auf sich hat und was wir dort wollen. Er fragt mich überhaupt nichts, während wir im Auto sitzen. Vermutlich versucht er, Ordnung in seine Gedanken zu bringen. Es scheint ihm sichtlich Mühe zu bereiten.

In der *Villa Lydia* treffen wir Zavatter und die Blondine in ausgehbereiter Toilette an. Sie sehen aus, als wollten sie ein freudiges Ereignis feiern gehen.

„Und Mortaut?“ erkundige ich mich.

„Ist nicht hier gewesen“, antwortet mein Mitarbeiter. „Hat er Sie abgehängt?“

„Nein, ich habe ihn gehen lassen, nachdem wir die erste Leiche gesehen haben. Eigentlich sollte er hierher zurückfahren.“

„Nun, hier ist er nicht aufgetaucht“, erwidert Zavatter in ruhigem Ton. „Vielleicht verliert er beim Anblick von Leichen die Orientierung. Apropos, um welche Leichen handelt es sich?“

„Um Dacosta und seine Tochter.“

„Nicht schlecht für den Anfang in Ihrer Geburtsstadt, Chef! Der Stadtrat wird Sie sicherlich bitten, eine Weile hierzubleiben, um das Wohnungsproblem zu lösen und die medizinische Fakultät mit erstklassigem, frischem Material zu versorgen. Was halten denn die Flics davon?“

„Faroux hat Ihnen von meinem Talent, Leichen aufzuspüren, erzählt. Um aber wieder auf Mortaut zurückzukommen … Anscheinend hat er sich aus dem Staub gemacht, oder er heckt irgendeine Schweinerei aus. Ach, was soll's, mir kann's egal sein! Morgen wird uns Hélène den Schlüssel zu dem ganzen Durcheinander bringen. Und wenn noch einiges im unklaren bleiben sollte, so ist das das Los aller unklaren Fälle. Aber davon abgesehen … Sie wollten ausgehen?"

„Allerdings", seufzt Raymonde. „Und nach dem, was Sie uns soeben erzählt haben, hab ich noch viel größere Lust dazu. Am liebsten würde ich mich auch aus dem Staub machen!"

„Aber, aber, mein Schatz, warum denn die Flügel hängen lassen?" sagt Zavatter und tätschelt ihren Arm. „Wir gehen ins Restaurant, ins Kino, in einen Nachtclub, ganz wie du willst, und dann kommen wir hierher zurück, und ich enthülle dir die Geheimnisse von Tausendundeiner Nacht."

„Die zwei langweilen sich bestimmt nicht", stellt Dorville neidisch fest, als wir wieder in meinen Leihwagen steigen.

Er würde viel dafür geben, mit ihnen zu tauschen. Und da ist er nicht der einzige.

* * *

Chambord führt uns in die Reparaturwerkstatt, in die mich meine Kidnapper gestern gebracht haben. Dort, geschützt vor neugierigen Blicken, holt André eine Keksdose aus einem Versteck und hebt den Deckel hoch.

In der Dose liegt ein dickes Bündel nagelneuer Banknoten mit dem Konterfei Bonapartes, alle Anfang Juni 1962 gedruckt. Der Gesamtwert beläuft sich auf vier oder fünf Millionen alte Francs.

„Das habe ich in Dacostas Kamin gefunden", erklärt André. „Ich weiß nicht warum, aber bevor wir die Gendarmen alarmiert haben, habe ich die Banknoten an mich genommen. Vielleicht hat mich das viele Geld stutzig gemacht. Dacosta soll angeblich völlig blank gewesen sein, und dabei verfügte er über all das Geld. Wissen Sie, man möchte glauben, daß er sich eben wegen dieses seltsamen Schatzes umgebracht hat, daß die Scheine ihn zu sehr belastet haben ... Der Hauptmann meint, das sei ein Teil des Judaslohnes. Und Sie?"

„Ich bin derselben Meinung. Das ist das Geld, das der Verräter erhalten hat. Aber man hat es sozusagen geopfert, als man es Dacosta in den Kamin legte, nur um ihn als den Schuldigen erscheinen zu lassen. Denn, Monsieur Chambord, Sie haben heute den Überblick verloren angesichts der scheinbar eindeutigen Tatsachen. Man hat Sie damals in der Villa Djemila nicht ‚geimpft', wie Sie es ausdrücken. Dacosta war unschuldig ..."

Und ich lege ihnen meine Theorie dar.

„Was machen wir denn nun mit dem Geld?" fragt André.

„Behalten, was sonst?" faucht Dorville.

„Ja, behalten Sie es nur ruhig", sage ich. „Greifen Sie damit mittellosen Landsleuten unter die Arme. Aber bringen Sie es nicht schon jetzt in Umlauf. Warten Sie, bis sich der Fall aufgeklärt hat. Es kann nicht mehr sehr lange dauern. Morgen, spätestens übermorgen, werde ich von meiner Sekretärin den Namen des Verräters erfahren. Sicher, er wird Ihrem Strafgericht entgehen, wenn ich das mal so ausdrücken darf. Der Verrat von Algier wird ihm nicht zur Last gelegt werden. Aber die Morde an Sigari, Christine Crouzait, Dacosta und Agnès werden seiner Karriere schaden, so glänzend sie auch sein mag."

Mit dieser Hoffnung begeben wir uns in den Wohntrakt, um Couscous zu essen. Ich habe aber auch ein Glück! Wo ich dieses Gericht doch so sehr hasse ... Auch ein Absinth à la Dacosta fehlt nicht. Ich trinke reichlich davon, um das Essen hinunterzuspülen. Wahrscheinlich wurde das Zeug von Arabern erfunden, die dem Rassismus Nahrung geben wollten ...

Es ist schon ziemlich spät, als ich Dorville vor seiner Wohnung absetze. Er sieht düster und nachdenklich aus, so als hätte er Dacostas Platz eingenommen.

„Hören Sie, Burma", sagt er zum Abschied zu mir, „das Ganze nimmt wirklich Dimensionen an ... Wäre es nicht vernünftiger, alles den Flics zu erzählen?"

Ich schnauze ihn an und schüttele ihn an den Schultern. Schließlich beugt er sich meinen Argumenten.

Beunruhigt fahre ich zum *Littoral* zurück. Ich muß an Dorville denken. Dann an Laura Lambert. Ohne einen konkreten Grund zu haben, finde ich es ärgerlich, daß man sie nicht erreichen kann ... Aber, aber, ich werde doch wohl nicht auf den Gedanken kommen, sie könnte verschwunden sein? Los, ab ins Bett mit dir, Nestor! Du brauchst dringend Schlaf.

Ich gehe zu Bett und schlafe. Vorher noch beschließe ich, morgen als erstes Lauras Adresse zu erfragen. Ich habe nämlich lediglich ihre Telefonnummer. Als ich gerade ans Telefon denke, klingelt es. Ich schaue auf die Leuchtziffern meiner Armbanduhr. Zwei Uhr. Ich nehme den Hörer ab. Es ist Zavatter. Seine Stimme klingt sehr sonderbar. Ich sage es ihm.

„Das ist, weil ich ein bißchen besoffen bin", entschuldigt er sich. „Aber das geht vorbei. Ich bin schon wieder so gut wie nüchtern. Die *Villa Lydia* bietet interessante Schauspiele, die den schlimmsten Rausch verfliegen lassen. Können Sie sofort hierher kommen, Chef? Wenn's geht, mit einem Sarg. Passend für Mortaut."

* * *

„Wir haben ihn gefunden, als wir zurückgekommen sind", berichtet Zavatter und zeigt auf den *barbouze*, der mit dem Gesicht nach unten auf dem Boden liegt, ein kleines Loch am Hinterkopf. Die Szene wird von dem gedämpften Licht einer Lampe mit rosafarbenem Schirm beleuchtet.

„Dabei waren wir so quietschvergnügt ..."

Inzwischen sind sie es nicht mehr. Vor allem die blonde Raymonde, die wie erschlagen in einem Sessel außerhalb des rosa Lichtkegels liegt. Ihr Minirock hat sich hochgeschoben. Zwischen zwei Schluchzern nimmt sie einen Schluck aus ihrem Glas, das offensichtlich Whisky pur enthält. Ich betrachte den toten Mortaut. *Mort* wie tot.

„Er hat Glück gehabt", bemerke ich.

„Kann man wohl sagen", pflichtet mir Zavatter bei. „Er

hätte von einer Mücke gestochen werden können. Das ist ihm erspart geblieben."

„Ich meine, er hatte das Glück, auf das er seit Sonntag gewartet hat. Heute nachmittag oder heute abend hat er endlich diesen Blois getroffen. Das ist einer der Namen des Verräters von Algier. Mortaut muß ihn wohl gebeten haben, mit ihm auf einen kleinen Schwatz hierher zu kommen. Oder aber der andere hat ihn gesehen und ist ihm bis hierher gefolgt. Auf jeden Fall kann ich die Frage, die ich Mortaut stellen wollte, vergessen ..."

Ich gehe zu Raymonde.

„Wissen Sie vielleicht zufällig, warum Ihr Freund mir im *Littoral* einen Zehntausender geklaut hat? Es war ein ganz besonderer Schein ..."

Schluchzend schreit sie mich an, ich solle mich zum Teufel scheren mit meinen zehntausend Francs. Sie habe die Schnauze nämlich voll, ob das denn so schwer zu kapieren sei? Gestrichen voll habe sie die Schnauze, und abhauen wolle sie, nach Paris, nach Marseille, egal wohin, Hauptsache weit weg von dieser verdammten Stadt! Zur Bekräftigung wirft sie mir ihr Glas an den Kopf, und dann fängt sie an, mit den Füßen auf den Boden zu stampfen. Zavatter weiß, wie man mit Damen umgeht. Er beruhigt sie mit einem gekonnten Kinnhaken, lädt sie sich auf seine Schultern und bringt sie ins Bett.

Als er zurückkommt, bin ich dabei, die Leiche zu durchsuchen. In der Hosentasche des Toten und in seiner Brieftasche finde ich Geld. Darunter ist auch die Banknote, die mit OAS gezeichnet ist. Besser gesagt: *eine* Banknote, die mit OAS gezeichnet ist. Ein „Bonaparte", einer von denen, an die ich mich so langsam gewöhne, praktisch neu, gedruckt Anfang Juni 1962 (Datum unterstrichen) und mit dem subversiven Kürzel gezeichnet, ebenfalls mit Lippenstift; aber ich habe das Gefühl, daß es nicht derselbe Schein ist, den man Dacosta zugeschickt hat.

„Der erinnert mich an etwas Lustiges", sagt Zavatter und zeigt auf den „Bonaparte".

„Ach ja? Und woran? Lassen Sie mich mitlachen! Ich möchte furchtbar gerne wissen, was daran so lustig ist."

„Als wir eben zurückgekommen sind ... oder vielleicht etwas früher schon, ganz genau weiß ich das nicht mehr ... noch in der Stadt jedenfalls ... da habe ich einen Lieferwagen gesehen, auf dem stand auch OAS."

„Und was ist daran so lustig? Das war doch sicher General Salan auf Inspektionsreise. Am 13. Mai geht er immer auf Tour ... Ich glaube wirklich, die Blonde schafft Sie!"

„Ja, ja, schon gut ..."

Zavatter zuckt beleidigt die Achseln.

„Machen Sie sich nur über mich lustig. Ich war besoffen, wie gesagt, ich muß geträumt haben. Oder es waren die Anfangsbuchstaben von OASIS. Hotel OASIS oder so was Ähnliches."

„Das da jedenfalls ..." Ich tippe den Toten mit der Fußspitze an, „das ist kein Traum. Kommissar Vaillaud schien mit den beiden Leichen heute nachmittag schon bestens bedient. Wenn ich ihm noch eine weitere präsentiere, wird ihm das sein Wochenende versauen. Es bleibt uns also nichts anderes übrig, als den *barbouze* irgendwo kühl zu lagern und auf Tage zu warten, die sich für derartige Enthüllungen besser eignen. Gibt es einen Keller in diesem Kasten?"

Es gibt einen, und zwar einen tiefen und äußerst feuchten, sozusagen extra für unsere Zwecke gebaut. Wir wickeln Mortaut in eine Decke und bringen ihn nach unten.

„Und nun", sage ich zu Zavatter, als wir wieder oben im Salon sitzen, „hören Sie mir mal gut zu. Wir müssen uns die Blondine vom Hals schaffen, so angenehm der Kontakt mit ihr auch sein mag. Sobald sie aufwacht, werden Sie ihr Mortauts Geld geben – plus einen Betrag, den ich beisteuern werde – und sie so schnell wie möglich in einen Zug nach Marseille oder anderswohin setzen. Dann werden Sie in die Rue Saint-Louis gehen und vor Dorvilles Wohnung Wache schieben. Dorville ist der Mann, der mit mir hierhergekommen ist, als Sie und Raymonde gerade ausgehen wollten. Unser Klient eben! Wir müssen ihn beobachten."

„Ach! Beschatten wir jetzt unsere eigenen Klienten?"

„Wenn sie im Begriff sind, Mist zu bauen, ja. Dorville muß davon abgehalten werden, das *Flic-House* zu betreten, falls er das vorhat."

„Von mir aus ... Aber haben Sie auch daran gedacht, daß dieser Dorville gar nicht zu den Flics gehen muß, um Mist zu bauen? Schließlich gibt es Telefon, oder?"

„Stimmt. Ich bin vielleicht etwas übermüdet. Aber tun Sie trotzdem das, was ich Ihnen gesagt habe. Und jetzt wollen wir mal sehen, wieviel Reisegeld wir Raymonde in den Seidenstrumpf schieben können."

Ich lege das Geld, das ich bei dem toten *barbouze* gefunden habe, auf den Tisch und ergänze es durch ein paar Scheine aus meiner Privatschatulle.

„Legen Sie auch noch was drauf, Za! Nach dem, was zwischen euch geschehen ist ... Das ist doch das wenigste! Oder haben Sie aus Paris nur wenig Kleingeld mitgebracht?"

„Sie sagen es! Doch ich bin ein vorausschauender Mensch und nehme immer einige Reiseschecks mit. Heute morgen, bevor wir in Ihr Zimmer gekommen sind, habe ich einen zu Bargeld gemacht."

Er holt einige Zehntausender – alte Francs! – hervor. Auch neue „Bonapartes" sind darunter. Ich nehme einen in die Hand und schaue auf das Ausgabedatum: Anfang Juni 1962 ...

Ich muß einen Schluck trinken. Ich mache mich auf die Suche nach einer Flasche, finde eine und setze sie mir an den Hals. Dann frage ich Zavatter:

„Hat man Ihnen diese Banknote gegen Ihren Scheck ausgezahlt?"

„Vermutlich."

„Im *Littoral*?"

„Nein, in einer Bank neben dem Hotel. Die *Banque Bonfils*, eine kleine lokale Bank."

Ich nehme einen zweiten Schluck, setze mich hin, schließe die Augen und zähle zwei und zwei zusammen.

„Ich hab's, Za! Blois – nennen wir ihn vorläufig bei seinem Decknamen – schleppte diese fünfzig Millionen wie einen Klotz am Bein mit sich herum. Er muß einen Dreh finden, um die nagelneuen Scheine mit fortlaufenden Nummern in ganz gewöhnliche Banknoten umzutauschen. Er kann sie nicht einfach so auf die Bank bringen. Können Sie sich vorstellen, daß Sie ein Konto eröffnen und sogleich fünfzig Millionen, praktisch druckfrisch, in bar einzahlen? Also, er kann sie nicht auf die Bank bringen, braucht aber nichtsdestoweniger eine Bank, um seinen Klotz loszuwerden. Oder einen Bankier. Oder einen Kassierer. Einen, der heimlich, still und leise den Umtausch in mehr oder weniger kleinen Raten vornimmt. Einen Komplizen eben! Einen freiwilligen oder unfreiwilligen Komplizen. Einen, auf den er Druck ausüben kann, zum Beispiel mit speziellen Fotos von ebenso speziellen Rendezvous, die er – warum nicht? – eigens zu dem Zweck arrangiert, um den Betreffenden zu kompromittieren. Was halten Sie von meiner Theorie? Finden Sie immer noch, daß ich übermüdet bin?"

„Niemand hat behauptet, daß Sie übermüdet sind."

„Doch, ich. Und im Vertrauen gesagt: Ich bin's tatsächlich. Deswegen werde ich jetzt schlafengehen. Morgen statte ich der *Banque Bonfils* einen Besuch ab."

„Morgen, das heißt also heute. Heute ist Samstag, und samstags hat die Bank geschlossen."

„Dann warten wir eben bis Montag. Falls es sich bis dahin nicht erledigt hat! In der Zwischenzeit wird uns nämlich Hélène mit Neuigkeiten überraschen. Bis dann, Za!"

9

Nestor Burmas Spielplätze

Am nächsten Morgen werde ich durch einen Anruf von Jean Dorville geweckt. Er ist ganz kleinlaut, nach seiner Stimme zu urteilen.

„Ich möchte mich für heute nacht entschuldigen", sagt er. „Meine Nerven sind wohl mit mir durchgegangen. Zu den Flics zu gehen, führt wirklich zu nichts. Sie brauchen sich darüber keine Sorgen mehr zu machen. Entschuldigen Sie."

„Schon geschehen. Sie sind so etwas eben nicht gewohnt. Im Gegensatz zu mir. Sie sind in die Sache eher rein zufällig hineingeschliddert. Bei mir ist es so etwas wie eine Berufung. Ich habe den spanischen Bürgerkrieg mitgemacht, auf der Seite von Durruti, und Trotzki und ich hatten einen gemeinsamen Freund, den die sowjetische Geheimpolizei in Stücke gehackt hat."

„Äh ... ja ... äh ..."

Dieser Ausflug in die Geschichte bringt ihn ganz durcheinander. Ich spüre, daß er etwas sagen will, aber keine Worte findet. Schließlich stammelt er noch zwei oder drei Doppel-„Äh"s, entschuldigt sich noch einmal und legt auf.

Da es in dieser Stadt offensichtlich nicht möglich ist, sich ordentlich auszuschlafen, lasse ich mir ein Frühstück bringen, zusammen mit einer Kopfschmerztablette und der Zeitung.

Armer Delmas! Über Dacosta durfte er noch weniger schreiben als über Christine Crouzait.

Eine Wahnsinnstat
... Monsieur Dacosta, ein Repatriierter, hat in einem Anfall von Wahnsinn seine Tochter umgebracht und sich dann selbst gerichtet, nachdem er den Rest seines Bargeldes verbrannt hatte.

Das liest sich wie eine humoristische Glosse unter dem Motto „Die Urlaubssaison beginnt". Während ich den Journalisten noch herzlich bedaure, ruft er mich an, um mich nach meiner persönlichen Meinung zu dem Drama zu befragen. Ich erzähle ihm irgendeinen Blödsinn, um ihn hinzuhalten. Ein wenig schäme ich mich deswegen. Es wird höchste Zeit, daß Hélène ein Lebenszeichen von sich gibt. Ich warte darauf, meine Pfeife im Mund, ausgestreckt auf dem Bett liegend und die Gelegenheit nutzend, zwei oder drei Gedanken zu verfolgen, die in meinem Kopf herumgeistern.

Nach einer Stunde Gedankenarbeit nehme ich den „Bonaparte" in die Hand, den ich bei Mortaut gefunden habe und der nicht identisch ist mit dem, den man Dacosta zugeschickt hat. Dann sage ich mir, da Hélène nicht auftaucht und ich sonst nichts zu tun habe, könnte ich noch einmal mein Glück in Saint-Jean-de-Jacou versuchen, dem Ort, in dem der Brief mit dem Geldschein aufgegeben wurde und wo eine Gemischtwarenhändlerin, Mutter Lamalou oder Morfalou, dem Vernehmen nach diese Sorte Briefumschläge, Marke *Fix*, verkauft. Wenn mein Ausflug nichts nützen sollte, so schadet er doch auch nicht.

In Celleneuve lege ich eine Pause ein, um eine Kleinigkeit zu mir zu nehmen. Um drei Uhr komme ich in Saint-Jean-de-Jacou an. Ich erkundige mich nach Mutter Lamalou – sie heißt Ténalous, mit mindestens drei S – und stehe kurz darauf in ihrem düsteren Laden. Briefumschläge wie den da? Ja, die müsse sie irgendwo in einer Schachtel haben, ganz oben im Regal. So was sei kein gängiger Artikel bei ihr …

„Warten Sie, ich rufe meinen Sohn. In meinem Alter, wissen Sie … und dann dieser wacklige Hocker …"

Sie ruft ihren Sohn, der auf dem brüllend heißen Hinterhof an irgend etwas herumbastelt. Der Sohn ist ein folgsamer Sohn und kommt.

Es ist mein Bekannter von der Straße nach Prades. Der Junge, der Dacostas *Petit-Chêne* durchs Fernglas beobachtet hat. Auch er erkennt mich. Unsicher runzelt er die Stirn.

Er sieht so gefährlich aus wie ein Schmetterling auf einer Blüte.

„Hallo", begrüße ich ihn. „Mein Name ist Nestor Burma. Ich bin Privatdetektiv. Nachdem Sie die Briefumschläge vom Regal geholt haben, möchte ich mich gerne mit Ihnen unterhalten."

Und das tun wir auch, wenig später, auf der relativ kühlen Schwelle eines Schuppens, in dem es nach alten Fässern riecht. Ja, er habe Dacosta die Banknote zugeschickt. Er habe sie auf dem Bürgersteig in der Rue des Boursiers gefunden, die Straße heiße jetzt anders, Boursiers sei der alte Name ...

„Ich weiß", unterbreche ich ihn. „Ich habe sie auch noch unter dem alten Namen gekannt."

Also, er habe den Schein in der Nacht vom 3. auf den 4. Mai gefunden, das heißt von Dienstag auf Mittwoch, als er von der Arbeit gekommen sei. (Er arbeitet am Bahnhof in Wechselschicht). Der Schein habe nicht offen auf der Straße gelegen, sondern in einem Umschlag gesteckt, der nicht mehr zu benutzen gewesen sei, nachdem er, der junge Ténalous, ihn aufgerissen habe. (Später zeigt er ihn mir. Es handelt sich um einen teuren Umschlag mit Adhäsionsverschluß. Er trägt Dacostas Adresse, eilig, aber eindeutig von einer weiblichen Hand hingeschrieben. Wenn ich mich nicht irre, ist es Agnès' Handschrift.)

„Ich bin kein Engel", fährt Ténalous fort, „und mein erster Gedanke war es, den Zehntausender zu behalten. Dann hat mich aber das Kürzel O. A. S. stutzig gemacht. Wissen Sie, M'sieur, diese Geschichten um die O. A. S., das hat mich brennend interessiert, interessiert mich immer noch. Genauso wie Spionageromane. Ich hab mir gesagt: Was soll das denn? Ein Erkennungszeichen? Ein Geheimzeichen? Wird am Ende noch ein Staatsstreich vorbereitet? Tagelang war ich ganz aufgeregt. Den Samstag darauf schließlich habe ich den Schein in einen Umschlag aus dem Laden meiner Mutter gesteckt, einen dicken Umschlag, damit man den Schein nicht fühlen konnte, und hab ihn an den Empfänger adressiert." (Und ganz einfach, ohne Hintergedanken, ganz normal, in Saint-Jean-de-Jacou in den Briefkasten geworfen.) „Danach bin ich dann hin und wieder in meiner Freizeit auf den Hügel gestiegen, um zu sehen, was sich in der Umgebung des Sägewerks abspielte."

„In der Hoffnung wahrscheinlich, irgendwelche Verschwörer in mauerfarbenen Mänteln oder in Leoparduniformen herumlaufen zu sehen, stimmt's?"

„Ja. Aber es ist leider nichts passiert", seufzt er enttäuscht. „Außer letzten Mittwoch, als Sie mich erwischt haben. Sie sind mit der Jacke hängengeblieben, und da hab ich Ihr Pistolenhalfter gesehen ... Ich hab Sie sofort für einen *barbouze* gehalten – entschuldigen Sie! – und bin lieber abgehauen."

„Sind Sie später noch einmal dorthin zurückgekommen?"

„Zweimal. Dann hab ich's aufgegeben, weil ja absolut nichts passierte."

„Es konnte auch gar nichts passieren!" sage ich. „Jedenfalls nicht das, was Sie sich vorgestellt hatten. Mit der O. A. S. hatte das nämlich rein gar nichts zu tun."

„Aber, der Geldschein ... Er war doch mit O. A. S. gezeichnet ...?"

„Nein. Es sah so aus, war es aber nicht. Es war nur der Anfang des Namens eines Verräters und Mörders."

* * *

Auf dem Rückweg fahre ich wieder über Celleneuve und mache mich auf die Suche nach dem Bauernhof, den meine Eltern bewirtschaftet haben. Ich war damals noch ein kleiner Knirps. Es liegt alles so weit zurück, und ich muß mich erst zurechtfinden. Nach endlos scheinender Fahrt an Weingärten entlang erblicke ich schließlich durch einen dichten Vorhang aus Bäumen hindurch das verwahrloste Castelletsche Anwesen. Doch ich habe mich verfahren: Ein Fluß trennt mich von dem Hof. Weiter rechts führt eine Brücke, die meine Erinnerungen wiederaufleben lassen, über das träge dahinfließende, giftgrüne Wasser. Es ist eine Eisenbahnbrücke, über die schon seit langem kein Zug mehr gefahren ist. Mit ihren verrosteten Strebebögen und ihren soliden Steinpfeilern erinnert sie an einen Westernfilm. Ich grüße die Brücke wie eine alte Bekannte, lasse meinen Wagen neben dem Bahndamm stehen und klettere einen steilen Pfad hinauf. Auf der stillgelegten Brücke lehnt ein Zigeuner in Hemdsärmeln über dem wackligen Geländer und spuckt gleichgültig in das Wasser, das unter ihm vorüberfließt. Als er mich erblickt, unterbricht er seine philosophische Tätigkeit. Er ist schon recht alt und hat diesen typischen Schnurrbart. Ein Hut, mit dem er offenbar vorher seinen Wohnwagen gefegt hat, bedeckt mehr schlecht als recht seinen Kopf. Seine Augen haben einen merkwürdig traurigen Ausdruck. Wie Hundeaugen. Ich winke dem Mann zu, doch er erwidert meinen Gruß nicht. Wahrscheinlich ein Rassist, voller Verachtung für uns *payos*. Ich lasse ihn weiterspucken und gehe auf die andere Seite hinüber.

Der Castelletsche Hof ist noch nicht völlig zur Ruine verkommen, wie meine Tante behauptet hat – ein intakter Flügel trotzt noch dem Mistral –, aber das Ganze ist dennoch so gut wie abbruchreif.

Bevor ich über das halb verfallene Mäuerchen springe, betrachte ich das Gelände, das in meiner Kindheit mein Spielplatz war. Die Gitterstäbe des Tores, das mit einer verrosteten Kette verschlossen ist; die Steinbank unter den Pinien, deren Zweige das Fenster meines ehemaligen Kinderzimmers streicheln; der Garten, in dem mein Großvater Dahlien züchtete und der jetzt wild zugewuchert ist; und etwas abseits der Brunnen, der mir immer so groß vorgekommen ist, so tief, und der sich nun als ein ganz gewöhnlicher Brunnen mit normalen Ausmaßen entpuppt, dessen Rand mit Glaskraut übersät ist …

Na, Nestor? Wieder zurück in Peter Ibbetsons Garten, um Indianer zu spielen?

Ich überspringe das Mäuerchen und störe dadurch die Eidechsen in ihrer Siesta.

Türen und Fensterläden sind verriegelt, aber auf der Rückseite des Hauses steht ein Fenster offen. Sieht aus, als wäre es aufgebrochen worden. Ich steige in das verlassene, feucht und muffig riechende Haus ein. Im flackernden Schein vieler Streichhölzer besichtige ich mehrere Zimmer, deren Möbel sich nicht mal mehr als Brennholz eignen. Die staubbedeckten Holzfußböden wellen sich und knarren unter jedem meiner Schritte. Ein einziger Raum steht völlig leer, nur eine schmutzige, zerschlissene Matratze liegt in einer Ecke. Abdrücke auf dem staubigen Boden zeugen davon, daß hier jemand herumgelaufen ist. Das solide Schloß in der massiven Tür zum Flur ist aufgebrochen worden.

Ich zünde mir eine Pfeife an und trete hinaus in die frische Luft, in die warme Sonne, in den gesunden Wind. Ich gehe um das Haus herum auf die Vorderseite.

Der Zigeuner sitzt auf der Steinbank unter den Pinien. Er steht auf und kommt grinsend auf mich zu.

„Hough!“ stößt er heiser hervor, mehr Indianer als Zigeuner. „*Mujer*, he? Pffuitt … weg!“

Er macht eine Geste mit dem Arm, so als wolle er davonfliegen. Er lacht, aber seine treuen Hundeaugen haben noch denselben, merkwürdig traurigen Ausdruck.

„*Mujer*?“ wiederhole ich. „Ach so, ja … *mujer* … Frau … *señorita* … Fräulein?“

„*Si, si, si*! Hahaha! Fraulein … *un poco tonto, amigo* … pffuitt … weg!“

Er zeigt mit seinem dreckigen Fingernagel auf mich.

„Du reingefallen, Du Blödmann … Du Arschloch!“

Na also, er spricht ja immerhin ein paar Brocken Französisch! Beruhigend. Vielleicht kommen wir ins Gespräch.

„Nein, nein“, sage ich. „Ich nicht Arschloch, ich *amigo* der *señorita*!“

Ich hole Agnès' Foto heraus und halte es ihm vor die Nase. *Si, si,* er nickt, hough, hough!

„Die *señorita* und ich Freunde … *Cigarillo*, Kumpel?“

Ich habe immer ein Päckchen Zigaretten in der Tasche, für alle Fälle. Der Zigeuner nimmt mein Angebot an.

„Sperr deine Ohren mal 'n bißchen auf, *amigo*. Die *señorita* und ich ..."

Mit Händen und Füßen mache ich ihm schließlich klar, daß ich der *señorita* nichts Böses antun will und daß ich kein Arschloch bin. Ich schwitze wie ein Affe, meine Kehle brennt wie Feuer, aber jetzt können wir so etwas wie eine Unterhaltung beginnen. Unsere Verkehrssprache ist ein Kauderwelsch aus französischem Argot und spanischem Freistil, vermischt mit Ausdrücken des Languedoc-Dialekts. Auf diese Weise erfahre ich folgendes:

Sein Wohnwagen steht – ohne Räder! – am Rande einer Zigeunersiedlung ganz in der Nähe. Nachts streicht er gerne um die Häuser in der Umgebung herum, die verlassen dastehen. (Sicher will er verhindern, daß dort eingebrochen wird!) Vor ein paar Tagen – Datum unpräzise – hat er jemanden in diesem Haus hier stöhnen hören. Er ist durch das Fenster auf der Rückseite eingestiegen und hat ein junges Mädchen – das auf dem Foto, *si, si* – befreit. Sie lag geknebelt und gefesselt auf einer Matratze, war ganz geschwächt und hatte nicht mehr alle Sinne beisammen. Die Schmerzen hatten sie halbverrückt gemacht. Der Zigeuner brachte sie in seinen Wohnwagen – in allen Ehren! –, gab ihr etwas zu essen und zu trinken und pflegte sie. Vor ein paar Tagen – genaues Datum wiederum ungenau – hat sie es ausgenutzt, daß ihr Retter nicht zu Hause war, und hat sich aus dem Staube gemacht. Bei der Gelegenheit hat sie einen schmierigen Regenmantel und ein Paar Leinenschuhe derselben Farbe mitgehen lassen. Ihr Verhalten hat den Zigeuner ein wenig betrübt – daher also die traurigen Hundeaugen! –, aber er freute sich dennoch, daß sie aus ihrem Gefängnis in dem Bauernhaus entwischt war. Seit dem Tag ihres Verschwindens beobachtete er so oft wie möglich das Haus von der Brücke aus. Wenn der Kerl, der sie eingesperrt hatte, kommen und feststellen würde, daß der Vogel ausgeflogen war, wollte der Zigeuner ihm gegenübertreten und ihm ins Gesicht lachen. Aber außer mir eben hat er niemand hier auftauchen sehen.

Ich glaube allerdings, daß der Kerl dennoch zurückgekommen sein muß. Er hat den Käfig leer vorgefunden, hat sich aber schnell von seiner Überraschung erholt und den Vogel wieder eingefangen. Und ein zweites Mal hat er sein Opfer nicht entwischen lassen, ganz im Gegenteil. Das Ergebnis hat der Hund von Dacostas Nachbarn unter dem Sägemehl aufgespürt …

Ich gebe dem Zigeuner ein wenig Geld, damit er sich einen neuen Regenmantel kaufen kann, und er geht zu seinem Wohnwagen zurück.

Bevor ich ebenfalls verschwinde, werfe ich noch einen Blick in den Brunnen, der mir früher soviel Furcht eingeflößt hat. Wie ein Eingang zur Hölle ist er mir immer vorgekommen. Ich rücke die schwere Eisenplatte von der Brunnenöffnung und schaue in die feuchte Tiefe. Das Wasser da unten ist still und undurchdringlich. Man kann nicht viel sehen, aber an meiner Überzeugung ändert das nichts. Ich wuchte den Brunnendeckel wieder an seinen Platz zurück und klopfe auf das Eisen.

De profundis, barbouze Sigari! Sieh zu, daß deine Haare nicht verfilzen!

* * *

Aus dem Bistro in Celleneuve, in dem ich so langsam zu einem Stammgast werde, rufe ich Laura Lambert an. Gestern habe ich mir vorgenommen, ihre Adresse zu erfragen, doch dann ist es mir wieder entfallen. Doch besser spät als nie. Der „Telefonservice für abwesende Fernsprechteilnehmer“ antwortet mir, Madame Lambert werde nicht vor Montag zurückkommen.

„Danke. Madame Lambert wohnt doch in der Rue Odette-Siau, nicht wahr?“

„Aber nein, Monsieur, Sie irren sich! Sie wohnt in der Rue des Frères-Platters.“

Die Dame gibt mir auch noch die Hausnummer, ich entschuldige mich, bedanke mich noch einmal und lege auf.

Da die Rue des Frères-Platters auf meinem Weg liegt, fahre ich dort vorbei. Lauras Haus schläft hinter geschlossenen Fensterläden. Haus abgeschlossen, Fernsprechteilnehmer abwesend ...

Ich werfe einen Blick in den Briefkasten. Meine Hand ertastet ein gefaltetes Blatt Papier ohne Umschlag. Auf der Straße ist keine Menschenseele zu sehen. Ich kann es also wagen. Mit einem Zweig der Gartenhecke angele ich nach Lauras Post. Sobald ich den Zettel in der Hand habe, lese ich ihn.

Dieses Schwein! Dieses verdammte Schwein!

Ich brauche drei Martinis, um mich wieder zu beruhigen. Danach fahre ich zu meinem Hotel zurück.

Im *Littoral* erwartet mich eine Nachricht von Hélène. Das Mädchen Maud hat nichts zu sagen. Sollte ich noch weitere Anweisungen auf Lager haben, könne ich sie, Hélène, in Lourdes unter der und der Nummer telefonisch erreichen. Ich versuche es.

„Sie können zurückkommen", sage ich zu meiner Sekretärin. „Ich habe den nötigen Namen und die Adresse. Maud Fréval brauchen wir nicht mehr."

Da ich schon einmal den Hörer in der Hand habe, rufe ich Chambord und auch noch Jean Dorville an, den ich zufällig einmal zu Hause erreiche. Ich kündige ihm meinen Besuch an.

In der Rue Saint-Louis treffe ich Zavatter am Steuer des Sportwagens an, in dem ich die blonde Raymonde kennengelernt habe. Ob's was Neues gebe, frage ich meinen Mitarbeiter.

„Nein, nichts. Er ist weggegangen. Ich bin ihm gefolgt. Er hat weder jemanden getroffen noch versucht, mit den Flics Kontakt aufzunehmen. Ist nur spazierengegangen, hat ein Stück Brot an die Schwäne verfüttert und ist wieder nach Hause gegangen. Und ich sitze hier und werde langsam alt."

„Da sind Sie nicht der einzige. Und Raymonde?"

„Alles in Ordnung. Hab sie heute morgen in den Zug gesetzt und ihre Nachfolge als Mieter des Leihwagens angetreten."

„Gut. Ich werde gleich mit unserem Klienten wegfahren. Sie folgen uns in Sichtweite."

„Großer Gott, Burma!" ruft Dorville, als er mir die Tür öffnet. „Sie sehen aber müde aus!"

„Bin ich auch. Die letzten Stunden einer Ermittlung sind immer die deprimierendsten. Die ganze Scheiße, die aus der Tiefe aufsteigt ..."

„Die letzten Stunden? Wollen Sie damit sagen ..."

„Ja. Der Fall ist so gut wie abgeschlossen. Bis auf ein paar Kleinigkeiten."

„Großer Gott, Burma! ..."

Er ist sprachlos. Die Knie werden ihm weich, er läßt sich auf einen Stuhl fallen.

„Großer Gott, Burma ... Großer Gott ..." stammelt er. „Darauf muß ich einen trinken. Sie doch sicher auch, oder? Und darf man fragen ..."

„Später. Trinken tun wir auch später. Kommen Sie!"

Er gehorcht mir wie ein Schlafwandler. In meiner Leih-Dauphine wiederholt er zum x-ten Mal:

„Großer Gott, Burma!"

In der Rue Daranaud – ehemals Rue des Boursiers – halte ich an und sage zu dem immer noch sprachlosen Dorville, er solle im Wagen auf mich warten. Ich steige aus und gehe in den Wäscheladen „Mireille". Die brünette Verkäuferin steht, frisch parfümiert und ausgehbereit, an der Tür und will gerade abschließen. Ob sie mich wiedererkennt oder nicht, weiß ich nicht; jedenfalls schenkt sie mir ein mechanisches Lächeln. Ich erkundige mich, ob ihre Chefin oder Monsieur Castellet zu Hause sind. Monsieur Castellet nicht, aber Madame sei oben in der Wohnung.

„Vielen Dank", sage ich und nehme ihr die Schlüssel aus den gepflegten Fingern. „Sie können jetzt gehen. Ich schließe selbst ab."

Sie protestiert, das gehe nicht, Madame sei krank, sie müsse den Laden abschließen usw. Ich erwidere, sie müsse vor allem ihren Mund schließen, sonst sähe ich mich nämlich gezwungen, meinen aufzutun, und vielleicht werde es ihr überhaupt nicht gefallen, wenn alle Welt erfahre, daß sie eine dreckige kleine Hure sei. Letzteres füge ich auf gut Glück hinzu; es sollte mich jedoch wundern, wenn sie nicht in die Sache verwickelt wäre. Ich habe richtig getippt.

„Oh!“ haucht sie, wird rot und dann blaß. „Sie wissen Bescheid?“

„Ja. Aber keine Sorge, das schockt mich nicht. Ich bin Anti-Abolitionist.“

Ich weiß nicht, ob sie das Wort versteht. Jedenfalls geht sie hinaus, wahrscheinlich um ihren Wortschatz zu erweitern. Ich stecke den Schlüssel ein und begebe mich nach oben in die Wohnung. In dem kleinen, verschwiegenen Haus ist es still wie in einem Grab.

Ich finde Mireille in dem Salon, in dem sie mich schon bei meinem ersten Besuch empfangen hat. Sie liegt hingegossen, wie leblos, in einem Sessel, leichenblaß unter ihrem Make-up. Ihre immer noch reizvollen Beine hat sie von sich gestreckt wie ein kaputter Hampelmann. Großer Gott, Burma!, würde Dorville sagen. Mir sträuben sich die Nackenhaare. Ich sah keine Veranlassung, mich zu beeilen. Hatte alle Zeit der Welt. Er habe schon genug getötet, dachte ich, er werde nicht noch weiter töten, weil es nicht nötig sei. Nur habe ich unterschätzt, wie sehr er diese Frau haßte!

Ich beuge mich über Mireille und muß weinen … vor Erleichterung! Sie ist nicht tot, sondern nur sturzbetrunken. Eine Schnapsleiche mit einer halbleeren Flasche neben sich auf dem Sessel.

Ich lasse sie ihren Rausch ausschlafen und gehe auf Entdekkungstour. In der oberen Etage der Wohnung entdecke ich zum Beispiel in einem weiträumigen Zimmer einen Projektor und eine Leinwand. Filme sind nicht zu sehen, aber das macht nichts. Die anderen Räume sind Schlafzimmer, „Gästezimmer“ sozusagen. In einem Schrank des Raumes, der für das Paar reserviert ist, das die Geschicke des gastlichen Hauses lenkt, finde ich orthopädische Herrenschuhe mit leicht erhöhten Absätzen. Der Verräter, den Chambord gesehen hat, hinkte also tatsächlich. Inzwischen korrigiert ein erhöhter Absatz diesen Schönheitsfehler. In dem Schrank liegt außerdem eine Aktenmappe mit Fotos von jungen Mädchen in Abendtoilette, darunter auch ein Abzug des Fotos von Agnès, das ich in der Tasche mit mir herumschleppe. Das ist also das „Angebot", das den Clubmitgliedern unterbreitet wurde ...

Ich gehe wieder nach unten und betrete eine Art Büro neben dem Salon. Auf dem wuchtigen Schreibtisch findet sich die übliche Ausstattung: Schreibunterlage, Notizbücher, Schreibpapier, Briefumschläge (selbstklebend), kurz, alles, was man zum Schreiben braucht. Doch weit und breit kein Telefon! Nur den Anschluß dafür entdecke ich in der Wand. Aha! Der Apparat ist in einer Schublade eingeschlossen und wartet auf seinen Einsatz. Man holt ihn nur heraus und schließt ihn an, wenn es nötig ist. Der Chef persönlich ist der einzige, der von hier aus telefonieren kann. Agnès konnte es nicht. Ich kann sie deutlich vor mir sehen ...

In jener Nacht deckt sie das Geheimnis des ehemaligen Legionärs auf, was ihren Vater von jeder Schuld freispricht. Sie belauscht zuerst eine Unterhaltung zwischen dem Verräter und Sigari und wird dann Zeuge der Ermordung des *barbouze*. Der Mörder erwischt sie, läßt sie aber einen Moment lang in dem Büro alleine. Agnès überlegt fieberhaft, wie sie ihren Vater benachrichtigen könnte. In Ermangelung eines Telefons nimmt sie einen Briefumschlag, schreibt eilig seine Adresse darauf. Wenn der Kerl sie nicht auf der Stelle tötet, wenn er sie an einen anderen Ort bringt, wird sie den Brief irgendwo unterwegs fallenlassen und Gott anvertrauen! Um einen langen Brief zu schreiben, bleibt ihr keine Zeit. Vor allem muß sie den Namen des Verräters übermitteln. Warum ihn nicht auf eine der Banknoten kritzeln, die man ihr hier in diesem Haus als Lohn für ihre Prostitution gibt? Vielleicht hat sie sogar das Ausgabedatum des Scheins bemerkt: Juni 1962, die tragische Zeit im Leben ihres Vaters, die den Beginn seines Unglücks markiert. Mit ihrem Lippenstift – unbewußt gewähltes Symbol des Blutes! – beginnt sie den Namen des Schuftes auf den Geldschein zu schreiben. Ein Geräusch – wahrscheinlich kommt der Kerl ins Büro zurück – stört sie bei ihrem Vorhaben. Schnell die Banknote in den Umschlag gesteckt, den Umschlag per Adhäsion verschlossen und unters Kleid geschoben …

Was wir alle für das Kürzel O. A. S. halten werden, sind in Wirklichkeit die Buchstaben C, A und S mit einem Anflug von T!

Ich gehe zu Mireille in den Salon zurück. Sie ist inzwischen wieder zu sich gekommen. Nach vorn gebeugt, die Ellbogen auf ihre Knie gestützt, hebt sie ihr mitgenommenes Gesicht zu mir empor. In diesem Moment sieht sie zwanzig Jahre älter aus, als sie ist.

„Ah! Guten Tag, Nes!“ bringt sie heraus.

Tiefes Mitleid regt sich in mir. Diese Frau war einmal etwas ganz Besonderes für mich, als ich ein kleiner Junge war. Und als ich dann älter wurde und sich die ersten Frühlingsgefühle bei mir bemerkbar machten, war sie es erst recht. Ich vergesse, daß ich eigentlich gewisse Sicherheitsvorkehrungen treffen müßte.

„Guten Tag“, sage ich.

„Freust du dich, wieder in deiner Geburtstadt zu sein?“

„Nicht übermäßig. Aber was sein muß, muß sein. Ist Castellet abgehauen?“

„Warum sollte er abhauen?“

„Weil er den Tod von fünf Menschen auf dem Gewissen hat. Sechs, wenn man Sie dazuzählt.“

„Ich bin nicht tot.“

„Aber so gut wie. Bestimmt plant er auch Ihren Tod. Er haßt Sie, weil er Sie für seinen Ruin verantwortlich macht. Und alles, was seitdem passiert ist, ob er irgendwelche Heldentaten bei der Legion oder seinen schändlichen Verrat begangen hat, alles leitet sich von damals ab.“

„Red keinen Unsinn. Komm …“

Sie hebt das Hinterteil hoch, tastet nach der Flasche, auf der sie gebrütet hat, und schwenkt die Flasche in der Luft.

„Hol dir ein Glas, wir wollen was zusammen trinken ..."
„Schnauze!"
Ich reiße ihr die Flasche aus der Hand und bringe den Alkohol vor ihr in Sicherheit.
„Sie haben genug getrunken."
„Alte Säuferinnen können nie genug kriegen!"
„Sie sind keine alte Säuferin. Wenn Sie schon immer soviel geschluckt hätten, wie Sie's jetzt tun, dann sähen Sie nicht mehr so aus, wie Sie aussehen. Ich meine natürlich nicht im Moment, sondern im allgemeinen. Sie trinken erst seit kurzem ... wahrscheinlich seit dem 3. diesen Monats ... um die Angst zu verscheuchen. Aber ohne Erfolg. Hören Sie, Madame Castellet ..."
Ich nehme ihre Hand. Sie überläßt sie mir.
„Wie konnten Sie sich wieder mit diesem Schwein zusammentun? Also, Mireille, muß ich Ihnen erst die Augen öffnen? Kennen Sie den Mann denn so wenig? Er hat fünfzig Millionen kassiert, weil er Leute verraten hat, von denen man denken kann, was man will, die ihm aber auf jeden Fall vertraut hatten. Und jetzt hat er Sie in diese Sache mit dem Privatclub hineingezogen. Ein Trick, um eines Tages jemanden zu kompromittieren, der ihm das blutige Geld in gutes eintauschen würde. So etwas gelingt einem nicht von heute auf morgen. Irgend etwas sagt mir, daß ihm erst vor kurzem der Direktor oder der Kassierer der *Banque Bonfils* ins Netz gegangen ist. Und ausgerechnet in dem Moment taucht Sigari auf, Lieferant für animierende Literatur, die den Appetit eurer Gäste anregen soll. Castellet befördert Sigari ins Jenseits. Auch Agnès bringt er um, allerdings nicht sofort. Vielleicht zögert er angesichts ihrer Jugend? Vielleicht ahnt er gar nicht, daß sie sein Geheimnis kennt, und nimmt an, daß sie ‚nur' den Mord an dem *barbouze* mitgekriegt hat. Jedenfalls bringt er sie nach Celleneuve. Sie und Sigaris Leiche, die er in den Brunnen wirft. Agnès hält er erst einmal in dem verlassenen Bauernhaus gefangen, gefesselt und geknebelt. Es gelingt dem Mädchen, aus dem Gefängnis zu entwischen, doch er fängt sie

wieder ein … Und da ist noch seine … äh … Akquisiteurin: Christine Crouzait, die den ‚Salon' mit frischem Fleisch versorgt. Auch sie wußte zuviel …"

„Genauso wie du, auch du weißt zuviel", höre ich hinter mir die Stimme des Mörders. „Keine Bewegung, Kleiner! Bleib, wo du bist!"

Ich bleibe, wo ich bin. Im Stillen verfluche ich mich. Ich mit meiner Vorliege für gepflegte Unterhaltungen! Als hätte ich nichts Besseres zu tun!

Der Mörder baut sich vor mir auf. Der Revolver in seiner Hand sieht ungemütlich aus. Er selbst übrigens auch, was noch viel schlimmer ist. Er lehnt an einer Kommode, den Kopf leicht zur Seite geneigt. Eine Schulter ist niedriger als die andere, so wie es Chambord ganz richtig bemerkt hat.

„Und jetzt richte dich ganz langsam auf", befiehlt er mir. „Nimm ihm die Waffe ab, Mireille, und gib sie mir! Und dann mach das Fenster zu, damit wir ungestört sind."

„Ich weiß nicht, wie du dir das vorstellst", sage ich, „aber es gibt Leute, die hinter mir stehen und sich Sorgen machen, wenn sie mich nicht hier herauskommen sehen."

Der Mörder bricht in fröhliches Gelächter aus.

„Du kennst wohl alle Tricks, was? Leute, die hinter dir stehen … Mach dir über die mal keine Gedanken!"

Er zieht die Augenbrauen hoch und fügt hinzu:

„So schlau bist du nämlich gar nicht."

„Ich bin alles andere als schlau", pflichte ich ihm bei. „Und die, die sich für schlau halten – diese Stadt scheint ja voll davon! –, über die kann ich nur lachen."

„Ja, dann lach doch! Und du, Mireille, tust jetzt, was ich dir gesagt habe."

Die Frau steht auf, entwaffnet mich, gibt Castellet meine Kanone und geht schwankend zum Fenster, um es zu schließen. Der dumpfe Straßenlärm, der zu uns hochdrang, weicht einer lastenden Stille. Plötzlich hört man Schritte hinter einer der Türen.

„Hierher!" brüllt Castellet. „Komm rein!"

Die Tür geht auf, und herein kommen Dorville, André, der Blinde und ein weiterer *pied-noir*, Typ Catcher. Diese Leute hat Castellet bestimmt nicht erwartet. Überrascht fährt er hoch. Ich nutze die Schrecksekunde aus und stürze mich in Überschallgeschwindigkeit auf ihn. Fünf Minuten später sitzt er brav in einem Sessel, an Händen und Füßen gefesselt. Mit Strumpfhaltern, die der Witzbold André aus dem Laden unten geholt hat.

„Wir wußten nicht so recht, was wir machen sollten", erklärt mir Chambord. „Wie abgesprochen, haben wir in dem Bistro auf Ihre Anweisungen gewartet. Da von Ihnen nichts kam, sind wir auf gut Glück hierher gefahren und haben Monsieur Dorville auf dem Bürgersteig getroffen."

„Ich habe mir ebenfalls Sorgen gemacht", sagt Dorville.

Mireille, die bis jetzt in einer Ecke gekauert hat, fängt plötzlich an, wie eine Verrückte zu lachen. Ein langes, unangenehmes Lachen, beinahe ein Heulen.

„Stopft der Schlampe das Maul!" brüllt Castellet.

Mit ein paar saftigen Ohrfeigen bringe ich sie zum Schweigen. Nicht, um dem wenig charmanten Mörder einen Gefallen zu tun, sondern um sie daran zu hindern, das gesamte Viertel zusammenzuschreien. Sie lacht zwar immer noch, aber jetzt still in sich hinein. Ich reiche ihr die Flasche, und sie trinkt sie in einem Zug leer. Das beruhigt sie.

„Wollen Sie noch die anderen holen?" fragt Chambord.

„Ja, und meinen Mitarbeiter auch."

André und ich gehen hinunter.

„Ich hoffe, Sie wissen, was Sie tun?" fragt mich der Blindenhund.

„Machen Sie sich da mal keine Sorgen", erwidere ich grinsend.

Wenig später dann versammelt sich der Kriegsrat im Salon. Zavatter – Spezialist im Umgang mit schwierigen Damen – bringt Mireille ins Bett, nachdem wir ihr ein starkes Schlafmittel verabreicht haben.

„Meine Herren", beginne ich, „ich stelle Ihnen Monsieur

Castellet alias Blois vor. Blois oder Castellet, das bleibt sich übrigens gleich. *Blois* wie Schloß oder Schlößchen. Oder wie *Castellet*. Einen Moment lang habe ich an ein anderes Schloß gedacht, aber der Irrtum war schon ganz richtig, wie man so sagt. Dieser Mann hier ist der Verräter, hinter dem Sie her sind und den der Hauptmann auf den Fluren der *barbouze*-Villa flüchtig gesehen hat. Er hinkt, hat eine schiefe Schulter, und die Brille, die er trägt, ist reine Tarnung: Es sind nur Fenstergläser ..."

Ich erzähle ihnen, was passiert ist, seit Sigari den Mörder entlarvt hatte.

„Idioten!" faucht Castellet. „Ich habe diesen Burma schon als kleinen Jungen gekannt. Und schon damals hat er das Blaue vom Himmel heruntergelogen. Paßt auf, daß ihr euch nicht von ihm einwickeln laßt! Die Räuberpistole, die er euch erzählt hat, paßt hinten und vorne nicht zusammen. Voller Lücken und Ungereimtheiten!"

„Mir persönlich", sagt ein *pied-noir* in schulmeisterlichem Ton, „sind die Ungereimtheiten vollkommen egal. Ungereimtheiten gibt es bei allen Überlegungen. Aber Sie, Castellet, sind mir noch aus Algier bekannt. Und ich Ihnen ebenfalls, auch wenn Sie's sich nicht anmerken lassen ... Wie Sie wissen, ist mir bekannt, daß Sie da unten einer Gruppe angehörten ... Oh, nicht in verantwortungsvoller Position, aber immerhin ... Ich frage mich nur, woher Sie das Datum und den Ort der berühmten Versammlung kannten."

„Das spricht doch wohl eher für mich, oder?" gibt Castellet zurück.

„Zugegeben ... Noch eine weitere Ungereimtheit: Ich habe da unten nie bemerkt, daß Sie hinken und eine schiefe Schulter haben. Der Hauptmann hat diese Besonderheiten registriert, weil seine Beobachtungsgabe geschärft war, als er Sie in der Villa gesehen hat."

„Ich habe niemals einen Fuß in die Villa Djemila gesetzt", knurrt Castellet.

„Das beweisen Sie erst mal! Wird nicht ganz einfach sein. Das Gegenteil übrigens auch nicht, einverstanden ... Aber mit oder ohne Lücken und Ungereimtheiten, wenn Sie all das getan haben, was der Detektiv Ihnen vorwirft – und ich habe nicht den Eindruck, daß er Sie leichtfertig beschuldigt –, dann müssen Sie ein verdammt schlechtes Gewissen haben! Ich persönlich jedenfalls", schließt der Mann noch schulmeisterlicher, „habe mir eine klare Meinung bilden können."

„Zumal Monsieur Blois behauptet, die Villa Djemila niemals betreten zu haben", werfe ich ein. „Dabei hat niemand von uns den Namen der Villa in den Mund genommen. Wie sind Sie darauf gekommen, Monsieur Castellet?"

„War die Villa Djemila etwa kein Treffpunkt der Geheimpolizei?" fragt der Verräter zurück.

„Doch, aber es gab auch noch andere: Villa Radjah, Villa Houffa usw. Die Namen standen in der Zeitung. Djemila nicht. Ich zum Beispiel habe vorher noch nie davon gehört. Wirklich Pech für Sie, daß Ihnen ausgerechnet diese Villa als allgemeines Beispiel eingefallen ist!"

„Hol dich der Teufel", knurrt Castellet mich an.

Der Blinde stampft mit seinem weißen Stock auf den Boden.

„Der Fall ist abgeschlossen!" sagt er feierlich.

Tiefes Schweigen breitet sich im Salon aus. Es wird von dem *pied-noir*, der aussieht wie ein Catcher, gebrochen.

„Darf ich etwas zu den Ungereimtheiten und Lücken sagen?" fragt er mit zuckersüßer Stimme, die nichts Gutes ahnen läßt. „Danke. Die einzige offene Frage, die mich interessiert, ist die: Wo ist das Geld? Wir brauchen es nämlich ganz dringend für unsere Arbeit."

Ich schlage vor, bis zum Einbruch der Dunkelheit zu warten und dann an einen Ort zu fahren, der sich zur Klärung dieser offenen Frage eignet. Zu dem alten Bauernhof in Celleneuve, zum Beispiel.

Der Kriegsrat nimmt meinen Vorschlag an. Sogar Castellet

erhebt keinen Widerspruch. Er verhält sich ganz in der Tradition von Madame Dubarry: „Einen Moment noch, Herr Scharfrichter!“

* * *

Wir nähern uns dem Bauernhof über den Weg, den ich heute schon einmal genommen habe. Es ist der Weg, der über die Brücke führt. Ich habe gar nicht erst versucht, den normalen Zugang zu finden. Mein Gedächtnis hätte es mir sowieso nicht verraten. Und Castellet wollten wir nicht fragen. Er hätte uns sicherlich an der Nase herumgeführt.

Wir lassen die Autos am Bahndamm der stillgelegten Strecke stehen und gehen zur Brücke hoch. Auf den wackligen Eisenplatten hallen unsere Schritte dumpf wider.

Castellets Eskorte besteht aus sieben Leuten. Der Mörder hat sich einen Mantel übergeworfen, um seine gefesselten Hände darunter zu verbergen. Dorville und der Catcher haben ihn in ihre Mitte genommen. Ihnen folgen Chambord, von André geführt – was ihn nicht davor bewahrt, mehrmals auf dem holprigen Boden zu stolpern –, und der *pied-noir* mit dem Gebaren eines Schulmeisters. Ich gehe mit einem weiteren Freund des Hauptmanns voran. Zavatter ist für alle Fälle bei Mireille zurückgeblieben.

Der verlassene Bauernhof liegt still und friedlich da. Grillen und andere Vertreter der südfranzösischen Fauna geben ihr übliches Streichkonzert. Hin und wieder steuert eine Eule eine melancholische Note bei. Man hört leise das Wasser fließen. Die Pinien zittern vor dem nächtlichen Sternenhimmel, wobei sie im warmen Wind einen seidenweichen Ton von sich geben. Aus dem verfallenen Teil des Gebäudes kommt eine Fledermaus geflogen. In linkisch wirkendem Flug jagt sie schmackhafte Mücken. Der Mond ergießt sein Licht über den Brunnen, auf dessen Rand die Kriechspur einer Schnecke glänzt.

„Na ja“, sagt der Catcher mit seiner honigsüßen Stimme, indem er einen zufriedenen Blick auf die Landschaft wirft,

„sieht so aus, als wären wir hier genau richtig. Sie sagen, daß der *barbouze* in dem Brunnen liegt, M'sieur Burma? Armer Kerl! Muß sich da unten ja zu Tode langweilen! Na schön ... Ich schlage vor, wir reden in der Ruine da über die letzte Ungereimtheit. Ich habe eine dicke Taschenlampe mitgebracht ..." Zur Demonstration läßt er sie aufblinken. „Obwohl sie mir vielleicht bei dem, was ich vorhabe, gar nichts nützt."

„Was haben Sie denn vor, André?" fragt Chambord schroff.

„Gehen wir rein, dann erklär ich's Ihnen."

Angeber!

Wir gehen ins Haus. Ich habe zwar keine Taschenlampe bei mir, aber in Erwartung unserer Séance da drinnen habe ich aus der Rue Daranaud eine Lage wunderschöner bunter Kerzen mitgebracht, die bei den amourösen Festlichkeiten dort wohl für die richtige Stimmung gesorgt haben. Ich zünde die Kerzen an und stelle sie auf einen wackligen Tisch. Auf den schmutzigen Wänden mit den zum Teil abgerissenen Tapeten tanzen phantastische Schatten. Ich meine, ein Lächeln über Castellets Gesicht huschen zu sehen.

„So", sagt der Catcher und zaubert noch einen anderen Gegenstand unter seiner Jacke hervor. Und diesem Ding fehlen nur zwei Räder, dann wär's 'ne richtige Kanone. „Wir setzen uns hier aus zwei ungleichen Gruppen zusammen. Für das, was ich jetzt vorhabe, verfüge ich sicher nicht über die Mehrheit. Aber da ich kein Demokrat bin, ist mir das egal."

„Zu welcher Gruppe zählen Sie mich, André?" fragt der Blinde.

„Zu den Gegnern der Todesstrafe, Hauptmann, wenn Sie verstehen, was ich meine. Ich nehme an, daß André auch zu Ihrer Gruppe gehört. Monsieur Burma ebenfalls, als Unterstützer der französischen Justiz ... Was Monsieur Dorville denkt, weiß ich nicht. Diese Herren jedenfalls ..." Er zeigt auf die beiden anderen *pieds-noirs*. „... sind einverstanden. Das genügt mir."

„Sie sind dabei, eine Riesendummheit zu begehen", stelle ich fest. „Wenn der Kerl tot ist, werden Sie einen Mordsärger bekommen, wenn ich das mal so sagen darf, aber Sie werden keinen Centime von den Millionen sehen!"

„Monsieur", erwidert der Catcher, „ich lasse mich lediglich von edlen Gefühlen leiten. Geld verachte ich. Mir tut aber der arme *barbouze* im Brunnen leid. Monsieur Castellet soll ihm Gesellschaft leisten. Vereint im ehrenhaften Kampf!"

Ich packe den Tisch mit beiden Händen und stoße ihn in seine Richtung. Die Kerzen werden wie Sternschnuppen durcheinandergewirbelt und verlöschen dann. In der plötzlichen Dunkelheit drückt der erregte Catcher auf den Abzug seiner Kanone. Der Knall macht uns taub, aber niemand schreit auf. Ein Wunder, daß in einem so kleinen und dabei so überfüllten Raum niemand die Kugel abkriegt.

In unsere Gesellschaft kommt Bewegung. Nicht nur, daß wir alle durcheinanderschreien, wir hören auch eine Tür zuknallen und jemanden davonlaufen. Castellet hat unsere Verwirrung ausgenutzt, um sich aus dem Staub zu machen: das vorhersehbare Resultat meiner Zirkusnummer. Wir stürzen hinaus auf den Hof, doch es ist zu spät. Der Flüchtende ist schon in der Dunkelheit verschwunden.

Der Catcher stößt wilde Flüche aus, brüllt, er werde mit seinem Wagen das ganze Nest durchkämmen und sich den Kerl kaufen.

„Red keinen Quatsch", fahre ich ihn an. „Castellet kommt nicht weit. Er hat kein Geld bei sich, oder nur sehr wenig. Wenn er zu sich nach Hause rennt, um welches zu holen, läuft er meinem Mitarbeiter direkt in die Arme. Und dann ... Außerdem werden ihm morgen alle Flics der Gegend auf den Fersen sein. Denn ob es uns paßt oder nicht, wir werden uns jetzt wohl mit Kommissar Vaillaud unterhalten müssen. Bis dahin laßt uns ein wenig Ordnung in die Bude bringen! Nicht nötig, daß wir den Flics zusätzliche Munition für Vermutungen liefern."[1)]

---

1) Tatsächlich hatte Zavatter das Vergnügen und die Ehre, den Mörder zu fangen. Castellet kam nämlich wirklich in die Rue Daranaud zurück. Weniger vielleicht, um sich mit Geld zu versorgen, als um seine Lebensgefährtin um-

Wir gehen wieder hinein, und im Schein der wiederentzündeten Kerzen machen wir Hausputz. Vor allem sammeln wir die abgeschossene Kugel ein.

„Auf jeden Fall, M'sieur Burma", sagt der Catcher zu mir, „ist es Ihre Schuld, daß uns der Kerl durch die Lappen gehen konnte. Wenn Sie den Tisch nicht umgestoßen hätten ..."

„Sie hätten Castellet erschossen und wären vors Schwurgericht gestellt worden. Und das wäre gar nicht gut gewesen für alle Ihre Landsleute. Jetzt, da die Beweise für seine Verbrechen erbracht sind, wandert Castellet in den Knast."

„Und was ist mit den Lücken und letzten Ungereimtheiten in der Beweiskette?" lacht er. „Egal! ... Aber er ist ganz schön mutig, dieser Castellet! Einfach abzuhauen, und das mit gefesselten Händen."

„Dann sehen Sie sich mal an, was Dorville soeben gefunden hat", sage ich und zeige auf die Strumpfhalter in der Hand meines Klienten. „Das ist von den Fesseln übriggeblieben! Er hat sie einfach durchgeschnitten."

„Dieses Schwein! Er hatte ein Messer bei sich!"

„Ach ja?"

Ganz schön naiv, der Catcher, nachdem er seine Kanone wieder eingesteckt hat.

„Ein Messer!" wiederhole ich. „Und wie hätte er es sich aus der Tasche angeln können, mit den Fesseln an den Händen? Nein, mein Lieber, jemand hat ihm das Messer zugesteckt, als er den Mantel übergeworfen hatte! Und während der Fahrt hat er in aller Ruhe an den Strumpfgürteln herumgesäbelt. Ausgerechnet Sie haben ihn bewacht!"

---

zubringen. Zavatter wurde schnell mit ihm fertig. Gemeinsam schleppten wir ihn dann in jämmerlichem Zustand zu den Flics, denen ich – wie vorauszusehen war – alles bis ins kleinste erzählen mußte ...

Der Fall brachte Kommissar Vaillaud den (von Delmas, dem Journalisten, verliehenen) Titel eines „Maigret des kalifornischen Languedoc" ein. Das hielt ihn davon ab, mich allzusehr anzuschnauzen, sogar als ich ihm mitteilte, daß noch Mortauts Leiche in der *Villa Lydia* auf ihn warte.

„He, ich war aber nicht der einzige Bewacher!" mault der Catcher.

„Nein, allerdings nicht ... Tja, Dorville, ganz schön unangenehm für Sie, was?"

Ich stürze mich auf meinen Klienten und schicke ihn mit einem Kinnhaken zu Boden.

10

Der Weg der Toten ins Sägemehl

Wir haben einen Gefangenenaustausch vorgenommen. Die zusammengeknoteten Strumpfbänder fesseln nun die Hand- und Fußgelenke von Castellets Komplizen, so wie sie es zuvor bei dem ehemaligen Legionär getan haben. Dorville sitzt auf einer Kiste, den Rücken gegen die fleckige Wand gelehnt. Die tanzenden Flammen der bunten Kerzen verleihen uns allen das Aussehen von heiligen Rächern.

„Blois ..." sage ich zu meinem Klienten, „denn ich will ihn lieber Blois nennen, der andere Name erinnert mich zu sehr an meine Kindheit hier ... Also, Blois und Sie hatten gemeinsame Interessen. Datum und Ort der heimlichen Zusammenkunft in Algier haben möglicherweise Sie ihm verraten, aber das weiß ich nicht ganz genau. Ist mir auch egal. Jedenfalls beginne ich dort meinen Bericht."

„So als wären Sie dabeigewesen!" spottet der Strumpfbandgefesselte.

„Ich könnte auch mit dem Tag beginnen, an dem ich auf der Bildfläche erschienen bin. Vorher ist jedoch so vieles passiert, was man unbedingt wissen muß, will man den Zusammenhang richtig verstehen. Also, die Affäre in Algier. Mit seiner Judas-Prämie versehen, zieht Blois sich in seine Heimatstadt zurück. Ihnen gegenüber verhält er sich korrekt, das muß man gerechterweise zugeben. Er kann nämlich der Verhaftung entgehen, im Gegensatz zu Ihnen. Er wartet auf Ihre Entlassung, um sich gemeinsam mit Ihnen über die Prämie Gedanken zu machen. Das erklärt, warum er so lange damit gewartet hat, die fünfzig Millionen in Umlauf zu bringen. Jetzt werden also diese geheimen Rendezvous organisiert, einzig mit dem Ziel, irgendwann einmal einen Bankier oder Kassierer einzufangen. Es lächelt Ihnen eine rosige Zukunft. Sicher, ein paar dunkle Wolken ziehen am Horizont auf. Da ist zum Beispiel dieser Mann aus Oran, Baluna, der in *Quatre-Cabanes* seinen Teil abkriegt. Das läßt vermuten, daß es unter den Repatriierten einige Leute gibt, die ein Elefantengedächtnis haben und nicht lange fackeln. Dann gibt es da noch ein paar neugierige Männer um einen Blinden, die genau zu wissen scheinen, was sie wollen: den Verräter von Algier entlarven. Doch die sind schnell abgelenkt. Die Zeiten sind wirklich greifbar nahe, in denen das unselige Geld in Umlauf gebracht werden kann, und zwar nicht nur in kleinen Häppchen! Ein Angestellter der *Banque Bonfils*, den man zum Umtausch der ‚Bonapartes' zwingen kann, ist in die hübsche Mausefalle über dem Reizwäscheladen Mireilles gegangen. Wie gesagt, die Zukunft sieht rosig aus. Doch dann präsentiert sich Sigari, der geldgierige *barbouze*. Das ist ein harter Brocken. Der Kerl will Geld und immer mehr Geld, er fordert und fordert. Er kann den Verräter Blois an die *pieds-noirs* verraten. Blois liquidiert Sigari. Vorsätzlich und kalt, oder zufällig, im Laufe einer tätlichen Auseinandersetzung? Darüber können wir nur Vermutungen anstellen."

„Tun Sie das!" lacht Dorville. „Sie scheinen ja Spezialist für Vermutungen aller Art zu sein! Vor allem für Vermutungen, die in Ungereimtheiten enden."

„Du solltest am besten die Klappe halten!" säuselt der Catcher mit seiner Honigstimme, vielleicht weil er die Ungereimtheiten für sich in Anspruch nimmt.

„Und du auch, Adrien!" weist ihn der Hauptmann zurecht.

Adrien brummt etwas Unverständliches. Meuterei liegt in der Luft. Noch ein verlorener Soldat! Ich fahre in meinem Bericht fort:

„Der Mord an Sigari löst eine Katastrophe aus. Agnès, Angestellte der Organisation für Ausschweifungen und Schamlosigkeiten – eine neue O. A. S., wenn man so will! –, belauscht die Unterhaltung zwischen Blois und Sigari, die sie von der Unschuld ihres Vaters überzeugt, und wohnt dem Mord an Sigari bei. Eine lästige Zeugin. Ich weiß nicht, welches Schicksal

Blois ihr zugedacht hat. Vielleicht brauchte er eine kleine Denkpause. Sicher ist, daß er mit beiden aufs Land fährt: mit Sigari als Leiche – für den Brunnen –, und mit Agnès als Nervenbündel in Abendtoilette, ihrer Arbeitskleidung sozusagen. Bis zu seiner endgültigen Entscheidung läßt er sie hier in diesem Bauernhaus zurück, geknebelt und gefesselt und wahrscheinlich ohnmächtig oder halb verrückt. Sollte sie von ganz alleine sterben, so wäre das auch nicht so schlimm."

„Hört sich an, als könnten Sie Gedanken lesen!" spottet wieder unser Gefangener.

„Ich versuche, mich in ihn hineinzuversetzen", gebe ich zurück, „auch wenn's mir dort nicht gefällt ... Agnès stirbt aber nicht von ganz alleine. Sie wird von einem netten Zigeuner aus ihrem Gefängnis befreit und mehrere Tage lang in seinem Wohnwagen von ihm gepflegt. Anscheinend ist sie halb verrückt. Später werde ich den Weg beschreiben, der sie in den Haufen Sägemehl im Schuppen ihres Vaters führt. Daß Agnès entwischt ist, ist ein weiterer schwerer Schlag für Blois & Co. Wo ist sie? Könnte sie unverhofft wieder auftauchen? Doch da eine Zeitlang nichts dergleichen geschieht, beruhigen sie sich wieder. Möglicherweise ist sie irgendwo auf freiem Feld krepiert. So was soll vorkommen ... Sie, Dorville, trösten Dacosta, der untröstlich ist wegen dem Verschwinden seiner Tochter. Sie versuche, ihn in Apathie und Unentschlossenheit zu halten. Denn, Vorsicht, ja? Die Erklärungen, die Sie mir gegeben haben – ‚Wir müßten etwas unternehmen, und da habe ich an Sie gedacht' usw. –, alles Quatsch! Laura Lambert hat Sie, gebieterisch wie immer, zu den nötigen Schritten veranlaßt. Sie hat's mir selbst erzählt. Wenn sie nicht die Initiative ergriffen hätte, hätten Sie sich nicht von der Stelle bewegt. Sie hatten schon genug Ärger und würden nicht noch einen Kerl aus Paris kommen lassen, der zusätzlich Ärger machen könnte. Aber Laura zwang Sie dazu, mich einzuschalten. Sie mußten sich wohl oder übel mit mir abfinden. Und da, glaube ich, keimt in Ihrem schlauen Gehirn eine Idee. Da Sie um mich nun mal nicht herumkommen – und mich auch nicht gleich nach meiner Ankunft umbringen können –, wollen Sie versuchen, mich für Ihre Ziele einzuspannen. Blois meint bestimmt, ich wäre immer noch der ‚kleine Dreikäsehoch', den er von klein auf gekannt hat. Sie werden also meinen Verdacht in der Algier-Affäre auf Dacosta lenken. Wenn es mit Burmas Hilfe gelingt, Dacostas ‚Schuld' zu ‚beweisen', würde das die Gemüter beruhigen und die anderen Blödmänner davon abhalten, den Verräter von Algier zu suchen. Wie Sie sich gefreut haben müssen, Dorville, als ich Ihnen gestand, daß Dacosta mir äußerst unsympathisch war! Es lief alles wie am Schnürchen. Und je mehr Sie Dacosta verteidigten, desto tiefer nistete sich in mir der Verdacht gegen ihn ein. Allein durch Ihr Schweigen, Ihr Zögern, Ihr Räuspern ... und durch Ihren Widerspruch! Sie spielten Ihre Rolle perfekt. Wirklich gekonnt! Und Blois war auch nicht schlecht, als er mir unter vier Augen sagte, er habe einige böse Gerüchte über Dacosta gehört, den er nicht kenne. Tat ihm sehr leid, aber er wollte anscheinend nur verhindern, daß sich der Enkel seines ehemaligen Pächters in zweifelhafte Gesellschaft begab ... Ich komme auf Ihre Freude zurück, mit der Sie zur Kenntnis nahmen, daß ich auf Dacostas mögliche Schuld geradezu losgaloppierte. Doch die Freude war nicht ungetrübt. Einerseits lief Agnès immer noch frei herum und konnte jeden Augenblick auftauchen – es sei denn, Sie hatten sie schon wieder eingefangen. Andererseits fing ich an, Indizien zu sammeln, die mich zu unangenehmen Schlußfolgerungen führen konnten. Beginnen wir mit den teuren Seidenstrümpfen, die ich in Agnès' Zimmer in *Petit-Chêne* fand. Und vielleicht auch mit dem Foto. Aber das Foto konnte mir nicht viel weiterhelfen. Dagegen die Seidenstrümpfe ... Sie stammten aus dem Wäschegeschäft Mireille. Das konnte mich veranlassen, mir den Laden einmal näher anzusehen. Doch darin bestand nicht die eigentliche Gefahr. Blois hatte bestimmt vor, mit mir, den er schon als ‚Dreikäsehoch' gekannt hatte, Kontakt aufzunehmen. Und meine Tante ermunterte mich zu einem Besuch bei den beiden ‚Originalen'. Nein, was verhindert werden mußte, war, daß ich irgendeinen Zusammenhang zwischen Agnès und dem Geschäft in der Rue Daranaud herstellte. Ich nehme an, daß Sie Agnès' Zimmer gründlich ‚gereinigt' hatten, bevor Sie mit mir zu Dacosta marschiert sind. Aber dieses verdammte Paar Seidenstrümpfe, das hinter die Schublade gerutscht war, das hatten Sie übersehen! Als ich es dann entdeckte, haben Sie komisch reagiert. In dem Augenblick habe ich dem keine Bedeutung beigemessen, aber später, als ich zwei und zwei zusammengezählt habe ..."

„Wie geschickt von Ihnen", bemerkt mein „Klient".

„Das bringt mein Beruf so mit sich. Und noch ein weiteres geschicktes Beispiel: der ‚Bonaparte', den Agnès nämlich mit der ‚Flaschenpost' geschickt hat! Sie wissen, daß er mit CAS gezeichnet war, den Anfangsbuchstaben des Verräternamens, und nicht mit dem Kürzel O. A. S. Die Banknote mußte unbedingt verschwinden! Sie können sich ihn aber schlecht von Dacosta ausleihen, ihn verbrennen und dann behaupten, Sie hätten ihn verloren ... Noch in der Nacht meiner Ankunft kriege ich den Schein in die Finger. Ich werde ihn mir genauer ansehen und die richtigen Schlüsse daraus ziehen. Die Gefahr wächst. Man muß mir den Schein wieder abnehmen. Nichts einfacher als das! Sie bieten mir einen letzten Schluck zum Abschied an, schütten ein Schlafmittel hinein, und ab in den siebten Himmel mit Burma! Sie warten, bis ich in meinem Hotelzimmer tief und fest schlafe. Da Sie früher einmal im *Littoral* gewohnt haben, kennen Sie sich dort aus – wie meine Kidnapper. Es ist nicht schwierig für Sie, sich ins Hotel und in mein Zimmer zu schleichen. Sie brauchen dafür nicht einmal einen Passepartout. Nachdem Mortaut mich niedergeschlagen hat und geflüchtet ist, hat er wahrscheinlich meine Tür nicht verschlossen. Sie sind einigermaßen überrascht, mich auf dem Boden liegen zu sehen. Aber wenn Sie sich Fragen stellen wollen, dann verschieben Sie das auf später. Im Augenblick geht es vor allem darum, die verräterische Banknote an sich zu nehmen. Und das tun Sie dann auch. Diese Spur ist für Burma verloren! Doch es tauchen weitere Unbekannte auf. Außer dem

Kerl, der mich niedergeschlagen hat, ist da noch ein anderer, der Sie und Laura anruft. Sie sind beunruhigt und werden nervös. Und dann der Junge, der Dacostas Sägewerk beobachtet, und die Blondine, die ich auf der Straße nach Prades kennenlerne ...“

Zur Erbauung der verehrten Zuhörerschaft erkläre ich die verschiedenen Rollen der Beteiligten. Dann fahre ich fort:

„Sie riechen, daß eine weitere Gefahr besteht. Aber welche, und wie soll man ihr begegnen? Immerhin können Sie zufrieden sein, daß ich dem Kerl, der mich niedergeschlagen hat, auch den Diebstahl des ‚Bonaparte‘ in die Schuhe schiebe. Gut. Als nächstes entdecke ich die Leiche von Christine Crouzait. Ich kann gar nicht anders! Ob Sie oder Blois das Mädchen umgebracht haben, weiß ich nicht. Auf jeden Fall war das Verbrechen nicht von langer Hand geplant. Ein geplanter Mord sieht anders aus. Man war gezwungen, die Leiche in der Rue Bras-de-Fer hängenzulassen. Die Straße ist nämlich so schmal, daß kein Leichenwagen bis vor die Tür fahren kann ... Bleiben wir noch einen Augenblick bei Christine Crouzait. Sie wurde nicht abgehängt, und wenn es nur von Ihnen abgehangen hätte, wenn ich so sagen darf, dann hätte der Name der Friseuse nicht auf der Liste mit Agnès' Bekannten gestanden. Doch Dacosta und Laura kannten das Mädchen, ihren Namen und ihre Adresse. Nun gut ... Wie es scheint, wurde sie Dienstagabend getötet, kurz vor meiner Ankunft in meiner guten alten Geburtsstadt. Möglicherweise wollte man mit ihr üben: Nestor Burma, ein Privatflic aus Paris, kommt zu dir, er wird dich das und das fragen, und du mußt das und das antworten usw. Christine muckt auf, will sich nicht zur Komplizin irgendeiner Schweinerei machen lassen. Mittwochmorgen war ihre Freundin nicht zu ihr in die Wohnung zurückgekommen, und jetzt erzählt man ihr, daß ein Privatflic aus Paris gekommen ist und sie über Agnès' Verschwinden befragen will ... Einmal schon hat sie sich die Finger verbrannt, bei der Affäre um diesen Notar und der Geschichte mit Maud Fréval, der Kleinen aus dem Erziehungsheim, die sie bei sich zu

Hause beherbergt hat. Christine hat Manschetten. Sie sträubt sich. Ihr Besucher erdrosselt sie und hängt sie nackt an den Kronleuchter. Offenbar das Verbrechen eines Sadisten. Sand in die Augen. Danach das übliche Großreinemachen in der Wohnung des Opfers mit anschließender Verbrennung von Agnès' Kostüm. Es sei denn, Christine hat es selbst in den Küchenherd geworfen, um alle Spuren von Agnès zu verwischen, nachdem sie von ihrem Verschwinden erfahren hatte."

„Verschwinden, Verbrennung ... Vermutung", spottet Dorville.

„Egal, wer das Kostüm ins Feuer geworfen hat, es verbrennt nicht ganz und gar. Ich zeige Ihnen den geretteten Stoffetzen und erzähle Ihnen von meinen Entdeckungen. Daß ich ein Verbrechen vermute, gefällt Ihnen überhaupt nicht. Doch das ist nur zweitrangig neben dem Verdacht, den ich Ihnen gegenüber äußere: daß Ihnen nämlich weniger daran gelegen ist, Agnès zu finden, als daran, dem Verräter die fünfzig Millionen abzujagen. Zwar täusche ich mich in diesem Punkt, aber daß ich diesen Verdacht äußere, gefällt Ihnen nicht. Sie raten mir sogar dazu, den Fall ... äh ... fallenzulassen. Offenbar sind Sie zu der Überzeugung gelangt, daß ich besser weit weg wäre, gleich welche Wendung die Ereignisse nehmen werden. Blois jedoch bringt Sie wieder auf Schwung, und gemeinsam inszenieren Sie die ‚Operation *Petit-Chêne*' ... Bevor ich darauf zu sprechen komme, noch ein Wort zu meinem ersten Besuch in der Rue Daranaud und noch ein weiteres zu Christine Crouzait. In der Rue Daranaud werde ich beinahe von Mireille verführt. Ich weiß nicht, ob auf Befehl oder aus ehrlicher Zuneigung zu mir. Doch es kommt nicht dazu. Dafür entschlüpft Mireille, blau wie sie ist, ein merkwürdiger Satz: ‚Als wir über Sie gesprochen haben ... Ich meine, als ich den Artikel im *Echo* las ...' Ich dachte: ‚Ei, sieh an, man hat über mich gesprochen! Wer? Dorville, Laura, Dacosta? Woher weiß Mireille das? Hörte sich an, als hätte man in ihrer Gegenwart über mich gesprochen.' Ich nehme an ... Wollten Sie etwas sagen?"

Dorville zuckt nur mit den Achseln, so daß ich fortfahre:

„Ich nehme an, daß Sie, nachdem Sie mich in Paris angerufen haben, zu Blois geeilt sind, um ihm über die Ankunft des Störenfrieds zu berichten. Bei dieser Gelegenheit sind Sie auf die Idee verfallen, Sie beiden Schlauberger, mich für Ihre Ziele einzuspannen. Und Mireille und Blois, vielleicht beide gleichzeitig, haben gerufen: ‚Burma? Nestor Burma? Aber das ist doch der Enkel unseres früheren Pächters!‘ Von wegen ‚Ihr Name sagt mir nichts‘! Im Gegenteil! ‚Das ist ja prima!‘ werden sie gesagt haben. ‚Wir können ihn überwachen, ohne daß er etwas Böses ahnt!‘ Nun, ich habe den beiden nicht die Zeit dazu gelassen ... Noch ein letztes Wort zu Christine. Während unseres Gesprächs letzten Donnerstag habe ich Ihnen die Zahlungserinnerung gezeigt, die Postkarte, die ich im Briefkasten der Friseuse gefunden habe. Absender: Maud Fréval, die Kleine aus dem Erziehungsheim, der man eine monatliche Rente zahlt als Schweigegeld in Sachen Notar, der von Eros dahingerafft wurde. Das Geld ist gut angelegt! Denn als Hélène, meine Sekretärin, nach Lourdes fährt, um mit dem Mädchen zu reden, erfährt sie nicht das Geringste. Inzwischen hat Maud nämlich die monatliche Zahlung bekommen, damit sie weiterhin schweigt. Nachdem ich Ihnen die Postkarte gezeigt hatte, haben Sie Alarm geschlagen, und man hat das Nötige veranlaßt. Deswegen lächeln Sie so ungläubig, als ich Ihnen von Hélènes Reise nach Lourdes berichte. Sie wissen, daß Maud Fréval den Mund halten wird ... Das war im *Littoral*, als wir uns über den Fund der Leichen von Dacosta und seiner Tochter unterhalten haben. Ich teilte Ihnen meine Überzeugung mit, daß das Ganze inszeniert worden sei, um Dacosta als Verräter von Algier zu ‚entlarven‘. Und genau so war es auch! Ich glaube sogar, daß Sie in diesem besonderen Fall der einzig Schuldige sind. Sie waren Dacostas Freund. Vielleicht haben Sie ihn sogar zum Selbstmord überreden können. Seine ‚letzten Worte‘ müssen nicht unbedingt gefälscht sein, nur gut eingefädelt. Dacosta war deprimiert. Als er durch Sie von dem Tod seiner Tochter erfährt und den Stofffetzen des verbrannten Kostüms sieht, den ich in der Asche des Küchenherdes in der Rue Bras-de-Fer gefunden habe ... Sie wollten wieder etwas sagen?“

„Nein, ich höre Ihnen zu. Das reicht.“

„Allerdings. Übrigens waren Sie nicht unmittelbar dabei, als Dacosta sich umbrachte, nicht wahr? In jener Nacht waren Sie im Kino, wie Sie mir geschickt zu verstehen gegeben haben. Der Trick mit der Eintrittskarte ist eines Provinz-Schlaubergers wahrhaft würdig! Lassen wir das ... Operation *Petit-Chêne*, zweiter Teil: Dacosta hat sich erhängt, Sie verbrennen im Kamin einen Teil der berühmten Banknoten aus Blois' Vorrat und lassen sogar rund fünf Millionen in einer Keksdose zurück ... für Nestor Burma, den Idioten, dem diese ‚Bonapartes‘ vom Juni 1962 endgültig die Augen öffnen sollen. Er wird kapieren, daß Dacosta der Verräter von Algier ist, so wie er es ganz zu Anfang schon vermutet hatte. Doch mit der Keksdose gibt es einen unerwarteten Zwischenfall: Die Flics erwähnen sie mit keinem Wort. Was ist passiert? Diese Frage hat Sie wohl sehr beschäftigt, was? Schließlich renkt sich aber alles mehr oder weniger wieder ein. André hat die Dose gefunden und an sich genommen. Doch der Inhalt kann seinen Zweck nicht mehr erfüllen. Ich glaube inzwischen weder an Dacostas Selbstmord noch an seine Schuld. Reden wir nun ein wenig über die arme Agnès. Die Operation *Petit-Chêne* erlaubt es Ihnen, die Leiche des Mädchens ins Spiel zu bringen. Man verscharrt sie einfach in der Scheune unter einem Haufen Sägemehl, zusammen mit den passenden Accessoires, und alle Welt wird annehmen, daß ihr verrückter Vater sie ermordet hat, bevor er sich selbst umbrachte. Das wird allem ein Ende setzen, einschließlich den Ermittlungen von Nestor Burma. Denn jetzt gibt es nichts und niemand mehr zu suchen ... Ich weiß nicht, ob Ihre Dauphine als Leichenwagen gedient hat oder der Lieferwagen von Blois, der Lieferwagen, den mein Mitarbeiter später in der Stadt gesehen hat. Er meinte, das Kürzel O. A. S. gelesen zu haben, doch er hatte sich verlesen. Es waren die Anfangsbuchstaben von Castellet. Die beiden letzten Silben wurden von irgend etwas verdeckt, vielleicht von der Straßenecke, hinter der der Wagen verschwand. Wie dem auch sei, Agnès' Leiche wurde in dem Sägemehl verscharrt. Woher kam die Leiche? Angès war von dem Zigeuner aus diesem Haus hier befreit worden. Sie ist ein paar Tage in seinem Wohnwagen geblieben, vollkommen weggetreten. Dann kam sie wieder zu sich und lief in die Stadt. Doch sie kann nicht einfach so zu ihrem Vater gehen und ihm erzählen, was sie gesehen und gehört hat. Dafür sind die Umstände zu pikant. Welcher Vater hört es schon gern, daß seine Tochter sich durch Hurerei ein großzügiges Taschengeld verdient? Also geht sie zunächst zu einem Freund. Zu Ihnen! Denn sie weiß ja nicht, daß Sie und Blois unter einer Decke stecken. Auch wenn es unwahrscheinlich ist, daß Sie nicht von dem Privatclub profitiert haben, so werden Sie doch bestimmt nur an den ‚Sitzungen' teilgenommen haben, wenn Agnès nicht im ... äh ... Dienst war. Für das Mädchen sind Sie ein Freund der Familie. Sie erzählt Ihnen alles ... und Sie bringen sie um."

„Ganz genau!" lacht Dorville. „Genau an dem Tag, als ich ihre Leiche brauche, um sie in die Scheune zu legen! Sie kam wie gerufen! Mein Lieber, der zweite Teil Ihres abenteuerlichen Berichts klingt nicht ungereimt, sondern arg zusammengereimt!"

„Wirklich? Und wer sagt, daß Sie das Mädchen am selben Tag getötet haben, an dem Dacosta sich erhängt hat?! Sie können Sie auch schon einige Tage vorher umgebracht haben – sagen wir Mittwoch – und sie dann in Ihrem Keller zum Beispiel aufgebahrt haben, bis sich eine günstige Gelegenheit bot, sie unters Volk zu bringen. In dieser heißen Gegend sind die Keller sehr kühl. Ich weiß das aus Erfahrung, weil ich nämlich Mortaut ebenfalls in einem Keller gelagert habe. Apropos Mortaut: Er war für Sie und Blois äußerst gefährlich. Für Sie, weil er mir glaubhaft hätte versichern können, daß er keinen Grund gehabt hatte, mir die Banknote zu entwenden. Und für Blois, weil er ihn mühelos als Verräter von Algier identifizieren konnte. Durch mich haben Sie erfahren, wo er sich aufhielt. Ich habe Sie sogar noch hingefahren! Er war nicht zu

Hause, doch er würde zurückkommen ... Nachdem Sie mich in jener Nacht verlassen hatten – wobei Sie den Angsthasen spielten und es sicher auch waren, weil alles aus dem Ruder zu laufen drohte –, sind Sie zu Blois geeilt, und zusammen sind Sie in die *Villa Lydia* gefahren. Mortaut kommt zurück, Sie ermorden ihn und stecken ihm einen ‚Bonaparte' zu, Ausgabedatum Juni 1962, gezeichnet O. A. S. mit dem Lippenstift, um mich zu täuschen ... Sicher wird man bei Ihnen die Waffe finden, mit der dieser letzte Mord begangen wurde, genauso wie den Mantel, den Agnès sich von dem Zigeuner ‚ausgeliehen' hatte. Na ja, vielleicht auch nicht."

„Vielleicht ... vielleicht auch nicht!" höhnt der Beschuldigte. „Wen wollen Sie mit solchem Geschwätz überzeugen? Das Ganze ist doch nur eine Ansammlung von Vermutungen und unhaltbaren Schlußfolgerungen! Sie erbringen nicht die Spur eines Beweises. Sie reden von diesem und jenem, so als wären Sie es selbst. Sie interpretieren ein Lächeln, ein Räuspern ..."

„Ja, ja", unterbreche ich ihn. „Das sind alles nur Vermutungen, einverstanden. Und Laura?"

„Was, Laura? Was hat Laura damit zu tun? Sie fährt irgendwo in der Weltgeschichte herum ..."

Er bricht in nervöses Gelächter aus.

„Großer Gott! Sie werden uns doch wohl nicht im Ernst erzählen wollen, daß Sie auch eine Rolle in Ihrer Räuberpistole spielt?" ruft er.

„Stellen Sie sich vor, genau das frage ich mich gerade: Welche Rolle hat Laura Lambert gespielt? Sie hat mich gebeten, nach Montpellier zu kommen, und als ich komme, fährt sie weg. Ruft mich nur kurz an und wünscht mir Glück für meine Ermittlungen. Auf Wiedersehen! Unmöglich, Kontakt mit ihr aufzunehmen. Genau deswegen mußte ich so häufig an Laura denken. Und heute nachmittag mußte ich ganz intensiv an sie denken, als ich nämlich von dem Zigeuner gehört hatte, was mit Agnès geschehen war. Wohin konnte Agnès sich geflüchtet haben, nachdem sie den Wohnwagen verlassen hatte? Welches war ihre letzte Etappe, bevor sie in dem Sägemehl landete? Sie ist doch wohl eher zu einer Frau als zu einem Mann gegangen, dachte ich mir. Ich fahre also bei Laura vorbei, um zu sehen, ob Agnès bei ihr ist. Bei Laura, die vielleicht gar nicht in der Weltgeschichte herumreist, wie Sie sagen! Nun, Laura ist tatsächlich auf Geschäftsreise, und deshalb kann sie auch nicht ahnen, daß in ihrem Briefkasten eine Nachricht liegt, die Agnès – auf ihrem Weg ins Sägemehl – dort eingeworfen hat. Und das, mein Lieber, ist nun keine Vermutung!"

Ich ziehe besagte Nachricht aus meiner Tasche.

„Das Briefchen ist auf den 11. Mai datiert", sage ich. „Das heißt, auf letzten Mittwoch, den Tag, an dem ich mit einem ausgewachsenen Kater und den Folgen eines K.-o.-Schlags zu kämpfen hatte. Es ist genau der Tag, an dem Laura Montpellier verließ. Ein paar Stunden früher, und Agnès hätte ihr Leben retten können! Hören Sie, was Agnès schreibt:

Liebe Laura!
Schade, daß Sie nicht zu Hause sind. Mit Monsieur Dorville werde ich nicht so offen reden können wie mit Ihnen. Laura, ich bin traurig und glücklich zugleich! Ich bin eine Hure, aber ich habe Dinge erfahren, die gut für Papa sind. Der Verräter von Algier, das ist Castellet, Rue Daranaud, Damenwäsche Mireille. Ich habe ein Gespräch zwischen ihm und einem dieser barbouzes *belauscht. Castellet hat den Mann umgebracht, und dann hat er mich im Nebenzimmer erwischt, wo ich alles gehört hatte. Er hat mich nach Celleneuve in sein Haus gebracht. Was er mit der Leiche gemacht hat, weiß ich nicht. Ich war lange ohnmächtig, glaube ich. Bin erst wieder richtig zu mir gekommen, als ich im Wohnwagen eines Zigeuners lag. Er hat gesagt, er habe mich befreit. Heute geht's mir schon viel besser. Ich konnte in die Stadt zurückfahren. Armer Zigeuner! Hab ihm auch ein bißchen Geld geklaut, für die Fahrt in die Stadt. Von dem Rest habe ich mir Papier und Bleistift gekauft, um Ihnen diese Nachricht zu hinterlassen. Ich hätte mich gerne mit Ihnen unterhalten. Ich wage es nicht, ganz alleine*

zu Papa zu gehen. Ich werde Monsieur Dorville um Hilfe bitten. Er macht mir ein wenig Angst, und ich werde ihm nicht sagen, daß ich bei Ihnen vorbeigegangen bin. Ich glaube nämlich, daß er Sie nicht mehr gerne hat. Sagen Sie ihm bitte später nichts von diesem Brief. Er macht mir Angst, aber ich glaube trotzdem, daß er ein netter Kerl ist. Er wird mir helfen, Papa alles zu erklären. Bestimmt freut er sich auch, daß Papas Unschuld bewiesen ist.

Ich habe eine Art Flaschenpost mit Castellets Namen irgendwo unterwegs fallenlassen, es mußte schnell gehen. Sie ist wohl verlorengegangen ...

Viele liebe Grüße
Agnès

Ich lege den Brief auf den Tisch. Alle Anwesenden treten näher und berühren das Blatt Papier, wie um sich von seiner Existenz zu überzeugen. Keiner sagt ein Wort. Ich sehe unseren Gefangenen an. Sein Gesicht ist verzerrt, blutleer.

„Sie hat Sie für einen netten Kerl gehalten", sage ich zu ihm.

Dorville stößt einen Seufzer aus, der sich gleichzeitig wie ein Knurren und wie ein Klagen anhört. Dann steht er auf.

„Gut", sagt er. „Sie haben gewonnen. Ich werde mich nicht über Einzelheiten mit Ihnen streiten. Machen wir Schluß!"

„Monsieur", meldet sich der Blinde zu Wort, „Ihre letzten Worte lassen darauf schließen, daß Sie annehmen, wir wollten Sie erschießen. Seien Sie gewiß, daß ich niemandem hier erlaube, etwas zu tun, das ihn vor Gericht bringen könnte. Seien Sie ebenfalls gewiß, daß es uns genauso widerstrebt, Sie an die französische Justiz auszuliefern. Aber vielleicht haben Sie sich ja noch einen Rest Ihrer verlorenen Ehre bewahrt ..."

„Ja", erwidert der Ehrlose mit einem nervösen Lachen. „Einen Rest. Einen sehr kleinen Rest. Doch ich glaube, das wird genügen ..."

Wie auf ein geheimes Zeichen hin erheben wir uns alle. Wir verstehen uns auch ohne Worte. Ich nehme den Brief wieder an mich. Adrien holt seinen Revolver raus und entnimmt dem

Magazin alle Kugeln ... bis auf eine. Dann wischt er sorgfältig seine Fingerabdrücke ab und legt die Waffe auf den Tisch. Währenddessen befreit sein Landsmann, der Schulmeister, den Schurken von seinen Fesseln.

Wir gehen in die lauwarme Nacht hinaus und lassen Dorville alleine mit dem Revolver zurück. Das Metall schimmert schwach im flackernden Kerzenlicht.

Die *pieds-noirs* scharen sich neben dem Gartentor um ihren Hauptmann. Ich zünde mir eine Pfeife an und setze mich unter die Pinien. Wie oft habe ich als kleiner Junge hier geträumt? Wovon?

Eine Fledermaus – die „Flugratte", wie wir sie früher nannten, jetzt fällt es mir wieder ein – flattert aus den Ruinen hoch und breitet ihre unheimlichen Trauerflügel aus, die sich vor dem Sternenhimmel abzeichnen.

Ein Schuß schreckt sie auf und verscheucht sie.

ENDE

Anmerkungen des Autors:

5. Kapitel
Félix Faure … Madame Stenheil: Félix Faure wurde am 16. Februar 1899 bei einem Tête-à-tête mit Madame Stenheil vom Tod überrascht.

6. Kapitel
Barbouze wird in diesem Roman nicht wie im „normalen" Argot gebraucht (Polizeispitzel oder Geheimagent der Spionageabwehr), sondern in der Bedeutung, die die O. A. S. dem Wort gegeben hat: Mitglied der politischen Geheimpolizei.

Inhalt

LÉO MALET — **KRIMINALROMANE MIT NESTOR BURMA IM ÜBERBLICK**

Léo Malets Reihe »Geheimnisse von Paris«

Léo Malet, Bilder bluten nicht *(1. Arr.)* ISBN 3-89151-011-X
Léo Malet, Stoff für viele Leichen *(2. Arr.)* ISBN 3-89151-016-0
Léo Malet, Marais-Fieber *(3. Arr.)* ISBN 3-89151-017-9
Léo Malet, Spur ins Ghetto *(4. Arr.)* ISBN 3-89151-026-8
Léo Malet, Bambule am Boul'mich *(5. Arr.)* ISBN 3-89151-027-6
Léo Malet, Die Nächte von St. Germain *(6. Arr.)* ISBN 3-89151-035-7
Léo Malet, Corrida auf den Champs-Élysées *(8. Arr.)* ISBN 3-89151-036-5
Léo Malet, Streß um Strapse *(9. Arr.)* ISBN 3-89151-040-3
Léo Malet, Kein Ticket für den Tod *(12. Arr.)* ISBN 3-89151-041-1
Léo Malet, Die Brücke im Nebel *(13. Arr.)* ISBN 3-89151-050-0
Léo Malet, Die Ratten im Mäuseberg *(14. Arr.)* ISBN 3-89151-051-9
Léo Malet, Ein Clochard ... *(15. Arr.)* ISBN 3-89151-059-4
Léo Malet, Das stille Gold ... *(16. Arr.)* ISBN 3-89151-060-8
Léo Malet, Wer einmal auf dem Friedhof liegt ... *(17. Arr.)* ISBN 3-89151-065-9

Léo Malets Reihe »Ermittlungen des Nestor Burma«

Léo Malet, 120, rue de la gare ISBN 3-89151-070-5
Léo Malet, Nestor Burma in der Klemme ISBN 3-89151-075-6
Léo Malet, Blüten, Koks und blaues Blut ISBN 3-89151-092-6
Léo Malet, Tödliche Pralinen ISBN 3-89151-097-7
Léo Malet, Das fünfte Verfahren ISBN 3-89151-109-4
Léo Malet, Applaus für eine Leiche ISBN 3-89151-123-X
Léo Malet, Ein Toter hat kein Konto ISBN 3-89151-134-5
Léo Malet, Im Schatten von Montmartre ISBN 3-89151-145-0

Kriminalromane, gebunden, je ca. 200 Seiten

ELSTER VERLAG

ANDREU MARTÍN

**DIE STADT...
DIE PSYCHE...
UND DER MÖRDER**

DEUTSCHER KRIMIPREIS 1993

Bildschön, eiskalt und tot liegt Nieves Arbos Bermejo in ihrer Wohnung. Die Suche nach ihrem Mörder gerät zum kriminalistischen Alptraum und zum Psychogramm einer ganzen Gesellschaft. Andreu Martín beschreibt in diesem großen Roman ebenso kritisch wie kunstvoll die Ursachen von Gewalttätigkeit und deren unerbittliche Folgen.

Andreu Martín, »Bis dass der Mord Euch scheidet.«
Gebunden, 283 Seiten, ISBN 3-89151-135-3

ELSTER VERLAG

ANDREU MARTÍN
UND SEINE THRILLER
AUS BARCELONA

»Barcelona Connection«

»Du bist kein guter Polizist, du glaubst noch an Gut und Böse.« Inspektor Huertas nimmt es hin, daß seine Kollegen ihn verspotten. Im Alleingang versucht er, die »Barcelona Connection« aufzurollen. »Der Roman schließt alles ein, was einem spannenden Action-Thriller Würze verleiht.« (El País)

Kriminalroman, 192 Seiten, ISBN 3-89151-077-2

»Hammerschläge«

Benito Sánchez Muzas gewinnt 426 Millionen Pesetas im spanischen Zahlenlotto. »Mit diesem banalen, normalerweise glücklichen Ereignis setzt Andreu Martín eine Ketter blutiger Geschehnisse in Gang, die in einer Art perverser Folgerichtigkeit ablaufen wie ein dämonischer Mechanismus; ein fiebriges Delirium, geschildert mit glasklarer Luzidität.« (Thomas Wörtche)

Kriminalroman, 220 Seiten, ISBN 3-89151-110-8

»Don Jesús in der Hölle«

Die Sehnsucht von Don Jesús, einem Landwirt am Fuße der Pyrenäen, heißt Barcelona. Er reist in diese Stadt, um den Tod seiner Schwester aufzuklären. Seine Suche wird ein Gang durch die Hölle.

Kriminalroman, 292 Seiten, ISBN 3-89151-121-3

ELSTER VERLAG